말하기는 과학이다

나답게 말하는 기술

나답게 말하는 기술

초판인쇄	2018년 06월 15일
초판발행	2018년 06월 20일
지은이	강병조
발행인	조현수
펴낸곳	도서출판 더로드
마케팅	최관호 최문섭
IT 마케팅	신성웅
편집교열	맹인남
디자인 디렉터	오종국 Design CREO
ADD	경기도 고양시 일산동구 백석2동 1301-2
	넥스빌오피스텔 904호
전화	031-925-5366~7
팩스	031-925-5368
이메일	provence70@naver.com
등록번호	제2015-000135호
등록	2015년 06월 18일
ISBN	979-11-87340-04-1-03810

정가 15,000원

말하기는 과학이다

나답게 말하는 기술

강병조 지음

도서
출판 **더 로드**
The Road Books

"나답게 말하기가 어려운 사람들에게"

할 말이 없어서 침묵을 지키는 사람

다른 사람들 앞에서 목소리가 기어들어가는 사람

타인의 눈치를 보느라 자기 생각과 욕구, 감정표현에 서투른 사람

호감 있는 이성에게 마음을 고백하는 것이 하늘의 별을 따기보다 어려웠던 사람

매사에 자신감이 없어서 인간관계를 개선하고 싶었던 사람

가식을 떠느라 나답게 말하고 행동하지 못했던 사람

나는 이 모든 조건에 해당하는 사람이었다. 나답게 말하고 행동한다는 것은 나에게 있어 금기와도 같았다. 왜냐하면 나는 때로는 부정적이고, 나약하고, 멍청하고, 틀릴 수 있는 사람이라는 것을 들키기 싫었기 때문이다. 그래서 타인에게 비치는 내 모습을 포장하며 살았다. 이 덕분에 남들은 나를 겉으로는 활발하고 밝은 성격의 소유자로 봐주었다. 하지만 내 마음은 그렇지 못했다.

다른 사람들에게 잘 보이기 위해서 가면을 쓰고 연기하고 있는 나

를 보는 것은 고통이었다. 항상 친절해야 하고, 양보해야 하며, 배려해야 좋은 사람이 될 수 있다고 믿었지만, 나는 그런 대인배가 아니었다. 만약 내가 속 넓은 대인배라면 겉으로 베푸는 친절이 속에서도 우러나왔어야 했다. 결국, 나는 좋은 사람을 연기했지. 뼛속까지 좋은 사람이 되지는 못했다. 겉과 속이 일치되지 않는 이 불편함은 나를 옥죄고 있었다. 나답게 말하고 행동하는 것이 싫었던 가슴속 욕망은 나를 배우의 삶으로 이끌었다.

배우들은 수많은 관객들 앞에서 자기 자신을 표현한다. 카메라와 타인의 시선에 굴하지 않고 극 중 상황으로 걸어 들어가 사람들에게 감동을 선사한다. 보통 사람들은 연기는 남을 흉내 내거나 척하는 기술에 지나지 않는다고 생각할 수 있다. 하지만 배우들이 진정성 있는 표현을 하지 않는다면 사람들은 눈 하나 깜짝 하지 않는다. 진실하고, 자연스럽고, 과감하고, 인간미가 흘러넘치는 표현력에 사람들은 두 손으로 박수를 치고 벅차오르는 감동을 느낀다. 나는 직감적으로 진실한 말과 행동이 아니면 어떠한 영향력도 발휘할 수 없음을 깨달을 수 있었다. 따라서 배우 훈련 과정에서 배울 수 있었던 점은 가면을 쓰는 법이 아닌 가면을 벗는 법. 연기하는 법이 아닌, 연기하지 않는 법. 가식보다는 있는 그대로의 나를 표현하는 방법이었다. 따라서 내가 가르치는 말하기는 포장하는 말하기가 아닌 나답게 말하기다.

연기자로서, 그리고 한 인간으로서 자유롭게 나 자신을 표현하고, 나답게 행동하고 말하기 위해서는 상처받은 나를 치유할 필요를 느꼈다. 우선 심리치료에 관한 책들을 닥치는 대로 읽기 시작했다. 대화 기술, 인간관계, 처세술, 연기법에 관한 독서로 지식을 모으기 시작했다. 그러면서 나는 내 마음의 병이 있었음을 깨달았다. 사람에 대한 심리학적인 '지식'의 이해와 연기자의 덕목인 '행동'은 책의 지식을 섭취하는 데서 그치지 않고, 직접 행동으로 부딪히며 지혜를 얻을 수 있는 결정적인 계기가 되었다. 나의 내면을 들여다보고 행동으로 시행착오를 겪으면서 마음의 병을 말끔히 치유할 수 있었다. 이러한 나의 지식과 경험은 나를 더욱 나답게 만들었다. 그리고 많은 사람들에게 내 지식과 경험을 나누고 싶다는 강한 열망이 솟아올랐다.

"나답게 생각하고 말하지 못하는 사람들, 자기표현을 어려워하는 사람들을 도와주겠다!"

사람들은 가면 속에 자신을 숨기고 진짜 자신의 모습을 드러내기를 어려워한다. 누구나 자기가 부정적이고, 나약하고, 멍청하고, 틀릴 수 있는 사람이라는 것을 들키기 싫어한다. 그래서 자기 이야기를 하고 자기표현을 '하고 싶다'는 생각은 하지만 입을 다무는 데서 그친다. 말은 하고 싶어 하지만 그냥 참고 사는 것이다. 보이고 싶은 모습만 드러내고 진짜 자신의 모습은 감추며 살아간다. 나는 나답게 말하고 행동하지 못하는 삶은 있는 그대로의 자신을 소중히 여기는 삶이 아니라고 생각한다. 분명하고도 강력하게 말하고 싶은 사실은 어떤 사람이라도 표현의 자유를 억압당하길 바라지 않는다는 것이다.

당신이 머리말을 이 지점까지 읽었다면 아마도 나답게 생각하고, 말하고, 행동하는 자유를 따르지 못하고 살았기 때문일 것이다. 당신은 감정표현에 서툴고, 상처받을 것이 두려워서 마음을 닫고 그리고 입을 닫고 살아왔는지도 모른다. 좋아하는 사람에게 마음 한번 표현해보지 못하고 인연을 놓치고 살아왔을지도 모른다. 나는 당신이 차마 외면했던 자신의 모습 그리고 숨기고 싶었던 이야기들을 다시 꺼내고 살 수 있도록 돕기 위해 이 책을 썼다.

"나답고 생각하고, 나답게 말하고, 나답게 행동하라."

나답게 생각하고, 말하고, 행동하는 삶은 자유가 있다. 즐겁고, 생기 넘치며, 딱딱하지 않고 자연스럽다. 당신의 진짜 모습은 당신이라는 전체이지 당신의 일부나 단면이 아니다. 지금까지 당신의 진짜 모습을 가려왔던 가면은 벗어 던질 때가 되었다. 다른 사람이 다칠까 봐 자기감정을 소중히 여기지 않는 태도를 버릴 때가 되었다. 아프고 상처받은 마음을 먼 우주에다가 과감하게 던져 버릴 때가 된 것이다. 이제는 다른 사람을 연기하는 삶이 아닌 자기 자신이 되어 말하고 행동하는 사람으로 거듭날 것이다.

말은 우리 마음과 연결되어 있다. 우리 마음속에서 우러나오는 내면의 소리이다. 내가 하는 말을 돌아보면 나의 마음을 알 수 있고, 다른 사람들과의 관계가 어떤지 한 눈에 알 수 있다. 말을 통해 자기 마음을 만나는 일은 즐겁지만은 않다. 내 안의 어둠을 걷어내고 빛을 찾아 헤매는 여행이기 때문이다. 빛을 만나려면 마음속에 부대낀 먹구름들을 헤쳐 나가야만 만날 수 있다. 닫혔던 마음을 활짝 열기 위해서는 당신의 용기가 필요하다. 마음을 열고 자신의 말에 귀를 기울이길 바란다. 그렇다면 반드시 나다운 말하기를 통해 자기표현의 자유와 치유의 기쁨을 누릴 수 있을 것이다.

이 책에서 다루고 있는 것은 겉으로 포장하는 말기술이 아니다. 당신의 가슴에서 나오는, 당신이 하고 싶은, 당신의 말을 하는 기술을 소개한다. 내가 하는 말들이 어떤 마음에서 출발하는지에 관한 심리적 원인과 태도를 알려준다. 외워서 사용하는 기계적인 말이 아닌 인간이 하는 말, 나의 이야기를 다듬어 인간관계에 도움이 될 수 있는 표현의 기술을 이야기하고 있다. 이 책은 말의 기술에만 의존하지 않고, 본질적인 마음속 원인을 파헤쳐놓을 것이다. 그리고 다른 사람들에게 호감을 얻고 강한 인상을 남길 수 있는 말기술을 배우게 될 것이다. 과거의 나처럼 말하기가 어려운 사람들의 심정을 고려하면서 한 글자 한 글자를 써 나갔다. 나의 성장과정과 지금까지의 경험을 이 책에 담았다. 책을 읽는 독자들이 자신의 말과 마음을 돌아보는 계기로 나다운 사람으로 거듭나기를 소망한다.

2018년 5월 1일

강병조

Contents | **차례**

왜 나는 말하기가 두려울까?

말하기 능력은 자신의 능력을 나타내는
가장 강력한 도구이다.
그러니 말하기 능력을 키워라. 요즘 가장 핫한
스펙이 바로 말하기 능력이다.

● ● ●

왜 나는
말하기가 두려울까?

나는 말하는 게 두려웠다. 말을 잘 못해서 손해를 보거나 나 자신이 소멸되는 기분을 셀 수 없이 느껴왔기 때문이다. 사람들 앞에 설 때마다 목소리는 기어들어 가고 머릿속이 하얘졌다. 또한 입만 열면 사람들에게 오해를 부르고, 미움을 사고, 거절을 당했다. 다른 이들에게 나 자신을 표현하기가 내게는 가장 어려운 일이었다. 차라리 말을 하면서 두려움을 느낄 바에 아예 입을 닫고 사는 게 현명한 처사라고 생각했다. 사람들이 나를 안 좋게 평가할지도 모른다는 두려움은 나의 입을 닫게 만들었다.

말실수를 하고 오해를 불러일으킬 바엔 말을 안 하고 사는 편이 나을지 모른다고 생각했다. 혹시 당신도 이러한 이유 때문에 입을 닫고 살지 않았는가? 당신의 생각과 감정을 말로 표현하는 것이 어렵게만 느껴지고, 큰 용기를 내야만 하는 일로 여겨지지 않았는가? 당신 역시 나처럼 어린 시절의 상처와 트라우마로 인해 나다움을 잃어버리고 말하는 데 어려움을 겪고 있지는 않았는가. 먼저 나의 어린 시절 이야기를 들려주고 싶다.

어린 시절, 내 대표적인 별명은 '돼지, 뚱땡이, 아프리카 시껌둥이'였다. 또래 친구들이 놀리고, 때려도 한마디도 못하고 얻어맞았다. 나는 극도로 소심한 겁쟁이였다. 초등학교 때는 어떤 친구에게 맞고 너무 억울하고 분한 나머지 눈물을 흘리면서 그 녀석을 상상하면서 야구방망이로 때리는 시늉을 했었다. 그리고 그 녀석과 다시 마주치면 나는 아무 일도 없었다는듯이 웃는 얼굴로 대했다. 나는 나답지 않았다. 끓어오르는 감정을 숨기고 가면을 써야 하는 나 자신이 불쌍했다. 어머니께서는 맞고만 다니는 아들이 안쓰러웠는지 "너도 가서 남자답게 때려."라고 말씀해주셨지만 그런 용기는 나지 않았다.

남자답게 싸울 용기도 없는 겁쟁이에게 사춘기가 찾아왔다. 짝사랑에 빠진 것이다. 좋아하는 여학생이 있었지만 호감을 표현하는 사소한 말 한마디 건네는 게 하늘의 별 따기보다도 어려웠다. 뚱뚱하고 소심한 겁쟁이인 나 자신이 싫었다. 말 한마디 건넬 용기도 없는 나 자신이 경멸스러웠다. 열등감은 날로 커졌고, 삶에 대한 희망이 없었다. 나는 학업에는 영 관심이 없었다. 잘 하는 것도, 하고 싶은 것도 없었다. 그러던 어느 날, TV에서 우연히 마술사 이은결 씨가 선보이는 마술을 보고 어두운 내 인생에 한 줄기 빛이 쏟아졌다. 마술사라는 꿈을 꾸게 된 것이다.

가슴속에 자기 인생의 롤모델을 품게 되면 열정적으로 그 사람을 닮고 싶어진다. 그는 내 꿈이었다. 이은결 씨처럼 훌륭한 마술사가 되기 위해 마술 서적과 인터넷 동영상을 찾아보면서 마술을 독학했다. 심지어 이은결 씨의 마술 뿐만 아니라 멘트, 유머, 말투, 표정, 손동작, 목소리까지 모두 따라했다. 심지어 그의 뾰족 머리(자유의 여신상 머리)까지 똑같이 흉내 내고 다녔다. 나는 3개월 동안 독학으로 마술 연습에 매진했다. 아마추어 마술 대회에 출전하기 위해서였다. 결과는 만족스러웠다. 풋내기 중학생 마술사가 예선 무대를 통과해 본선 무대까지 올랐기 때문이다. 그리고 마술대회를 개최한 회사의 소속 마술사로 계약을 하게 되었다. 마술을 정식으로 배우기 시작한 것이다. 꿈에 그리던 이은결 씨를 눈앞에서 보고, 사인도 받았다. 마술을 배우면서 내 인생이 조금씩 변하기 시작했다.

마술을 배우게 되면서 인기가 생기고 말도 잘한다는 얘기를 듣기 시작했다. 친한 친구들도 생겼고, 짝사랑하던 여학생이 여자친구가 되었다. 나를 놀리거나 괴롭혔던 친구들도 없어졌다. 마술 덕분에 그들과 친구가 되었기 때문이다. 잘 모르는 친구들이 쉬는 시간마다 나를 찾아와 마술을 보여달라고 부탁했다. 친구들에게 마술을 보여주고 박수를 받을 때마다 뿌듯했다. 이은결 씨의 멘트, 특유의 유머(그는 장난기가 많다), 제스처까지 모두 따라 하면서 성격이 밝아진 덕분이라고 생각한다. 내 인생의 변화를 선물해준 이은결 마술사님께 진심으로 감사를 드린다.

대학에 가야 할 고3이 되었는데도 나는 공부에는 흥미가 없었다. 성적은 최하위권에 머물렀다. 좋은 성적을 내기 위해 열심히 공부하는 친구들이 다른 세상 사람 같았다. 나는 마술사가 되고 싶었지 대학에 갈 마음이 없었다. 그래서 부모님을 생각해서라도 '대학은 가야겠다'라는 생각이 머릿속에 맴돌았다. '어떤 전공을 선택해야 마술에 도움이 될 수 있을까?'라는 고민을 하다가 다양한 표현능력을 배울 수 있는 연극영화과에 진학하기로 마음을 먹었다.

대학 입시를 위해 바로 연기학원에 등록했다. 그런데 연기학원에 다니면서 다시 열등감에 사무치기 시작했다. 외모가 빼어나고, 울림 있는 목소리를 사용하고, 다양한 표현을 펼치는 학생들의 연기를 보면서 부족한 내 모습이 초라하게 느껴졌기 때문이었다. 다른 학생들은 외모뿐만 아니라 자신을 자유롭게 표현하는 용기와 자신감이 흘러넘쳤다. 나는 왜 저들처럼 나답지 못한 것일까? 나는 그들의 매력과 재능은 선천적이고 타고난 자질이라고 생각했다. 내가 원하는 대학에 합격하려면 매력 있고, 재능이 뛰어난 학생들과의 경쟁에서 이겨야만 했다. 그리고 나는 원하는 대학에 합격했다. 정확히 4년 후에……

나는 사수를 했다. '반드시 원하는 대학에 가야 한다!'라는 꿈을 현실로 만들고 싶었다. 누구나 살면서 자신이 응시한 시험의 합격자 조회를 해본 경험이 있을 것이다. 4년 동안 합격자 조회를 할 때마다 매 순간 '불합격'이라는 글자를 본다면 어떤 기분이 들까? 100번에 가깝게 '불합격'이라는 글자를 보면 얼굴에 웃음기가 완전히 증발한다.

SNS에서 나보다 먼저 대학에 간 친구들이 과복을 입고 캠퍼스를 행복하게 누비는 모습을 보는 건 고문이었다. 그럴 때마다 '반드시 대학에 합격할 것'이라는 의지를 강하게 다졌다. 절망감은 오기와 독기, 끝없는 도전으로 계속 이어졌다. 목표 대학의 로고를 옷과 노트에 오려 붙였고, 침대 머리맡을 장식했다. 내가 목표한 대학을 이야기하면 다른 사람들은 "네가?"하며 비웃었다. 그럼에도 불구하고 나는 아랑곳하지 않았다.

대학에 합격하는 것이 인생의 전부라고 여겼다. 재수를 할 때는 집보다 학원에서 자는 날이 더 많았다. 매일 아침 일찍 학원 문을 열고 학원 청소를 했다. 수업이 끝나면 밥을 먹은 뒤 연습을 하다가 땀에 젖은 채 잠에 들었다. 입시에만 집중하다 보니 여자 친구와 이별의 아픔도 겪어야 했다. 친구들에게는 술자리에 나를 부르지 말아 달라고 부탁했다. 나는 간절했다. 대학에 합격해서 굳어진 얼굴에 웃음기를 되찾고 싶었다. 그야말로 대학에 가기 위해 나 자신과 전쟁을 치렀다.

"축하합니다. 합격하셨습니다!"

4년간의 길고 길었던 입시전쟁이 막을 내렸다. 나의 승리였다. 그토록 원하는 대학에 최종 합격한 것이다.

대학생이 된 나는 4년의 입시 경험이 수많은 연극영화과 입시생들에게 도움이 될 수 있다고 판단했다. 그래서 직접 전단지를 제작해 부착하고, 학생들을 모아 연기를 가르쳤다. 경험이 부족한 만큼 모범이 되기 위해 수많은 공부와 훈련을 해야 했다. 가르치는 일은 적성에 잘 맞았다. 학생들을 가르치면서 하나의 강한 의문점을 갖게 되었다.

"왜 사람들은 나답게 말하는 걸 어려워하고, 자기표현에 자유롭지 못할까?"

어린 학생들만의 문제만이 아니었다. 나답게 말하지 못하는 나의 문제였다. '뭐 눈엔 뭐만 보인다'는 이야기처럼. 내가 나답지 못하니 가면을 쓰거나 나답지 못한 사람들은 한눈에 알아볼 수 있었다. 대학에서 연기를 배우고 무대에 오르는 경험을 하면서 나뿐만 아니라 수많은 사람들이 "나답지 못하고, 자기표현의 어려움을 겪고 있다."라는 사실을 깨달을 수 있었다.

나는 자신감을 회복하고, 표현력을 기르기 위해 연기법, 심리학, 화술, 인간관계, 의사소통, 자기계발 서적을 닥치는 대로 읽고 연구하면서 10년간 몸소 실천했다. 나에게 도움이 될 만한 강의와 세미나에 수

천만 원을 투자해 배우고 또 배웠다. 국제 공인 NLP(신경언어 프로그래밍) 치료사 자격증까지 취득했다. 나 자신을 실험도구로 삼았고, 제자들과 훈련하며 시행착오를 겪었다.

현재 나는 배우이면서 작가, 연기 코치, 스피치 코치, 심리상담 코치, 자신감 코치, 동기부여가, 자기표현 컨설턴트로서 활동하고 있다. 나답게 표현하는 것을 어려워하는 사람들에게 도움을 주는 메신저의 삶을 살고 있다. 과거의 나처럼 자신감이 없어서 말하기를 두려워하고, 자기표현에 어려움을 겪는 사람들이 자신감을 회복하고, 자신을 당당하게 표현할 수 있도록 도움을 주고 있다. 당신도 간절히 원하기만 한다면 말하기의 두려움과 자기표현의 어려움을 반드시 극복할 수 있다. 당신이 할 수 있다고 믿는 순간 변화는 시작될 것이다.

02

상대의 눈치를 보며
말한다

———

대학에서 연극 공연을 앞두고 리허설 연습이 한창이었다. 나는 주인공이었지만 '맞지 않는 옷을 입고 있다'는 생각에 휩싸였다. 주인공이라는 무거운 책임감이 어깨를 짓누르고 있었던 것이다. 자신감이 없었지만 연습은 해야만 했다. 평소에는 학생들만 모여 연습을 하는데 교수님께서 갑자기 리허설을 준비하라고 말씀하셨다.

"리허설 준비해."
"(난감)네, 교수님!"

교수님께서 영화배우 성지루 배우님과 함께 리허설을 구경 온다고 하신 것이다. TV, 스크린에서만 만날 수 있었던 성지루 배우님이 스튜디오에 들어오셨다. 갑자기 식은땀이 났다. 신기하고 즐거운 마음보다 부담이 돼서 마음이 편할리 없었다. '있는 그대로 최선을 다하자!'는 생각으로 그동안 연습했던 장면을 발표했다. 리허설은 당연히 내 마음에 들지 않았다. 리허설을 보신 교수님께서는 이렇게 말씀하셨다.

"병조, 내일 선생님 연구실로 와!"
"네......"

다음 날 교수님 연구실을 찾아갔다. 나는 마치 내일이라도 죽을 사람처럼 풀이 죽어 앉아 있었다. 교수님께서 나를 지긋이 바라보면서 말씀하셨다.

"많이 힘들지?"

참았던 눈물이 왈칵 쏟아졌다. 공연을 앞두고 '해낼 수 있을까?'라는 두려움이 컸기 때문이다. 정말이지 어깨를 들썩이며 평생 울어본 적 없는 사람처럼 펑펑 울어댔다. 누구에게도 말할 수 없었고, 말하지 않았던 나만의 고민을 교수님께선 다 알고 계셨다. 그러자 교수님이 말씀하셨다.

"넌 너무 잘하고 있어. 그러니까 눈치 보지 마. 너를 믿기 때문에 주인공을 시킨 거야. 너를 믿지 않았으면 주인공을 시키지 않았겠지?"

눈물이 계속 흘렀다. 혼자서 끙끙 앓았던 서러움과 불안이 눈물에 다 들어 있었다. 눈물을 멈춘 뒤 내가 입을 열었다. "저 할 수 있겠죠?" 교수님은 함박웃음을 지으시고 "당연하지! 너 자신을 믿어 병조야." 말씀해주셨다. 나는 이 날을 평생 잊지 못할 것이다.

"눈치 보지 마, 너 자신을 믿어."

만약 당신이 교수님이라면 내가 눈치를 본다는 사실을 어떻게 알 수 있었을까? 그 까닭은 아마도 눈치를 보며 연기하고 있는 나를 '눈으로 보고, 느꼈기 때문' 일 것이다. 당신 주변에도 어떤 말이나 행동을 할 때 눈치 보는 사람들을 적지 않게 보았을 것이다. 물론 인간이라면 누구나 눈치를 볼 수 있다. 그러나 당신이 중요한 일과 비즈니스에서 눈치를 보면서 말하면 상대방에게 '나약하고, 자신감이 없는 사람' 으로 비칠 수 있기 때문에 뜻하지 않은 손해를 볼 수도 있다. 눈치를 보며 말하는 것은 나다운 말하기라고 할 수 없다.

하지만 많은 사람들은 자신이 눈치 보며 말하고 있다는 사실을 인지하지 못한다. 당신이 눈치를 자주 보는 편인지 아닌지 알 수 있는

한 예가 있다. 한 번 '바라본다' 와 '눈치 보다' 라는 단어를 머릿속으로 그려보자. '바라본다' 는 있는 그대로 사람과 상황을 '받아들이면서 보는 것' 이다. 반대로 '눈치 보다' 는 있는 그대로 사람과 상황에 '어떤 불편함을 느끼고 있다는 것' 을 의미한다. 나를 이상하게 볼지도 모른다는 두려움 때문에 있는 그대로 바라보는 것이 어려울 수 있다. 당신은 바라보는 사람인가? 눈치를 보는 사람인가?

나 또한 눈치를 많이 보는 사람이었다. 지금도 눈치를 보며 말한다. 하지만 눈치를 보다가도 '왜 내가 이 상황에서 눈치를 보고 있지?' 떠올리면서 마음속 이유를 알아차리곤 한다. 그리고 다시 바라보는 사람이 된다. 그리고 왜 눈치를 보는지 그 이유에 대해 상대방에게 솔직히 털어놓기도 한다. 자신의 약점을 있는 그대로 이야기하면 의외로 많은 사람들이 그 진심을 알고 이해해준다. 그러면 어느새 눈치를 보던 사람에서 다시 바라보는 사람이 된다.

당신은 바라보는 사람이 되려고 하는가? 그리고 편안한 마음으로 이야기를 하고 싶은가? 그렇다면 말 기술을 익히기 전에 자신의 내면부터 들여다보아야 한다. 나답게 말하려면 말은 혀가 아닌, 마음에서 출발한다는 것을 이해해야 한다. 말은 절대 기술로써 완성될 수 없다. 말의 뿌리가 바로 마음이기 때문이다. 내성적이고 어색하게 말하는 사람이라도 그 사람의 진심이 녹아 있는 말은 나답게 말하는 사람이다. 나답게 말을 잘하는 사람은 '진심' 을 말에 담을 수 사람이다.

나는 바라보는 사람, 말에 진심을 담는 사람이 되고 싶었다. 사소한 한마디 말이라도 내 마음이 녹여낸 말을 하는 나다운 사람이 되고 싶었다. 그러기 위해서는 자꾸 사람들의 눈치를 보는 내 마음속을 들여다보아야 했다. 나는 사람들의 눈치를 볼 때마다 '왜 이 상황에서 눈치를 볼까?'라는 질문을 하고 그 이유를 깨닫게 되었다. 나뿐만 아니라 눈치를 보면서 말하고, 행동하는 사람들의 원인은 다음과 같다.

첫째, 인정받으려는 욕구에 대한 집착 때문이다.

사람들은 누구나 타인의 인정을 받고 싶어 한다. 이는 사람들의 순수한 욕망이다. 그런데 인정받으려는 욕구에 강하게 집착한 나머지 지나치게 타인의 반응을 살피는 사람이 된다. 타인의 반응이 자신이 원하는 긍정적인 반응(허락, 수긍, 동의, 미소, 긍정)과 다른 부정적인 반응(거절, 동의하지 않음, 불허, 무표정, 부정)이면 이때부터 두려움이 밀려들어 눈치를 보기 시작한다.

눈치를 보는 상태는 자신을 사랑하거나 믿는 상태가 아니다. 자기답지 못한 것이다. 왜냐하면 나보다 남을 우선시하기 때문이다. 남을 소중하게 생각하지만 자기 자신은 소중하게 여기지 않는 것이다. 타인의 허락이 중요하기 때문에 어떤 말을 해도 '나 인정해줘.'라는 마음이 담겨 버린다. 인간의 순수한 욕망이 결핍한 마음과 혼합된 감정이다. 보통 이런 사람들은 타인을 지나치게 배려하는 착한 사람들이다. 나는 많은 사람들이 착한 사람으로 보이기 위해서 자신을 불신하고 상대방만을 소중하게 생각하지 않길 바란다. 당신 자신을 사랑하라고 말해주고 싶다. "스스로를 사랑하지 않을 이유가 도대체 무엇인가?" 한 마디라도 후회하지 말고 나다운 말을 뱉어보라. 타인의 눈치를 보다가 자신의 생각과 욕구를 표현하지 못할 것인가? 자신을 사랑하는 사람이 타인도 사랑할 수 있다.

둘째, 지나친 판단 때문이다.

당신도 나처럼 생각이 많고 '이게 맞고, 저게 맞고, 옳은지, 그른지' 판단하는 사람인가? 말하기 전에 자기 생각을 끊임없이 판단하는가? 그리고 말을 해놓고 상대방의 눈치를 살피며 상대방이 어떻게 생각하는지 너무 의식하지는 않는가? 나도 그랬다. 난 먹고 싶은 음식도 상대방이 싫어할까 봐 말하지 못했었다. 내 의견이 거절당하기 싫어서 아예 말을 꺼내지도 않았다. 결국 다른 사람과 나는 먹고 싶지 않은 음식을 먹어야만 했다. 내 욕구를 표현해보지도 않고 마음속으로 앓아야만 했다. 당신도 과거의 나처럼 생각에만 갇혀 살 것인가. 그러지 말자. 이제 고민 속에 자신을 가두지 말자. 내 마음을 표현할 수 있는 사람이 나답게 말하는 사람이다.

남의 행복만을 위해 살 것인가. 당신의 행복을 위해 살 것인가. 나다운 말하기는 당신으로부터 시작한다. 내가 행복해야 다른 사람에게도 행복을 줄 수 있다. 이제부터라도 다른 사람의 눈치를 보느라 인생을 허비하지 말자. 거절당할 것이 두려워 지레짐작하지 말자. 사람을 소중하게 여기되 그 사람만큼 당신도 소중하다는 걸 기억하라. 자신의 욕구를 소중히 여기자. 때로는 자신의 욕구를 강력하게 어필해야만 원하는 것을 얻을 수 있다.

03

내가 빨리 말하는 이유

———

 "뭐라고? 왜 이렇게 말이 빨라?"

내가 자주 듣던 이야기다. 희한하게 나는 말을 빠르게 하는 좋지 못한 습관이 있었다. 말을 빨리하면 상대방에게 내 이야기를 더 많이 할 수 있다고 믿었다. 상대방이 내 이야기에 관심을 보인다는 느낌이 들면 신이 나서 말이 빨라지곤 했다. 그런데 말이 빨라지면 빨라질수록 사람들은 나를 말이 많고, 조급하고, 애쓰는 사람으로 인식했다. 긍정적인 의도를 가지고 말을 했지만 내가 얻고자 했던 반응과는 정반대의 결과를 초래했다. 나는 경험을 통해 말을 빨리하는 습관이 의사소통에 아무런 도움이 되지 않는다는 사실을 깨달았다. 왜 사람들은 말을 지나치게 빨리하는 걸까?

첫째, 성격이 급해서 빨리 말한다.

성격이 급한 사람들은 어떤 일이든 단박에 끝내려는 경향이 강하다. 그래서 말도 빨리 끝내려고 한다. 결과에 대한 집착 때문이다. 이런 성향의 사람들은 매사에 적극적이고 열정이 넘친다. 미래에 밝고 결과를 중요하게 생각한다. 그래서 말과 행동이 빠르다. 열정적이지만 미래에 대한 불안에 의해서 '현재'라는 '과정'에 초점을 맞추지 못한다. 유전적으로 성격이 급한 사람도 말과 행동을 천천히 하면 여유 있고 침착하게 말할 수 있다. 자신의 적극성과 열정을 '지금, 여기'에 초점을 둘 필요가 있다.

둘째, 자기 말만 늘어놓는다.

자기 말만 늘어놓는 사람들은 소통에 목이 마른 사람일 확률이 높다. 그러다 보니 자기 이야기를 '더 많이, 더 빨리해야겠다'는 욕구가 강하다. 이는 소통이 단절된 우리 사회의 상처이기도 하다. 말할 기회가 생기면 자기 말만 계속 늘어놓는다. 자기 이야기를 한다고 해서 잘못된 것은 아니다. 모든 사람들은 자신에 대해 이야기하는 것을 좋아하기 때문이다. 문제는 모든 사람이 자신에 대해 이야기하는 것을 좋아한다는 사실이다. 당신의 이야기를 귀담아듣는 사람도 자신의 이야기를 하고 싶어 한다는 걸 이해하면 어떨까? 진정한 소통이란 서로 나누는 것이지 일방적으로 떠드는 것이 아니다.

셋째, 상대방이 자신의 이야기를 듣지 않을까 봐 빨리 말한다.

상대방이 당신의 이야기를 귀담아듣고 있는지 확신이 서지 않을 때

빨리 말하게 되는 경우이다. 자기 이야기에 확신이 없거나 자신이 상대방에게 받아들여지지 않을지도 모른다는 두려움에 의해 빨리 말하게 된다. 상대방이 자신을 인정해주지 않을지도 모른다는 두려움이 원인이다. 이는 자신감 부족이 원인이다. 자신의 이야기와 스스로에 대한 절대적인 믿음이 있어야 한다. 자신감은 아무리 강조해도 지나치지 않다. 상대방이 자신의 이야기를 듣는지 듣지 않는지는 두 번째 문제다. 자신의 이야기를 신뢰한다면 다른 이들도 당신의 세계로 초대 된다.

혹시 당신도 이러한 이유에서 빨리 말하고 있지는 않은가? 당신의 이야기가 상대방에게 '반드시 접수되어야 한다' 는 생각에 집착하고 있지는 않은가? 말은 사람의 마음과 연결되어 있다. 내가 깨달은 중요한 사실은 말을 어떻게 하는가는 사람의 행동과 성격, 가치관, 감정, 정체성까지 영향을 끼친다는 것이다. 불안하고 조급하게 말할수록 조급한 사람이 된다. 자기 말만 늘어놓을수록 자기밖에 모르는 사람이 된다. 자신감이 없게 말할수록 주눅이 들어 버린다. 반대로 침착하고 여유 있게 말할수록 여유가 생기며, 자기 말만 하기 보다 상대방과 대화를 나눌수록 소통의 갈증을 해소할 수 있다. 그리고 상대방을 믿기 이전에 자신의 이야기와 자신을 믿고 말하면 자신감 있는 사람으로 변화되기 시작한다.

말은 사람을 변화시키는 힘을 갖고 있다. 나답게 말하는 기술의 핵심은 나의 말속에 있는 진짜 자기 자신을 발견하는 것이다. 내면과 외면을 관찰하면서 말을 어떻게 사용하는지 이해해보아야 한다. 말하는 속도는 마음의 속도와 같다. 평소보다 당신이 대하기 어려운 사람 앞에서는 말이 빨라지고 눈치를 보게 된다. 눈치를 보고 나 자신이 작아진다면 나다운 말하기가 아니다. 따라서 말하는 속도를 고치면 우리의 마음에도 변화가 생긴다. 말하는 속도를 의식적으로 조절하기만 해도 나다운 마음 상태를 유지할 수 있다.

나다운 말의 속도를 연습하기 위해서는 스스로 빨리 말하고 있다는 사실을 알아차리고 인정하는 것이 우선이다. 그다음은 말하고자 하는 속도를 의식적으로 조절하면서 말해보는 연습을 하는 것이 좋다. 말을 빨리하는 습관을 고치는 좋은 방법이 있다. 바로 '왜 이 말을 하는가'를 아는 것이다. '왜 이 말을 하는가'라는 방법을 알면 말하는 속도 역시 나만의 리듬이 생긴다.

나는 말하는 것에 그다지 중요한 의미를 두지 않았다. 연기를 시작하기 전까지 말이란 그저 '하나의 의사소통 도구일 뿐'이라고 생각했다. 연기를 배우면서 말에 대한 관심이 커졌고, 다른 사람들 보다 깊게 탐구하게 되는 계기가 됐다. 배우들은 자신이 맡은 배역, 캐릭터를 연기하기 위해 '대본'을 연구한다. 대본 속 대사를 읽으면서 스스로 자주 했던 질문은 '이 사람이 왜 이 말을 할까?'였다. "사느냐, 죽느냐. 그것이 문제로다!" 셰익스피어의 4대 비극 중 햄릿의 명대사를 읽으면서 햄릿이 '도대체 왜, 이런 말을 하는가'에 대한 의문을 갖기 시작했다. 햄릿의 대사를 그냥 글로써 읽는 게 아니라 '살아있는 사람이 하는 말'이라고 생각한 것이다.

햄릿이 "사느냐, 죽느냐. 그것이 문제로다!"라고 말하는 데에는 분명한 이유가 있다. 아버지를 잃고 슬픔에 빠져 있던 햄릿은 우연히 아버지의 망령을 만난다. 햄릿은 아버지의 망령으로부터 자신을 살해하고, 왕위와 아내를 빼앗은 장본인이 삼촌이라는 말을 듣게 된다. "사느냐, 죽느냐. 그것이 문제로다!"라는 대사는 햄릿이 복수를 결심하기 전 심각한 고민을 하며 내뱉는 말이다. 내가 왜 이 말을 하는가를 상기하면서 말을 하게 되면 "사느냐, 죽느냐. 그것이 문제로다!"라고 국어책을 읽듯이 말하는 것보다 명확한 표현이 된다. 말의 속도 역시 습관적으로 내뱉지 않기 때문에 제 속도를 찾는다. 따라서 무심코 말을 하지 말고 항상 말하는 목적을 분명히 해두는 습관을 가져야 한다. '내가 왜 이 말을 하는가' 혹은 '내가 왜 그 말을 했을까?'를 알고 분명한 목적을 가지고 말을 해보자. 사소한 말이라도 나를 중심으로 이 말을 왜 하는지 떠올릴 필요가 있다. 지금 당신이 햄릿이라고 상상하고 목적을 떠올리며 햄릿의 대사를 말해보자. 어떤가? 말 속도의 차이가 확연히 느껴지는가?

게다가 이 방법은 배우들의 대사만 해당되는 것이 아니다. 모든 사람들의 일상과 일터에서도 충분히 활용될 수 있다. 당신은 '나는 왜

이 말을 할까?' '나는 왜 이 말을 했을까?' 라고 생각하며 자신의 말 습관을 점검해 볼 필요가 있다.

"밥 먹었어?"라는 말은 평상시 누구나 자주 하는 말이다. 자신이 평소에 무심코 내뱉는 습관적인 속도로 말하지 말고, 스스로 질문을 해 보자.

'나는 왜 이 말을 하려고 할까?'

상대방에게 "밥 먹었어?"라는 말을 하려면 어떤 생각이나 욕구가 느껴져야만 한다. 예를 들어 '배고파. 난 아침부터 쫄쫄 굶었고, 배가 고파서 죽을 지경이야. 혼자 밥 먹는 건 싫고, 너와 함께 맛있는 걸 먹어야겠어.' 라는 생각이 든 다음에야 "밥 먹었어?"라는 말을 할 수 있다. 말을 하는 정확한 이유를 알면 자신의 평소 속도보다 침착하게 말할 수 있게 된다. 말에 명확성도 더해져서 상대방에게 보다 잘 전달되는 효과도 볼 수 있다.

말할 때마다 항상 이렇게 질문하면서 일일이 신경 쓰라는 것이 아니다. 머리가 터질지 모른다. 하지만 당신의 말의 속도를 개선하고 싶다면 의식적인 노력이 필요하다. 조바심을 내고 누군가 뒤쫓아 온다는 느낌으로 말하는 것은 나다운 말하기가 아니다. 자신의 말 습관을 돌아보고 소중히 다루는 연습을 시작하자. 자기 생각과 욕구를 알아차려 침착하게 상대에게 전달해보자.

말의 속도는 마음의 여유에 따라 달라진다는 것을 기억하자. 우리의 말 습관이 자기 마음을 여유롭게 하는지를 돌아보자. 여유 없이 조급하게 말하지 말고 나만의 속도를 되찾아야 한다. 말의 속도는 마음의 여유를 결정한다. 빨리 말하지 말고 정확하게 말하려고 노력하자. 정확하게 말하면 당신만의 말 속도를 찾게 될 것이다.

04

할 말을 정하고 말을
하지 않는다

———

내가 말을 잘하고 싶었던 이유는 인간관계를 개선하고 싶었기 때문이었다. 나는 연기도 잘하고 싶었지만 다른 사람들과 마음 편히 대화를 나누며 섞이고 싶었다. 사람을 좋아하는 나는 정작 다른 사람들에게 다가가는 방법을 몰랐다. 관심 있는 사람이 있어도 어떻게 말문을 열어야 할지 막막했다. 사람들과 말을 할 때면 '무슨 말을 해야 하지?'라는 생각에 사로잡혔다. 배우로서 무대 위에서 연기를 할 때는 사전에 충분한 시간 동안 연습 과정을 거치기 때문에 어려움이 없었다. 하지만 현실에서는 사람들과 대화를 나눌 때는 할 말이 없는 것이 인생 최대의 고민이었다.

대부분의 사람들은 자기 업무나 분야에 관련된 이야기가 나오면 말을 잘한다. 그 순간엔 나답기 때문이다. 각자가 오랫동안 몸담고 있었고 경험했던 이야기를 하기는 쉽다. 누구나 자기 영역에서는 전문가다. 같은 분야에 종사하는 사람들은 서로의 공통점이 있다. 그래서 보다 쉽게 친밀감을 형성하기도 한다. 그런데 만약 당신의 '영역 밖'인 대화 주제가 튀어나온다면? 말을 어려워하는 많은 사람들은 당황해할 것이다. 자신이 잘 모르는 주제에 대해서 아는 '척' 이야기하기에도 한계가 있다. 흔히 사람들은 아는 척을 할 때 내가 아닌 다른 사람을 연기하려고 한다. 어떻게 할 말이 없어도 척하지 않을 수 있을까? 불편한 주제가 나오더라도 있는 그대로의 나로서 말할 순 없을까? 있다. 바로 할 말을 미리 준비해보는 것이다. 불편할 만한 상황에 미리 준비를 해보는 것이다. 낯선 사람과 대면할 때 할 말을 정해두지 않으면 부담감은 커지고 어색한 침묵만 흐른다. 준비가 소홀하니 할 말이 없는 것이다.

준비 없이 말을 하게 되면 어떻게 될까? 자신의 평소 습관대로 말을 하게 된다. 마치 배우가 대본 없이 무대 위에 오르는 것과 같다. 할 말을 미리 정하지 않았기 때문에 뭐든지 즉흥적인 애드리브로 말을 해야 한다. 말재주가 능숙한 사람이 아니라면 자칫 말실수를 하거나, 대화 분위기를 흐려져 단절될 수도 있다. 애드리브에 능숙해지려면 준비를 하는 자세가 쌓여야 한다는 것을 기억해야 한다.

웬만해서 가정이나 학교에서는 '말을 잘하는 법'을 가르쳐주지 않는다. 그래서 당신 역시 말재주는 '타고나야 한다'고 생각할 수도 있다. 정말 그럴까? 나는 그렇지 않다고 생각한다. '말 사용설명서'만

있다면 당신도 말을 잘할 수 있다. 배우들이 무대에서 관객을 만나기까지 수많은 훈련을 하듯이. 당신 역시 연습을 통해 나답게 말하는 사람으로 거듭날 수 있다. 이제 더 이상 할 말이 없어서 고민하지 않아도 된다. 상대가 나랑 안 맞는다고 도망가지 않아도 된다.

혹시 당신은 그동안 어떠한 준비도 없이 사람들과 대화를 나누려고 하지는 않았는가? 원하는 것이 있어도 방법을 몰라서 차마 이야기하지 못하거나, 할 말이 없어서 당황한 적은 없었는가? 만약 그 대답이 '그렇다'라고 한다면 본인 스스로 할 말을 미리 정하고 말하는 습관을 들이는 것이 좋다. 평소에 본인이 '척한다'라는 생각이 든다면 당신만의 대화 기술을 익혀야만 한다. 전자제품을 처음 산 사람이 '제품 사용설명서'를 보고 기계를 다루듯이. 자신만의 '말 사용설명서'를 만들면 사람들과 유대감을 형성하는 데 도움이 된다.

나는 즉흥적인 대화를 즐기는 편이었다. '될 대로 되겠지'라는 마음가짐이었다. 그런데 나만의 '말 사용설명서'가 없으니 말이 산으로 가거나, 뜬금없는 주제로 상대방을 당황스럽게 만든 적이 많았다. 그래서 나만의 '말 사용설명서'를 만들어 보기로 했다. '어떻게 하면 다른 이들에게 나로 대하면서 긍정적인 반응을 이끌어낼 수 있을까?'라는 고민이 나만의 말하기 전략이 된 것이다. 내가 깨달은 사실은 '준비를 하고 말할 때'와 '준비를 하지 않고 말할 때'는 엄청난 차이가 있다는 점이다. 평소 습관대로 준비 없이 말하는 경우는 다음과 같다.

낯선 사람 : "저는 회 좋아해요!"

나 : "아...... 저는 회를 별로 안 좋아하는데."

낯선 사람 2 : "저는 어렸을 때부터 시골에서 부모님이랑 떨어져서 자랐어요. 친구들도 많이 없어서 보통 산에 올라가거나, 물가에 가서 노는 게 전부였어요."

나 : "시골에서 자랐구나......"

위 대화는 상대방에게 관심은 있지만 말하는 방법을 몰랐을 때의 실제 상황이다. 단순한 상황처럼 보이지만 이런 식의 대화는 정말 흔하다. 가정이나 직장에서도 흔히 벌어지는 상황이다. 왜일까? 그 까닭은 상대방에게 관심은 있지만 관심을 '표현하는 법'을 모르기 때문이다. 따라서 이러한 상황에서 '내가 나답게 말한다면 어떻게 말할까?'를 고민해보고 다음에 비슷한 상황에서 적절히 대응하면 효과적으로 말할 수 있게 된다. '상대에게 관심을 가져라' '상대를 배려하라' '경청하라'라는 뜬구름 잡는 처세술은 실용적인 자기표현에 도움이 되지 않는다. 그렇다고 기술만 배워서는 마음을 제대로 표현할 수 없다. 상대에게 관심을 가지려는 마음과 기술이 조화를 이루어야만 한다.

나는 상대 이야기에 적당한 맞장구도 쳐주지 못했다. 대화의 흐름은 단번에 끊겼다. 상대방이 얼마나 무안하고 당황스러웠을까? 나는 상대방이 하는 말을 어떻게 이어가야 하는지 몰랐다. 평소의 습관대로 즉흥적으로 말할 뿐이었다. 당연히 깊이 있는 소통은 불가능했다. 서로 간에 정보를 주고받는 대화 역시 어려웠다. 이는 준비 없이 말을 했기 때문이다. 만일 내가 '나답게 말한다면 어떻게 말할까?' 준비하고 말을 했다면 어떻게 됐을까?

낯선 사람 : "저는 회 좋아해요!"

나 : "회요? 저는 회를 즐기는 편은 아니지만 회 좋아하는 사람들은 회의 식감이나 초장 맛으로 먹는다고 하더라고요. 진정한 회 고수들은 간장에 찍어 먹는다는데. 혹시 그 정도이신가요?"

낯선 사람 : "맞아요! 저는 간장에 찍어 먹어요. 처음에는 초장 맛으로 먹다가 회 맛을 제대로 즐기려면 고추냉이 간장이 최고예요. 그런데 왜 회를 안 좋아하세요?"

낯선 사람 2 : "저는 어렸을 때부터 시골에서 부모님이랑 떨어져서 자랐어요. 친구들도 많이 없어서 보통 산에 올라가거나, 물가에 가서 노는 게 전부였어요."

나 : "그래? 내가 너라면 부모님이랑 떨어져 지냈으면 혼자서 외로웠을 것 같은데. 답답하고 그러진 않았어?"

낯선 사람 2 : "외롭고 답답했죠. 그런데 그렇다고 시골생활이 재미

없지는 않았어요. 부모님도 자주 찾아오셨고요. 그런데 어렸을 때 부모님이랑 함께한 시간이 없어서 아쉽네요."

나는 분명 이렇게 말할 수 있었다. 단지 다음에 어떻게 상황을 모면할지 생각하지 않았던 것이다. 많은 사람들이 상대방과 친해지고 자연스럽게 대화를 이어가고 싶어 하지만 말이 막히는 상황을 두려워한다. 할 말을 준비하고 말하면 척하지 않고 나의 생각을 있는 그대로 상대에게 어필할 수 있다. 그리고 자기 영역 밖의 이야기가 나오더라도 당황하지 않게 된다. 나의 이야기를 오픈하고 상대방에 대한 관심을 갖는 질문을 통해 타인에 대한 관심을 충분히 표현할 수 있다. 낯선 주제가 오고 가는 상황을 생각해보고 '내가 나답게 말한다면 어떻게 말할까?' 미리 준비를 시작하자. 그리고 자신만의 말 사용설명서에 메모를 해서 사람들을 만날 때 충분히 준비된 말을 기억하고 시도해보자.

모든 순간에 할 말을 정하고 계획하는 것은 불가능하다. 하지만 사전에 나답게 말하는 연습을 하지 않으면 척을 하게 되고 연기하는 나를 보여줘야 한다. 당신을 보여줄 수 있는 말 사용설명서를 만들자. 멋부린 말은 필요 없다. 당신의 진심이 담겨있다면 척하지 않는 걸로 충분하다. 상대방에 대한 관심만큼 그 진심을 내가 표현했다는 것에 만족하자.

05

상대방의 말을 예단하는
습관을 버려라

요즘 사람들은 타인과의 진정한 소통과 대화의 결핍을 느낀다. 인터넷과 SNS의 발달로 인해 얼굴을 마주하고 대화할 일이 극히 줄어들었다. 그럼에도 불구하고 사람들은 서로 자신의 이야기를 나누고 소통하기 위해 끊임없이 다른 사람들을 필요로 한다. 바로 마음의 교감을 위해서다. 하지만 사람들을 만나 이야기꽃을 피워보려고 해도 대화가 단절되고, 교감은커녕 공허함만 남는 대표적인 원인이 있다. 도무지 소통 같지가 않다. 왜 그럴까? 흔히 사람들은 상대방을 "넌 이런 사람이야."라고 미리 단정 짓기 때문이다.

주위를 둘러보면 고개를 잘 끄덕여 주고, 눈을 마주치고, 연민의 표정으로 공감을 잘하는 사람들이 있다. 그러다가 갑자기 그들은 돌변한다. "네가 게을러서야." "네가 운동을 하지 않아서야." "그래서 결론이 뭔데?" "너는 날 싫어하나 보네!" 아직 상대방이 말을 끝마치지도 않았는데 난데없이 끼어든다. 그리고 상대방의 생각과 감정은 무시한 채 그 사람을 판단하기에 이른다. 물론 스스로 이러한 문제를 자각하지도 못한다. 나는 상대의 말을 멋대로 판단하는 습관은 대화를 단절시키는 최고의 방법이라고 확신한다. 말이 끊긴 상대방은 이해받지 못했기에 자존심이 상하고 실망감을 느낄 것이다. 나답게 말하겠다는 욕심에 상대를 무시하거나 비판하는 것은 오만이다. 상대방의 말을 예단할 경우 진정한 소통은 불가능하다. 상대방은 마음의 문을 '쾅!' 닫아 버리게 된다. 상대의 말을 예단하는 사람들은 몇 가지 사소한 습관이 있다.

첫째, 이야기를 끝까지 듣지 않고 말을 끊고 끼어든다.
둘째, 상대방을 판단한다.(거짓반응, 충고, 평가, 넘겨짚기 등)
셋째, 아는 사람이든 모르는 사람이든 상대를 잘 안다고 확신한다.

당신 주변에 이 같은 방식으로 상대방의 말을 예단하는 사람이 있는가? 아니면 당신이 그 주인공인가? 예단은 자기 멋대로 상대방을 '미리' 판단하고 넘겨짚는 부정적인 말 습관이다. 남을 멋대로 예단하는 사람은 나답게 말하는 사람이 아니다. 자신에게 베푸는 사람은 타인에게도 베풀 수 있는 사람이기 때문이다. 스스로에게 여유가 없는 사람일수록 타인을 무시하고 비판한다.

물론 대화에 빠져들다 보면 상대방에 대한 자신의 판단을 이야기할 때가 있다. 그리고 사람들은 조언하기를 좋아하기 때문에 때로는 상대방에게 필요한 조언을 해줄 수도 있다. 상대의 말을 예단하지 말아야 할 때는 바로 상대방이 스트레스 상태에 있고, 당신의 이해와 공감, 인정, 사랑을 필요로 할 때다. 나다운 사람은 일부러 다른 사람의 흠을 건드리지 않는다. 하지만 다른 이들이 어떤 감정 상태인지 감안하지 않은 채 무분별하게 말하는 사람들이 있다. 그들은 상대의 흠을 찾아내고 때로는 씻을 수 없는 상처를 남긴다.

　살다 보면 누구나 스트레스를 받는다. 이리저리 삶에 치이다 보면 스트레스를 안 받고 사는 게 오히려 더 어렵다. 도가 지나치면 스트레스는 병이 되지만 적당한 스트레스는 삶에 활력을 준다고 한다. 집중력을 높여주고, 의지를 강하게 만들어 주고, 인내심을 길러준다. 하지만 스트레스가 일정 기준을 넘어서는 순간 사람들은 고통에 빠지게 된다. 고통에 빠진 사람은 마음의 여유가 없다. 당신과 친했던 친구가 고통에 빠졌을 때를 기억할 수 있는가. 친구는 당신과 이야기를 하면서 자기 마음의 공간이 깨끗이 비워지고 치유되기를 바라고 있을지 모른다. 그런데 유일한 희망이었던 당신과의 대화에서 친구를 멋대로 예단하면 이들은 마음의 문을 닫아 버린다. 그리고는 두 번 다시 당신과의 인연을 이어가지 않을지도 모른다. 우리가 말을 어떻게 하느냐는 원만한 관계를 지속하거나, 공들인 관계를 한 번에 무너뜨리기도 한다. 그러려면 멋대로 말을 예단하고 상대방을 판단하는 습관을 제거하는 것이 좋다. 자! 지금부터 말을 예단하는 습관을 낱낱이 파헤쳐 보기로 하자.

첫째, 이야기를 듣지 않고 말을 끊고 끼어든다.

당신이 중요한 이야기를 하고 있는데 상대가 말을 끊었다. 심지어 당신 이야기를 '다 듣지' 도 않았다. "내 말 좀 들어봐."하며 다시 말을 해보지만 다시금 말을 잘라 버린다. 당신이라면 계속 이야기하고 싶을까? 왜 자꾸 내가 이야기를 끊고 끼어드는 걸까? 보통 끼어드는 사람들은 자기 이야기를 하고 싶은 욕구가 크기 때문이다. 따라서 상대방의 말을 듣고 싶은 마음보다 말하고 싶은 마음이 큰 사람이다. 하지만 말하기에 있어서도 인내심이 필요하다. 상대방의 이야기가 재미없고, 지루할 수 있겠지만 상대의 감정을 고려하지 않고 끼어드는 것은 '관계'에 위험 신호를 알리는 것이다. 상대방의 이야기가 당신과 상대와의 관계에서 중요하다고 생각한다면 인내심을 가지고 이야기를 끝까지 들어줄 필요가 있다.

둘째, 상대방을 판단하는 말을 던진다.

대화나 의사소통에 관심 있는 사람이라면 상대방에게 맞장구를 쳐주고, 공감이 중요하다는 사실을 알 것이다. 배운 기술을 사용하는 적극적인 노력은 좋지만 흔히 초보자들이 많이 하는 실수가 있다. 기술로서만 반응을 하고 상대방의 마음을 제대로 파악하지 못한다는 것이다. 몸으로는 공감하는 척하다가 상대방을 자신의 기준으로만 판단한다. 가치판단, 가짜 반응, 충고, 넘겨짚기를 하며 타인을 잘 아는 것처럼 말한다. 듣는 사람은 당신의 이중적인 모습에 '속았다'는 생각을 하고 마음을 닫을 것이다. 상대를 판단하는 사람들은 '나는 널 잘 알아, 그러니 내 말을 들어.'라는 우월감에 빠져 있다. 상대보다 자신이 위에 있다고 생각하고 "네가 잘못했네." "네가 열심히 안 한 거야."라며 판단해서는 안 된다. 상대의 시각으로 세상을 보려고 해야 한다. 자신의 기준에 의한 해석은 상대방을 위한 노력이 될 수 없다.

　셋째, 아는 사람이든 모르는 사람이든 상대를 잘 안다고 확신한다.

　흔히 사람들은 무의식적으로 상대를 단정 짓는다. '이 사람은 A 같은 사람이구나.' '이 사람은 B 유형이군.'이라며 확신하기에 이른다. 자신만의 색안경으로 사람을 A=착한 사람, B=나쁜 사람으로 분류한다. 그 배경은 우리의 과거 경험이다. 누구나 외모, 나이, 학력, 돈, 인성, 직업 등 사람을 판단하는 기준이 다양하다. 이는 사람들에 대한 자신의 과거 경험을 기준으로 상대를 파악하고, 자신이 믿고 싶은 대로 보기 때문에 상대를 잘 안다고 확신하는 것이다. 우리의 본능적인 느낌이 어느 정도 들어맞을 때도 있다. 하지만 자신을 과신한 나머지 '나는 옳고, 너는 틀리다.'라고 생각한다면 상대방을 있는 그대로 보지 못하게 된다. 자신의 세계가 너무 강해서 상대의 세계에 들어갈 수 없게 되는 셈이다.

상대방의 말을 예단한다는 것은 '사람'으로 보지 않고, '대상'으로 볼 때 일어나는 현상이다. 극단적으로 말해서 상대의 존재를 단정 짓는 행위이다. 상대방의 말을 예단하여 얻을 수 있는 것은 상대에게 '우월감을 느끼고 싶고, 자기 이야기를 늘어놓고 싶거나, 좁디좁은 마음의 그릇'을 강조할 뿐이다. 나답게 말하는 사람은 그릇이 넓은 사람이다. 조언을 해도 '희망'을 주지 '절망'을 주지는 않는다. 다른 이들이 당신과 이야기하는 상황을 피한다는 느낌이 든다면 이러한 말 습관을 돌아보아야 할 것이다. 우리는 사람을 있는 그대로 판단하지 못할 때가 많다. 하지만 우리는 노력해야 한다. 자신이 특정한 사람과의 대화에서 상대의 말을 예단한 적이 있는지 스스로에게 질문을 해보자. 상대를 예단하는 습관을 고치는 몇 가지 방법은 다음과 같다.

－당신은 누구의 말을 예단하는가?
－당신은 상대방을 '사람'으로 보는가. '대상'으로 보는가?
－당신은 그 사람에게 어떤 고정관념(선입견)을 가지고 있는가?
－당신이 한 판단은 진실인가?
－있는 그대로 상대방과 이야기한다면 어떤 말을 할 것인가?

자신만의 색안경으로 상대방을 섣불리 판단하지 말아야 한다는 것을 기억하자. 자신의 기준으로만 상대가 움직여야 한다는 집착을 버리자. 상대방을 목적의 대상이나 수단으로 보는 것을 멈추자. 오늘부터 있는 그대로 상대방을 보고 진실된 관계를 만들어 가자. 우리는 모두 똑같은 사람이다. 당신처럼 상대방도 감정이 있는 사람이라는 것을 꼭 기억하길 바란다. 사람들을 당신과 똑같은 사람으로 소중히 대할 때 진정한 소통과 교감이 시작된다.

06

경청을 못하는 이유는
따로 있다

———

나는 말을 잘하는 사람과 나답게 말하는 사람은 다르다는 걸 깨달았다. 자기가 하고 싶은 말을 똑소리 나게 하는 사람일지라도 진정성에서 차이가 느껴졌다. 훌륭한 목소리로 자신의 생각을 세련되게 표현할 줄 알지만 '진정성'이 부족하다면 타인에게 신뢰를 줄 수 있을까? 나는 세련되게 말하기 보다 진정성 있게 말을 잘하는 사람이 되고 싶었다. 나는 많은 사람들이 특정한 사람에게 '이 사람은 안전해' '이 사람은 믿을 수 있어'와 같은 생각을 하는 것은 '진정성'이라고 확신한다. 믿음이 안 가는 사람에게 마음을 열기란 어려운 일이지 않은가. 듣는 것도 마찬가지다. 경청을 잘하려면 진정성이 있어야 한다. 그런데 많은 사람들은 기술을 사용해서 경청하는 척을 한다. 나답게 말하고 듣는 사람들은 경청을 연기하지 않는다. 그들은 듣는다. 진정성 있게 듣는 것이 바로 경청이다.

경청이란 사전적인 의미로 '귀 기울여 듣다'는 의미다. 그냥 듣는 것도 아니고 '기울여서 듣는다'는 한자 뜻이 의미심장하다. 사람들은 평생 동안 세상의 수많은 이야기를 듣는다. 듣고 싶든, 듣고 싶지 않든, 우리는 매 순간 듣고 살아간다. 이렇게 우리에게 듣는다는 행위는 아주 익숙한 일이지만 진정성 있게 기울여 듣는 일은 좀처럼 적다. 귀로는 듣지만 마음으로 들으려고 하지 않는다.

당신은 귀로 듣는 사람인가? 마음으로 듣는 사람인가?

안타깝게도 나 역시 귀로만 듣는 사람이었다. 상대방이 말을 하고 있으면 끝까지 듣지 않고, 끼어들어 내 생각을 말하기 일쑤였다. 그리고 분명한 사실은 진정성 있게 들으려 하지 않았다는 것이다. 진짜 마음이 아니라 가짜 마음으로 들었다. 가짜로 들으니 난 속으로 딴 생각을 했다. 상대방의 말을 끊고 내 생각에 상대에게 필요한 조언을 했다. 나는 분명 옳은 말, 맞는 말을 한 것 같은데 사람들은 나와 대화하기를 외면했다. 대화를 할 때마다 악순환이 반복됐고, 외로워졌다. 그 이유가 분명했다. 가짜 경청을 했기 때문이다.

어떻게 하면 가짜로 듣지 않고, 진짜로 들을 수 있을까? 귀로만 열심히 듣는다고 경청을 할 수 있는 것은 아니다. 누구나 두 개의 귀를 가지고 태어나지만 내가 가져야 할 귀는 상대방에 대한 진실한 마음의 귀였다. 진정성 만이 마음의 귀를 열게 해주는 유일한 해답이었다. 내가 마음의 귀를 열지 못했던 마음의 습관을 돌아보면서 경청을 하지 못하는 이유를 찾게 되었다. 경청을 못하는 사람들의 여러 가지 특징은 다음과 같다.

첫째, 상대방이 자신에게 중요한 사람이라고 생각하지 않는다.
둘째, 상대방의 이야기를 인내심 있게 듣지 않는다.
셋째, 상대방에게 관심이 있기 보다 다른 목적을 가지고 상대방을 대한다.
넷째, 상대방의 감정에 공감하지 않는다.

당신은 위와 같은 사람들과 계속 대화를 나누고 싶은가? 상대방을 신뢰하고 자신의 속마음을 털어놓을 수 있을까? 당신이 이와 같은 생각을 하고 대화를 나누면 사람들은 고개를 돌리고, 입을 굳게 다물고, 팔짱을 낄지도 모른다. 상대방의 마음은 굳게 닫혀서 다시는 열기 힘들어진다. 이런 대화의 악순환은 인간관계의 악순환을 의미한다. 마음을 기울여 듣지 않으면 결국 우리가 말할 기회도 사라진다. 듣지 못하는 사람은 말할 수 없다는 의미다. 듣는 것은 상대방에 대한 관심의 정도로 나타난다. '상대에 대한 관심의 정도'가 '경청의 질'을 결정한다. 누군가 당신의 이야기를 잘 들어준다면 적어도 당신은 그 사람에게 어떠한 영향력을 행사하고 있는 것이다. 진짜 듣는 것은 마음의 올바른 태도 없이 불가능하다. 마음속 태도를 돌아보면서 경청에 대한 해답을 얻기를 바란다.

첫째, 상대방이 자신에게 중요한 사람이라고 생각하지 않는다.

상대방이 당신에게 중요한 사람이 아닌데 진짜로 듣는 것이 가능할까? 나는 불가능하다고 확신한다. 마음속으로 타인을 소중하게 여기지 사람은 상대의 이야기가 들리지 않는다. 소리는 듣지만 마음으로는 들을 수 없다. 흔히 사람들은 내 이야기는 타인이 관심을 가지고 들어주길 바라지만 정작 타인에게 관심이 없다. '나는 듣기 싫으니까 너는 내 얘기만 들어.' 라는 이기적인 태도이다.

나는 상대방과 가까워지길 바라는 한편 그 사람과 가까워지길 두려워하는 마음이 공존하고 있었다. 친해지면 또 나를 떠나갈까 봐 두려웠다. 좋아하지만 거리를 두고 싶은 마음이 들었다. 그래서 진짜 들을 수 있었지만 듣는 척만 했다. 듣는 척만 했더니 사람들은 이를 알아보고 떠나갔다. 어차피 떠날 거라면 타인에 대해 진짜 관심을 가질 필요가 없다고 생각했다. 혹시 당신도 나처럼 사람들과 깊은 관계가 되기 두려워서 벽을 두지는 않았는가. 내가 사랑하면 떠날지도 모른다는 두려움이 생기지는 않았는가. 당신은 또다시 상처받고 싶지 않은 마음에 듣는 척 연기하며 다 이해하는 것처럼 상대방을 대하지 않았는가.

나는 닫힌 마음으로 인해 혼자가 되었다. 철저히 혼자가 되어보니 깨달음이 나타났다. 기술로써 상대를 이해하기 위한 거짓 가면은 다른 이들과의 소통을 방해할 뿐만 아니라 인간관계를 망치는 지름길이라는 것을. 나는 내 안의 '진정성을 꺼내야겠다' 고 다짐했다. 다시 사랑하고 관심을 가질 용기를 냈다. 사람들에게 마음으로 다가가는 것이 유일한 해결책이었다. '사랑하라, 한 번도 상처받지 않은 것처럼' 이라는 글귀를 마음에 새기고 상대방에게 진실한 관심을 보여야 한다. 진짜 들으려면 상대방에 대한 관심을 가지는 것 외엔 답이 없다. 닫힌 마음을 열고 상대에게 관심을 기울여보자. 그때야 오롯이 마음이라는 진짜 귀가 열린다. 마음의 귀가 이야기를 듣기 시작할 것이다.

둘째, 상대방의 이야기를 인내심 있게 듣지 않는다.

상대방의 말을 끝까지 듣지 못하는 이유는 단순하다. 참을성 있게 듣지 않기 때문이다. 이야기를 끝까지 듣지 않으면 상대방은 자신이 무시당하고 있거나 자신을 소중히 여기지 않는다고 생각한다. '기다리면 복이 온다' 는 말이 있다. 입을 열고 싶은 순간! 참고, 또 참고, 또 참을 수 있어야 한다. 또한 이야기를 들으면서 당신이 말할 차례를 생각하지 마라. 그때그때 떠오르는 생각을 말하고 싶으면 상대방의 이야기가 끝나고 말해도 늦지 않다. '내 이야기를 얼른 해야겠다' 는 조바심을 버리도록 하자. 상대방이 말하고 싶은 사람이 세상에 당신밖에 없다고 생각하자. 선입견을 갖고 들으면 자신이 듣고 싶은 대로 상대방의 이야기를 듣게 되는데, 자기 생각을 내려놓고 듣는 연습이 도움이 된다.

셋째, 상대방에게 관심이 있기 보다 다른 목적을 가지고 상대방을 대한다.

만약 상대방 보다 상대방이 가진 지위, 명예, 소유물 등에 관심을 가질 경우 그 의도가 행동과 말에 드러나게 된다. 상대방에게 관심이 있기보단 상대방이 '가지고 있는 것'에 더 많은 집중을 하게 되는 경우다. 경청을 하려고 해도 어떤 목적을 가지고 있기 때문에 상대방의 이야기가 들리지 않는다. 사람이 사람을 만나는 데에는 어떠한 목적이 있다. 그것이 돈이든, 사랑이든 무엇이든 목적이 된다. 하지만 지나치게 그 사람이 가진 것에만 집착하면 상대에게 집중을 잃을 뿐만 아니라 두 마리의 토끼를 다 잃을 수 있다. 만약 상대방에게는 관심이 없고 그 사람이 가진 것에만 관심을 가진다면 사람들은 이를 귀신같이 알아챌 것이다. 마음먹은 대로 말을 하게 되고, 말은 그 에너지를 담고 있기 때문이다. 우리가 생각하고, 느끼는 것이 말에 담기게 되고, 상대에게 전달된다. 아이러니하게도 상대방이 가진 것을 얻으려고 하기보다 상대방에게 진정한 관심을 주면 보다 가치 있는 것을 얻는다.

넷째, 상대방의 감정에 공감하지 않는다.

사람들은 자신의 감정을 누군가 알아주길 바란다. 자신의 기쁨과 슬픔, 두려움이라는 감정을 누군가 인정해주기를 갈망한다. 그래서 상대에게 나의 감정을 하소연해보지만 대화를 하면서 감정이 해소되지 않는 까닭은 공감을 제대로 하지 않았기 때문이다. 공감은 상대방의 감정을 함께 느끼는 것이다. 상대의 감정에 공감하려면 이야기를 들으면서 상대방이 하는 말뿐만 아니라 말의 속뜻, 상대가 느낄만한 감정을 세심하게 느낄 수 있어야 한다. 공감을 잘하려면 자신이 느끼고 있는 감정을 느끼는 연습부터 해야 한다. 많은 사람들이 분노와 슬픔을 구분하지 못할 때도 있고, 속상함과 절망을 구분하지 못할 때가 많다. 내가 생각하는 공감이란, 상대방 스스로도 제대로 인지하지 못하는 감정을 대신해서 함께 느끼고 이야기하는 것이다. 공감은 마치 손이 닿지 않는 가려운 부분을 대신 긁어주는 것과 같다. 상대방이 미처 말하지 못한 감정을 내가 깊게 공감하면 적과 친구가 되기도 하고, 낯선 사람도 평생 친구가 되는 마법 같은 효과를 볼 수 있다. 다음은 경청의 효과적으로 하는 방법이다.

1. 경청은 진정성이 우선이다.
2. 상대방에게 진실한 관심을 가진다.
3. 과하다 싶을 정도로 입을 다물고 들어라.
4. 상대방이 가진 것보다 상대방에게 집중하라.
5. 상대방의 감정을 함께 느껴라.

경청은 나와 남이 하나가 되는 과정이다. 마음을 기울이지 않고 귀로만 들으려고 한다면 타인과 하나가 될 수 없다. 그 해답은 역시 타인에 대한 진정한 관심과 사랑이다. 상대방을 향해 가슴을 활짝 열어야 한다. 가슴으로 듣는 순간 말소리는 마음의 소리로 들리게 된다. 마음의 귀가 뜨이고 당신과 상대방은 연결되기 시작한다.

07

상대방의 마음을 함부로
읽지 마라

———

미국 CBS에서 방영한 드라마 〈멘탈리스트〉를 감명 깊게
봤었다. CSI(California Bureau of Investigation 캘리포니아 연방 수사
대)의 자문 요원으로 범죄수사를 돕는 주인공 '패트릭 제인'은 말과
행동을 예리하게 관찰하여 사람들의 마음을 읽을 수 있었다. 사소한
단서를 가지고도 놀라운 통찰력과 직관력을 가진 그는 각종 범죄의
뛰어난 해결사였다. 나는 드라마를 보는 내내 경이로웠다. 드라마가
허구의 이야기라지만 '대단해. 나도 사람의 마음을 읽고 싶어!' 라는
상상을 펼치기도 했다.

　사람의 마음을 읽는 것이 정말 가능할까? 나는 주인공 패트릭 제인
처럼 사람의 마음을 읽고 싶다고 생각했다. 그래서 남다른 관심을 갖
고 심리학을 공부했던 것 같다. 다른 사람의 마음을 들여다볼 수 있는
환상은 나를 열광하게 만들었다. 사람들과 자주 만나고 그들의 말과

행동을 보면서 어느 정도는 그 사람의 심리와 마음 상태를 느낄 수 있게 된 건 사실이다. 하지만 공부를 거듭할수록 '사람의 마음은 읽을 수 없으며 완전히 이해할 수 없다.' 는 결론에 도달했다. 모든 사람들은 자기만의 고유한 경험과 지식, 가치관이 다르다. 그리고 사람들은 항상 변화한다. 따라서 사람의 마음은 헤아릴 수 있어도 읽을 수는 없다.

그런데 많은 사람들은 마치 자신이 상대방을 전부 꿰고 있는 것처럼 상대방의 마음을 읽을 때가 있다. 사실과는 전혀 무관한 '자신만의 해석' 으로 상대방의 마음을 읽는 것이다. 가정과 직장을 불문하고 이런 일은 우리의 대화 속에서 자주 발생한다. 상대방의 작은 실수를 넘겨짚어 큰 실수로 만들고, 말 한 마디로 인해 대역 죄를 저지른 사람으로 낙인을 찍는 경우도 빈번하다. 이 같은 오해는 상대방의 마음을 '자신만의 해석' 으로만 보는 데서 비롯된다. 자신의 지식에 대한 믿음이 강해서 다른 방법은 떠올리지 못한다.

상대방의 마음을 함부로 읽으려는 사람들은 자신만의 세계, 가치관, 믿음 등에 집착을 놓지 못하고 상대방을 단정 지으려 할 때 발생한다. 자신의 세계가 세상 무엇보다 우월해서 다른 사람의 세계는 무시되는 경우이다. '나는 옳고, 너는 틀렸다' 라는 시선으로 사람들을 바라본다. 자신만의 잣대로 상대방을 판단하고 상대방의 행동, 감정까지 단정 짓게 된다. 이런 사람들의 심리는 상대방의 생각, 행동, 감정을 '다 안다'고 생각하는 오만함에서 비롯된다.

나 역시 고집을 내려놓지 못했었다. 나만의 고정관념, 선입견, 믿음, 가치관으로 사람들을 나의 기준에 맞추려고 했었다. 심리학이라는 지식을 신뢰한 나머지 이것만이 '정답'이라고 믿은 오만함이었다. 우연히 상대방에게 진심이 우러나면 인간관계와 말하기에 관한 지식과 기술들로 많은 도움을 줄 수 있기도 했다. 하지만 정작 나의 주변 사람들에게도 똑같은 실수를 저지르고 말았다. 가까운 친구들까지 나만의 기준으로 그들을 변화시키려고 했던 것이다. 두 번 다시는 그런 실수를 하고 싶지 않다. 우리 주면을 둘러보면 과거의 나처럼 자신의 뜻을 굽히지 않고 상대방을 판단하는 사람들을 여럿 볼 수 있다.

당신은 지나치게 자신의 입장만 고수하는 사람을 소신 있는 사람으로 보는가? 아니다. 그저 '고집쟁이'로 보인다. 상대방이 받아들일만한 준비가 되지도 않았는데 자신의 입장만 주장하는 사람들은 자기중심적으로 비친다. 이처럼 상대의 마음을 함부로 읽는 사람들은 자기 가치관에 대한 집착을 쉽게 내려놓지 못한다. 상대방의 마음을 함부로 읽는 것만큼 상대에게 모욕적인 기분이 들게 하고 적을 만드는 말 습관은 없다. 나답게 말하는 사람들은 적을 내편으로 만들 수 있는 사람이다. 다음 박군의 이야기를 상상하면서 상대방의 마음을 함부로 읽는 습관이 무엇인지 살펴보자.

시험 성적이 떨어진 박 군은 교무실에 불려갔다.

선생님 : "너 이번에 시험 성적이 왜 이렇게 떨어졌어? 여자친구랑 헤어졌니?(함부로 마음 읽기)"

박 군 : "아니요. 선생님. 저도 괴로워요. 요즘 공부를 하고 싶은 마음이 안 생겨요."

선생님 : "아까 수업시간에 잘만 떠들더니...... 노력이 부족했겠지 (제자의 감정을 무시하면서 '노력이 부족하다' 며 단정 짓는다)"

박 군 : "(감정이 상한다) 그게 아니고요...... 선생님, 저는 음악을 하고 싶어요."

선생님 : "네가 무슨 재능이 있어서 음악을 하려고 해? 음악인이 얼마나 먹고살기가 힘든데(자신만의 가치관으로만 학생을 판단하며 학생의 사기를 꺾는 말을 한다)"

박 군 : "(한숨을 깊게 내쉰다)하......"

선생님 : "다른 거라면 모를까 음악은 정말 아니야. 선생님 친척 중에...... (다시 자신의 입장을 주장하며 학생에게 충고한다)"

혹시 어디서 많이 본 대화 방식이지 않은가? 선생님은 박 군의 마음을 함부로 읽을 뿐만 아니라 자신만의 가치관을 내세우며 박 군의 '음악을 하고 싶다.' 는 욕구에 찬물을 끼얹었다. 박 군의 심정은 어땠을까? 선생님에게 실망스럽고 자존심이 상했을 것이다. 그리고 선생님과는 '더 이상 말을 섞어봐야 소용없다'고 생각할 것이다. 하지만 이미 늦었다. 자신의 지위를 이용해 상대의 자존심을 다치게 해서는 안 된다. 상처받은 박 군은 자신의 마음을 헤아려주지 않은 선생님에게 등을 돌리게 될 것이다.

"어른 말을 들으면 자다가도 떡이 생긴다."라는 우리나라 속담이 있다. 맞는 말이다. 하지만 어른으로서 옳은 말, 맞는 말, 사실적인 이야기를 상대의 감정을 고려하지 않고 말을 하는 데서 오해가 생긴다. 기억하자. 사람들은 사실적인 이야기보단 따뜻한 감정, 힘이 되는 말, 희망이 되는 이야기를 듣고 싶어 한다. 때때로 독설이 필요할 때도 있지만 자주 하면 독설은 그 자체로 독이 된다. 독설 역시 따뜻한 감정을 담아 말할 수 있다. 그러면 상대방도 나의 마음을 멋대로 읽고 판단한다는 '부정적인 감정'이 아닌 나를 위한 말을 하고 있다는 '긍정적인 감정'을 느끼게 된다. 나답게 말하는 사람들은 옳은 이야기를 하면서 상대를 지지하는 사람들이다. '사람들은 옳은 이야기를 듣고 싶은 것이 아니다. 옳다고 느껴지는 감정을 느끼고 싶어 한다.'

마음을 읽는다는 느낌은 상대방이 느끼는 것이다. 이는 결국 상처를 남긴다. 따라서 나의 말이 상대방에게 '어떻게 느껴질까?' 생각해보는 역지사지의 마음이 중요하다. 호감은 좋은 감정을 의미한다. 다른 이들에게 기분 좋고 따뜻한 감정을 느끼게 하는 말이 관계를 발전시키고 오랫동안 가슴에 남는다. 상대의 마음을 다치지 않게 하면서 나답게 상대와 교감하는 방법을 소개한다.

첫째, 자신의 신념, 생각, 가치관에 집착하지 말자.

항상 자신이 틀릴 수도 있다는 사실을 염두에 두자. '너는 모르면 가만히 있어'라는 태도는 상대방의 기분을 좋게 만들 수 없다. 겉으로는 위하는 척 치장한 말 기술로 속임수를 쓸 수 있겠지만 얼마 지나지 않아 실체가 드러날 것이다. 결국, 당신의 마음은 '너는 모르고, 틀렸다'라고 믿고 있는 셈이 들통난다. 자신이 진실한 관계를 원하고 나답게 말하는 사람이 되기를 원한다면, 자신이 언제든 틀릴 수 있으며 상대방에게도 배울 수 있다는 마음가짐이 중요하다. 그러면 마음을 읽으려고 하는 말이 불쑥 튀어나올 리가 없다. '새로운 것을 배우겠다!'는 마음가짐을 가져보자.

둘째, 상대방에게 가르쳐주고, 조언하고 싶은 욕구를 내려놓으라.

옳은 말, 맞는 말을 하고자 하는 마음은 이해한다. 사실적인 이야기로 조언을 하고 싶은 마음을 포기할 수 없다면 조언을 하되 '따뜻한 마음', '차가운 마음' 이 둘 중 어떤 마음에서 출발하는 것인지 돌아보자. 상대방이 받아들이고 말고는 상대방의 '감정'에 따라 좌우된다는 것을 기억하자. 자신의 믿음을 상대방에게 주장하려고 할 때, 스스로에게 하는 질문이 있다. '나는 옳길 원하는가? 행복하길 원하는가?' 당신이 행복을 원하는 사람이길 바란다.

당신이 명심해야 할 것은 사람들은 감정에 의해 움직인다는 사실이다. 상대방의 마음을 함부로 읽으려고 하지 말고, 행복하게 말하는 사람이 되자. 모든 사람들을 선생님이라고 생각하고 그들에게서 배우려고 노력하자. 말하기 전에 상대방이 느낄 감정을 상상하라. 향기가 나는 말은 반드시 더 진한 향기의 말로 되돌아온다. 명심하길 바란다. 최고의 말하기는 기분이 좋은 말하기라는 것을.

08

왜 내가 말하면
오해를 부를까?

———

왜 내가 말만 하면 사람들과의 대화에서 오해가 생기는 걸까? 가슴이 답답했다. 내가 원했던 상황과는 다르게 흘러가고, 기대했던 긍정적인 반응의 정반대 결과를 초래했다. 착하게 살아왔건만 내 말을 다르게 받아들이는 사람들이 한때는 원망스러웠다. '내가 무슨 잘못을 했길래' '나한테 왜들 그러는 거지?' '난 분명 맞는 말을 했어!' 와 같은 생각이 맴돌았다.

나는 어렸을 때부터 진실과 어긋날 때면 불편한 마음이 감돌았다. 그래서 가슴 한편에 왠지 모를 이상한 감정을 간직하며 살아온 것 같다. 특히 사람들과 대화를 나눌 때마다 겉과 속이 일치되지 않는 부자연스러움이 나를 괴롭혔다. 나답지 못했기 때문에 계속 마음이 불편했다. 이 부자연스러움은 사람들로 하여금 오해를 부르고, 눈치를 보고, 위선 된 사람으로 만들었다. 나답지 못한 말, 나와 어울리지 않는 말을 할 때마다 자연스럽지 않다고 느꼈다. 반대로 내 마음이 편안할수록 말은 자연스러웠고, 불편할수록 말은 거짓과 오해투성이였다.

인정하기 싫었지만 말 때문에 오해를 사는 일이 점점 많아졌다. 결국, 나는 '아니야, 인정할 수 없어.'라는 생각에서 '그래, 내가 문제일 수도 있어.'라는 생각으로 내 말에 책임을 지기 시작했다. 피하고 외면한다고 달라지는 것은 없다. 나의 말과 행동은 내 마음 어디에서 나오는 것일까? 왜 자꾸 오해가 생기지? 책임을 지기 위해서는 나의 습관이 속마음 어디서 온 것인지 알아차려야 했다. 스스로 마음을 돌아보는 일은 언제나 큰 용기를 필요로 한다. 관찰한 결과, 나의 몇 가지 말버릇은 사람들의 오해를 하기에 충분했다. 나는 다음과 같은 말 습관을 지니고 있었다.

1. 퉁명스럽게 말한다.
2. 말꼬리를 흐려 말한다.
3. 명령조로 말한다.
4. 감정표현을 정확히 할 줄 모른다.

혹시 당신이 인정하기 싫은 말 습관이 나열되어 있지는 않은가? 나는 이런 나의 모습에 혐오감마저 들었다. 내가 오해를 부를만한 말버

릇과 태도를 가지고 있었기 때문이다. 말이 상대방과의 관계에서 도움이 되는가 확인하는 방법이 있다. 좋은 감정을 많이 느끼는지, 안 좋은 감정을 많이 느끼는지 떠올리면 된다. 당신은 스스로를 '따뜻하게 말하는 사람'이라고 착각하고 있을지도 모른다. 만약 여러 사람이 당신을 '차갑게 말하는 사람'이라고 평가한다면 그것은 거의 사실에 가까울지 모른다. 스스로 문제가 있다고 죄책감을 느끼지는 말자. 앞으로가 중요하다. 좋은 감정을 느낄 만한 관계를 지금부터 개선하는 걸로 충분하다.

우리가 원했던 기대와 달리 부정적인 반응이 돌아올 때가 있다. 상대방에게 거절을 당하거나 평가, 비난, 비판을 받는 경우다. 처음에는 마음이 안 좋겠지만 인내심을 가지고 자신의 말과 마음을 돌아보아야 한다. 나다워지려면 자기 내면과 일대일로 만나야 한다. 오해를 부르는 말하기가 어디에서 비롯되는지 마음 깊숙이 돌아볼 필요가 있다. 무슨 말을 하느냐는 '우리가 마음을 어떻게 먹느냐'와도 일맥상통한다. 나답게 말하는 사람은 좋은 감정을 쌓아가는 대화를 한다. 스스로 타인에게 호감을 주고 자존감을 높이는 말을 하는지 돌아보아야 한다. 오해를 부르고 자존감이 낮은 사람의 대화법은 다음과 같다.

첫째, 퉁명스럽게 말한다.

내 말투는 툭툭 무심하게 내뱉으면서도 말 속에는 상대방을 '못마땅하게 여기는 마음'이 묻어 있었다. 나는 내 말투를 녹음하고 직접 들어보았다. 들어보니 나는 충격을 받았다. 충격을 받은 까닭은 내가 퉁명스러운 말투로 언어 =폭력을 하고 있다는 사실이었다. 녹음된 목소리를 듣는데 표정이 일그러졌다. 어떤 사람이라도 내 말투에 기분이 나쁠 게 불 보듯 뻔했다. 툴툴거리면서 말을 하게 되면 상대방은 자신을 무성의하고 소중히 여기지 않는다고 생각한다. 상대를 못마땅하게 여기는 느낌은 사실 우월감이라기보다 열등감에 가깝다. 상대방을 아래로 여겨야만 자신이 위에 있을 수 있다고 믿기 때문이다. 상대에게 냉소적이고 차갑게 말할수록 자신의 열등감을 감추기 위한 노력에 지나지 않는다. 이는 자신을 인정해달라는 내면의 외침이다. 사랑하는 사람을 대할 때의 말투와 싫어하는 사람을 대할 때의 말투를 떠올려보자. 자신의 말투가 상대방을 못마땅하게 여기는 마음이 담겨 있어서 충격을 받을지도 모른다.

둘째, 말꼬리를 흐려 말한다.

말꼬리를 흐리는 사람들은 자신의 이야기가 '상대방에게 접수되지 않거나, 귀 기울여주지 않을 것'이라는 두려운 마음에서 비롯된다. 말을 마침표가 있는 곳까지 끝까지 내뱉지 않고, 점점 어미의 음량이 줄어든다. 당신은 용기를 내서 말하고 싶은데 이러한 습관이 남아 있을 수 있다. 이럴 때는 의도적으로 상대에게 말을 끝까지 밀어낸다고 생각하고 말하는 연습을 해야 한다.

셋째, 명령조로 말한다.

일을 지시하거나 어떠한 요구나 부탁하는 사람들에게는 태도가 절대적으로 중요하다. 상대에 대한 존중과 공손함을 가지고 명령을 하는 사람이 있지만, 누군가에게 어떤 지시를 함으로써 자기 힘을 과시하려는 사람도 있다. 명령 그 자체가 잘못되었다기보다 명령조의 말투가 잘못된 것이다. "이거 해!" "저거 가져와!" 같이 권위적이고 강압적인 말투는 감정이 상하기 마련이다. 당신의 말투가 타인으로 하여금 '내가 만만한가?' 라는 생각이 들지 않도록 명령하는 것이 상호 간에 감정이 상하지 않는 데 도움이 된다. "서류 좀 부탁합니다." "저 책 좀 갖다 줄래?"와 같이 존중이라는 마음을 담아 원하는 것을 충분히 얻을 수 있다.

넷째, 감정표현을 정확히 할 줄 모른다.

사람 간에 오해를 불러일으키는 근본적인 이유는 바로 감정표현이다. 감정에는 화, 슬픔, 기쁨, 두려움, 억울함, 서운함, 불안함 같이 여러 종류가 있다. 그런데 많은 사람들이 자신이 어떤 감정을 느끼는지 구분하지 못하고, 자신에게 익숙한 감정을 내비치는 게 문제가 될 때도 있다. 예를 들어, 자신의 걱정스러움을 화로 표출하는 사람이 있는 반면 두려움을 느끼는데 싱글벙글 웃는 사람들도 있다. 당신이 느낀 감정과 표현이 일치하지 않으면 스스로 불일치감을 느끼게 돼서 자연스러움을 잃는다. 나다운 감정이 아닌 잘 보이기 위한 감정으로 왜곡

된다. 상대방과의 오해를 줄이기 위해서는 자신의 감정을 정확히 알아차리고 표현하는 연습이 필수다.

타인과 오해를 불러일으킬 만한 요소는 말투 그 너머에 있다. 내가 어떤 말투를 습관적으로 사용하든 간에 그 말에는 반드시 우리의 생각과 믿음, 감정이 개입되어 있다. 감정을 표현하지 않고 오랫동안 억압하고, 다른 감정으로 왜곡하다 보면 자신과 어울리지 않는 말을 하게 된다. 당신의 마음이 불편하면 상대방을 편하게 대할 수 없기 때문에 오해가 생기는 것이다. 나 자신으로서 상대를 대하지 않고, 스스로가 왜곡한 누군가를 연기한 것이기 때문이다. 진정한 자신의 모습으로 상대방과 대화를 나누고 인간관계를 경험하는 것이 나다운 말과 관계의 첫걸음이다.

말 기술을 배운다고 해서 사람 사이의 오해를 완전히 제거할 수 있다는 꿈은 버리는 것이 좋다. 적당한 오해가 사람들과의 유대감을 형성하기도 하기 때문이다. 그러니 사람들과 오해를 제거하려고 기를 쓰며 덤비지 않아도 된다. 좋아하는 그녀에게 집착할수록 그녀는 멀어지듯. 강한 집착은 오히려 독이 될 뿐이다.

오해는 모든 사람이 다르게 생각하고 느끼기 때문에 생긴다. 때때로 오해는 우리 삶에 있어서 서로가 더 가까워지는 촉매제가 되기도 한다. 싸우면서 정이 든다는 말이 그 증거다. 오해와 갈등을 완전히 제거하려고 집착하지는 말자. 자연스러운 인간관계는 시시콜콜한 오해가 생긴다는 것을 인정하자. 다만 오해로 인한 에너지 낭비를 줄이기 위해 우리가 할 수 있는 일은 자신의 말과 마음을 다스리는 것이다.

당신이 말을 잘 못하는 데는 사소한 이유가 있다

말하기 능력은 자신의 능력을 나타내는
가장 강력한 도구이다.
그러니 말하기 능력을 키워라. 요즘 가장 핫한
스펙이 바로 말하기 능력이다.

● ● ●

기어들어가는 목소리로
말하지 마라

———

왜 자꾸 내 목소리가 기어들어갈까?

대화를 하거나 사람들 앞에서 공식적인 이야기를 할 때면 목소리가 작아지는 사람들이 있다. 마치 목소리에 발이 달려서 내 속으로 기어들어가는 듯하다. 나는 평소에 주변 사람들과 편안하게 말할 때는 자신만의 편안한 목소리를 내는 데 문제가 없었다. 하지만 불편하고 낯선 상황에서는 이상하게 목소리가 작아지고, 의도치 않게 목소리를 깔게 되고, 마음 역시 위축되었다. 겁을 먹은 것이다. 일상적인 대화에서는 그러려니 넘어가겠지만 중요한 일을 앞두고 있거나 소중한 사람 앞에서 목소리가 기어들어가는 것만큼 스트레스받는 일은 없다. 어느 날, 작은 목소리 때문에 스트레스를 받고 있던 회사원 J 씨가 스피치 코칭을 의뢰했다.

나 : "J 씨, 어떤 부분을 해결하고 싶으신가요?"

J 씨 : "사람들 앞에 있으면 주눅이 들고 목소리가 작아집니다……"

J 씨의 시선은 불안해 보였다. 눈동자가 빠르게 여기저기로 움직였다. 턱이 굳고, 목소리는 거의 들리지도 않았다. J 씨는 자신이 심하게 낯을 가리고 자신감이 부족하다고 생각했다. 나는 그에게 이런저런 질문을 하면서 긴장을 풀어주려고 했지만 그는 "잘 모르겠다." "네." "아니요."와 같이 단조로운 대답으로 일관했다. 그의 무심한 대답에 나도 맥이 빠질 뻔했지만 지속적으로 관심을 기울이기 위해서 다음 질문을 던졌다.

나 : "J 씨가 가장 즐거울 때가 언제죠?"

J 씨 : "요리할 때요. 제가 한 요리를 다른 사람이 먹을 때 기분이 좋더라고요. 특히 여자친구에게 요리를 많이 해주는데……"

내가 요리에 관한 질문을 하자 J 씨는 자신이 좋아하는 요리 이야기를 열정적으로 꺼내기 시작했다. 그의 긴장감은 온데간데없었고 밝은 표정이었다. 게다가 자신이 요리를 전공했던 이야기를 상세히 말하면서 목소리 역시 크고 밝아졌다는 걸 알 수 있었다. 자기 분야의 이야기가 나오자 신이 난 것이다. 나는 다시 이렇게 질문했다.

나 : J 씨, 아까는 목소리가 기어들어가는 것처럼 작게 들렸는데, 지금은 크게 말씀하고 시다는 걸 아십니까? 아까 저에게 긴장하면서 이야기할 때 목소리와 지금 요리 이야기를 할 때 목소리의 차이를 느끼시나요?

J 씨 : (당황해하며) 네. 느껴요!

그렇다. J 씨는 자신이 좋아하는 요리에 대한 주제가 나오자 자신감 넘치는 목소리로 말하고 있었다. J 씨는 스스로 흥미를 느끼는 주제에 대해 이야기할 때 편안한 상태에서 자연스러운 목소리로 대화하고 있다는 사실을 알고 놀라는 눈치였다. J 씨는 목소리가 가라앉고 작아지는 원인이 자신의 마음의 상태에 달려있다는 것을 깨달았다고 말했다. J 씨는 세 달의 스피치 트레이닝과 표현력 훈련을 받고 완전히 다른 목소리와 자신감을 갖게 되었다. 이처럼 사람들은 특정 사람이나 상황에서 목소리가 기어들어가는 경험을 한다.

혹시 당신은 어떤 특정 상황에서 말을 해야 할 때 목소리가 기어들어갔던 경험이 있었는가? 사람은 누구나 긴장을 하고 낯선 상황을 두려워한다. 그럴 때면 심리적으로 위축이 되고 주눅이 든다. 신기하게도 목소리만 들어도 걱정되고 불안한 마음을 알 수 있다. 가느다랗고 떨리는 힘 없이 떨어지는 종이비행기 같다. 자신이 어떤 '특정한 상황 혹은 사람' 앞에서 불안하거나 위축된다는 것을 알아차리면 마음의 상태를 즉각적으로 조절하여 누구나 말하는 습관을 고칠 수 있다.

우리는 낯선 것, 미지의 것, 확실하지 않은 상황에서 자신감이 떨어지고 대화를 즐기지 못한다. 불확실한 결과에 대해서 불안하기 때문에 나다움을 잃는다. 만일 스스로 어떤 상황에서 겁을 먹고 있으면 상대나 청중들에게 위축된 감정이 그대로 전해진다. 누군가 소리 없이 울고 있는 사람의 낌새를 직감으로 알아차리듯이 말이다. 자신감을 가지려고 해도 두려움이 마음을 지배해서 목소리가 작아지고 떨리기 시작한다. 식은땀이 나고 말을 더듬기까지 한다. 머릿속으로 '잘할 수 있어!' 생각해보지만 이미 몸은 긴장 모드로 바뀐다. 불안한 상태에서 말을 하게 되면 전달력도 떨어지고 사람들은 당신 이야기에 빠져들기 어려워진다.

많은 사람들이 '나는 목소리가 안 좋아.' '아무도 내 이야기를 들어주지 않을 거야.' 라는 생각으로 스스로를 불신하는 태도를 보인다. 목소리가 의도치 않게 자신의 원래 목소리와 극명한 차이를 보인다면 목소리가 기어들어가는 순간 마음의 상태를 알아차려야 한다. 특정 상황에서 목소리가 기어들어가는 까닭은 무엇일까? 그 대표적인 원인들을 이해하고 나면 목소리가 작아진 상태를 스스로 알아차리는 데 도움이 된다. 목소리가 작아지는 경우에는 사소한 몇 가지 이유가 있다.

첫째, 자기 목소리가 좋지 않다고 생각한다.

둘째, 대화 자체를 두려워한다.

셋째, 말하는 대상이 명확하지 않다.

첫째, 목소리가 좋지 않다고 생각한다.

주위를 둘러보면 자기 목소리에 자신감이 없는 사람들이 있다. 목소리에 자신감이 없으니까 소리를 내는 것에 두려움을 느낀다. 혹시 당신도 녹음된 자신의 목소리를 듣고 "이게 내 목소리라고?" 하면서 인정하기 싫었던 적이 있는가? 사실 내가 그랬다. 다른 사람의 멋진 중저음의 목소리는 나는 가질 수 없다고 생각했다. 나처럼 남과 자신을 비교하는 생각을 많이 하다 보면 어느 순간 한계의 순간이 찾아온다. '이게 난데, 어쩌겠어. 받아들이자.' 그저 남들과 다른 나의 고유함을 인정하기로 마음먹었다. 목소리는 얼마든지 기술적인 훈련으로도 개선될 수 있다. 분명한 사실은 목소리가 '좋다'고 믿는 사람의 소리와 '안 좋다'고 믿는 사람의 소리는 극명한 차이를 보인다. 지금이라도 자신의 목소리를 받아들이고 인정해야 한다. 자기 목소리가 마음에 들지 않으면 발성 교정을 통해 목소리를 변화시킬 수도 있다.

둘째, 대화 자체를 두려워한다.

말하기에는 여러 유형이 있다. 일상에서 소소한 이야기, 고민이나 속내를 털어내는 이야기, 비즈니스 협상, 청중들 앞에서 발표를 하는 등 그 종류도 다양하다. 당신이 독백을 하지 않는 이상 말하기는 화자와 청자, 반드시 두 사람 이상의 상황 속에서 이야기를 하게 된다. 대화 자체를 두려워하는 이유는 여러 방식의 대화에 익숙하지 않기 때문이다. 이야기를 나누는 상황 자체가 두렵기 때문에 자기 목소리를 내는 것에도 제약이 따른다. 모든 사람들이 나이, 직업, 성별, 성향 등이 다르지 않은가? 저마다 자기만의 분야가 있고, 잘 아는 주제가 있을 뿐이다. 그런데 사람들은 낯설고 새로운 주제에 대해 논의해야 상황이 되면 자신이 모르거나 틀릴까 봐 지레 겁을 먹고 회피하려고 한다. 미지에 대한 두려움이다. 남들이 자기 이야기를 들어주지 않을까 봐 말을 하지 않으면 결국 사람들은 당신을 모르게 된다. 표현하지 않으면 사람들은 당신을 알 길이 없다는 걸 명심해야 한다. 표현하지 않으려는 자기 자신을 알아차리고 작은 일상적인 이야기부터 주변 사람들에게 자신의 생각과 욕구를 표명하는 연습을 하는 것이 좋다.

셋째, 말하는 대상이 명확하지 않다.

말하는 대상은 바로 '상대방 혹은 청중들'이다. 말에는 방향성이라는 게 있다. 말이 향해야 하고 도착해야 하는 곳은 바로 상대방의 귀와 가슴이다. 흔히 사람들은 상대에게 자신의 말을 정확하게 힘 있게 전달하지 못한다. 말을 자기 몸에 대고 말한다. 그 방향이 상대방임에도 혼자서 중얼거리는듯한 독백 같은 말투처럼 들리게 되기 때문에 다른 사람들이 '누구한테 말하는 거지?' 생각할 수 있다. 이는 말하는 과녁을 제대로 설정하지 않아서 자기 안에서 소리가 맴도는 것이다. 말은 반드시 상대방과 청중들을 향해야 한다. 화살은 과녁에 도달해야 하고 말은 상대방의 마음에 도착해야 한다. 도움이 되는 방법은 상대방의 눈을 바라보고 말하는 연습을 하는 것이다. 눈 접촉이 익숙하지 않은 사람들은 시선을 마주치기가 어려울 것이다. 작은 것부터 시작하면 된다. 상대의 눈을 똑바로 바라보고 자신이 하고 싶은 말에 의지를 더하고 말을 뱉어보라. 약간의 용기면 충분하다.

목소리가 기어들어가는 원인에 대한 마음속 원인을 살펴보았다. 나 역시 긴장되고 낯선 상황이나 어려운 사람 앞에서는 주눅이 들고 목소리가 들릴 듯 말듯 했다. 친구들과 왁자지껄 수다를 떨 때와는 달리 풀이 죽은 목소리를 사용했다. 그럴 때면 상대가 나를 만만하게 보거나 약하게 보지 않을까 마음속으로 걱정했다. 하지만 걱정하고 불안한 마음이 목소리에 드러나 사람들에게 전달될 뿐이었다. 타인에게 지나치게 잘 보이려고 노력하고, 눈치를 보면 입에서 새어 나오는 소리도 마음과 쏙 빼닮은 소리가 난다.

전쟁의 승리를 확신하는 군인들이 행군하듯. 힘찬 목소리로 말해보자. 불도저 같은 기개와 용기를 목소리에 실어보자. 자신을 믿지 못하게 하는 부정적인 생각과 두려움에 말하라. "닥쳐." 당신의 용기를 목소리에 담아 힘차게 뱉어보자.

02

수줍게 말하는 것도
습관이다

―――――

 "전 원래 수줍음이 많아서요."

과연 원래부터 수줍음이 많은 사람이 있을까? 만일 누군가와 대화를 해야 하는 상황에서 수줍음을 타는 사람이 있다면 이 사람은 밥을 먹을 때도 수줍어할까? 아니면 양치를 할 때도 부끄럼을 탈까? 그렇지 않다. 엄마 뱃속에서 나올 때부터 "응애응애" 하지 않고 세상 밖으로 나오기가 쑥스러워하며 태어나는 아이는 없다. 나 역시 숫기가 없고 수줍음이 많은 성격이지만 어머니께서는 태어날 때는 병원이 떠나갈 정도로 "응애응애" 울었다고 말씀하셨다. 우리 주위를 둘러보면 다른 사람들 앞에서 말하고 행동하는 것을 부끄러워하거나 어려워하는 이들을 볼 수 있다. 이들은 '나는 부족해, 나는 별로야.' 같은 생각을 한다. 남들에게 자기 자신을 드러내기 어려워하는 내성적인 성향의 사람들도 분명 있다. 하지만 성격적인 특성과 수줍음을 타는 습관은 분명한 차이가 있다.

수잔 케인의 저서 〈콰이어트 Quiet〉를 감명 깊게 읽었다. 그녀는 책에서 "내성적인 사람이라고 해서 반드시 수줍음을 많이 타는 것은 아니다."라고 말했다. "수줍음은 사람들에게 인정받지 못하거나 창피를 당할까 봐 걱정하는 것인데, 내향성은 자극이 과하지 않은 환경을 좋아하는 성향이다."라고 말한다. 나 역시 내성적인 성격과 수줍음을 많이 타는 것은 별개의 문제라고 생각한다. 어렸을 때부터 수줍음이 많았던 나도 사람들과 대화하기를 좋아했고, 무대를 올라 관객들 앞에서 공연을 하는 사람이 되었기 때문이다.

연기 코치로서 나는 다양한 개성을 지닌 학생들을 만나면서 수줍음을 타며 말을 하는 것은 학습된 습관임을 알 수 있었다. 수줍게 말한다고 해서 내성적일 수 없고, 외향적이라고 해도 수줍음을 탈 수 있다. 나는 수줍음이 감정의 상태라고 말한다. 어찌 보면 자연스러운 현상 같아 보이지만 '나는 충분하지 않아' '나는 부족해' 와 같은 열등의식에서 비롯된 감정 상태다. 수줍음을 위장한 열등감은 사람들에게 부정적인 영향을 미친다.

당신은 스스로 느끼기에 자신이 수줍음이 많다고 생각하는가? 수줍음이 많아서 일상이나 일적인 측면에서 손해를 본 적이 있었는가. 적당히 창피할 수도 있었지만 정도를 넘어서 수줍음을 타는 것이 자신을 불편하게 만든 적은 없었는가. 왜 사람들은 수줍게 말하는 습관을 가지게 되었을까?

　사람들은 다른 사람들에게 비판받거나 거절당하는 것을 두려워한다. 성심성의껏 프레젠테이션 발표를 했는데 비판을 받고, 좋아하는 이성에게 데이트 신청을 했는데 거절당하면 마음의 상처를 받는다. 이러한 경험은 스스로에게 '실패' '실수' 라는 부정적인 인식을 형성하고, 다음 행동에 영향을 끼치게 된다. 상처와 열등감의 악순환이 되면 나다움을 잃는다. 상처는 또 다른 상처를 낳고 부정적인 믿음을 더욱 강화시켜 나의 정체성을 그저 하찮게 평가한다.

　어렸을 때부터 부모에게 다소 엄한 교육을 받았거나 사람들이 많은 곳에서 망신을 당했을 때의 좌절감은 우리에게 부정적인 트라우마로 기억된다. "넌 뚱뚱해." "못생겼어." "넌 좀 이상해."와 같은 부정적인 말은 자신의 정체성이나 믿음의 뿌리가 강해진다. 인정하기 싫지만 어느새 자기도 그렇게 믿게 된다. 나는 "넌 착해, 여려."라는 말을 많이 듣고 자랐다. 그래서 나는 '착하게 살아야 해, 마음이 여려야 사랑받는구나.' 는 믿음을 갖고 '착한 사람' 이라는 가면을 써왔다. 다른 사람의 부탁을 거절하기가 미안하고, 내 감정을 솔직히 표현하기가 힘들었다. 부정적인 기억과 다른 사람들의 평가는 마음의 상처의 씨앗이 된다. 따라서 나다움을 잃고 열등감에서 빠져나오기가 힘들어지는 것이다.

　수줍음을 탈 때 우리는 어떤 말이나 행동을 하기 전에 지레짐작하여 걱정하고 타인의 시선을 지나치게 살피게 된다. 몸을 꼬면서 배시시 웃거나 표정이 경직된다. 하지만 수줍음은 창피를 당할지 모르는 두려움을 무마하려는 사람들의 하나의 방어기제다. 미리 부끄러워함으로써 상처를 받기 전에 자신을 보호하려는 방어막을 치는 것이다. 수줍게 행동하고 말할수록 다른 사람들에게 자신감이 없게 인식되기 때문에 자기 있는 그대로의 모습을 표현하기가 어려워진다. 어떻게 하면 수줍게 말하는 습관을 제거할 수 있을까?

첫째, 자신이 수줍음을 느끼는 특정 상황을 머릿속에 떠올린다. 눈을 감고, 호흡에 집중한다. 천천히 진행해야 한다. 앞에서 말했듯이 아무리 수줍음을 많이 타는 사람도 화장실을 갈 때조차 부끄러워하지 않는다. 오히려 편안하고 익숙한 장소, 사람, 상황에서는 전혀 다른 사람처럼 활기를 띤다. 수줍게 말하는 습관을 제거하기 위한 첫 단계는 자신이 어떤 특정한 사람, 상황, 장소에서 이 같은 현상이 생기는지 알아차려야 한다. 스스로 어떤 상황에서 수치스러움, 부끄러움, 민망함을 느꼈는지 떠올리는 것이다. 과거의 기억 속의 특정한 사건을 '지금 여기'에서 상상해본다. 사람들 앞에서 망신을 당했거나, 부모님에게 혼이 났던 경험, 자주 들었던 타인의 부정적 평가, 부끄러움을 느꼈던 상황에 직면해보는 것이다. 자신이 수줍음을 느낄만한 자신만의 기억, 상처를 정면으로 마주 봐야 하기에 용기가 필요하다.

둘째, 수줍음을 느꼈던 특정 상황에서 스스로 어떤 사람이 되길 원했는지 떠올린다. 창피를 당했거나 패배감이 들더라도 마음을 강하게 먹어야 한다. 자신이 그 상황에서 100% 용기를 가졌다면 어떤 사람이 돼서 말하고 행동할 수 있는지 해결 방법을 떠올리는 것이다. 예를 들어 씩씩하게 용기를 내서 말을 하거나, 단호하게 거절 의사를 표시하거나, 솔직하게 미안하다고 용서를 빌거나, 분노를 표현하는 등 해결에 필요한 말과 행동을 떠올린다. 이 단계에서는 상처를 정면으로 마주 보고 대해야 하므로 스트레스가 느껴지고 억압된 감정들이 올라오기 시작한다. 너무 힘들다면 혼자서 해결하려 하지 말고 의사나 전문가의 도움을 받길 바란다.

셋째, 자신이 생각한 해결책을 상상 속에서 행동으로 옮긴다. 자신이 생각한 해결 방법이 무엇인지 알았다면 머릿속에 떠올린 상상에서 해결 행동을 실행한다. 앞에 특정 사람을 떠올린 후 "미안해. 용서해 줘."라고 말할 수도 있고, 자기 자신의 어린 모습을 떠올린 다음 "너는 강해!"라고 말해줄 수 있다. 이때 중요한 것은 솔직하고 진실한 감정을 표현해야 한다. 자신이 느끼는 감정이 분노인지 슬픔인지 창피스러움인지 명확하게 느껴야만 정확한 감정표현을 할 수 있다. 나는 분노가 억압된 학생에게는 베개나 인형을 주고, 강하게 한 방 주먹으로 쳐보라거나, 속에 쌓아두었던 말을 다 꺼낼 수 있도록 한다. 이 단계는 자신이 겪었던 수치스러움, 수줍음과 관련된 감정을 돌파하는 해결 단계의 과정이다. 해결 행동을 상상 속에서 옮기고 나면 감정을 추스르고 심호흡을 하면서 눈을 뜬다. 이렇게 하고 나면 한결 마음이 가벼워진 느낌을 받을 것이다.

넷째, 현실에 적용하기. 세 번째 단계까지는 상상 차원에서만 이루어졌다면 마지막 단계에서는 상상 속에서 적용했던 행동방식을 현실에서 실천하는 방법이다. 자신감을 가지고 사람들 앞에서 당당히 말해보는 연습, 좋아하는 이성에게 멋지게 고백하는 연습, 어른 앞에서도 주눅 들지 않고 자신감 있게 말해보기, 당당하게 감정표현을 해보는 연습을 일상 속에 하나씩 적용해보는 단계이다. 친한 친구에게 자신이 끝까지 이 단계를 성공할 수 있도록 도와달라고 하는 것이 좋다. 현실에 적용함으로써 작은 성공이 쌓이게 되고, 작은 성공은 선순환을 만들어 진정한 변화를 이룰 수 있다.

사상가 랄프 왈도 에머슨은 "당신 자신의 생각을 믿는 것, 당신 자신의 마음속에서 진실이라고 믿는 것은 곧 다른 모든 사람에게도 진실이다."라고 말했다. 수줍게 말하는 사람이 되지 말고, 내성적이더라도 자신을 믿고, 자신에게 당당한 사람이 되어보자. 내가 나를 어떻게 생각하는가는 나의 말과 인생에도 영향을 미친다. 살다 보면 때로는 부끄럽고, 민망하고, 창피를 당할 수 있다. 그렇다고 해서 나다움을 잃고 나에 대한 마음을 저버리지 않길 바란다.

03

사실 당신은
말을 잘하는 사람이다

사실 당신은 말을 잘하는 사람이다. 왜냐고? 당신은 실제로 말을 잘하기 때문이다. 사람들은 저마다 자신만의 고유한 경험과 지식을 가지고 있다. 다른 사람들이 경험하지 못한 당신만의 특별한 이야기가 분명히 존재한다. 그러나 많은 사람들은 자신의 인생 경험과 이야기의 가치를 낮게 평가하는 경향이 있다. 따라서 당신이 자신의 경험과 이야기를 스스로 '보잘것없다'고 느끼는 순간만큼은 당신은 나답지 못하고 말을 못 하는 사람이 분명하다.

나는 오랜 시간 동안 스스로를 '보잘것없는 사람'이라는 정체성을 갖고 살았다. 나 같은 사람의 이야기를 다른 사람들이 들어주지 않을 거라고 생각했다. 나의 경험과 지식을 누구도 궁금해하지 않을 거라고 판단했다. 나의 이야기를 스스로가 가치 없다고 여긴 것이다. 세상에 마음을 줄 용기가 나지 않았다. 그러던 어느 날, 문득 '이러다간 나

죽을 것 같아.' 라는 내면의 목소리가 들려왔다. 그날 이후 180도 삶이 달라지기 시작했다. 나를 스스로 가치 없게 여기는 머릿속 생각들과 믿음의 뿌리들을 제거하기로 마음먹었다. 가슴을 열어 세상에 '나답게 나의 존재를 드러내면서 살아야겠다' 고 결심한 것이다.

누구든지 말을 잘하는 사람이 되고자 한다면 먼저 가슴을 열고 자신을 드러내는 사람이 되어야 한다. 하지만 흔히 사람들은 제한된 믿음에 갇혀 자신의 생각과 감정을 말로 표현하는 것을 주저하고 망설인다. 자신의 이야기가 '가치가 없다' 고 믿는다. 자기 자신을 누군가에게 드러내기를 두려워한다. 타인의 평가를 받을까 봐 당신은 나다움을 포기한다. 이미 당신은 당신답고 충분히 말을 잘하는 사람이다. 당신은 말을 못하는 게 아니라 그저 '안 할 뿐' 이다.

우리는 말을 해야 한다는 생각만 할 뿐, 말을 하지 않는다. 말을 잘하고 싶다면 끊임없이 말을 하면서 실패를 맛 보아야 한다. 몇몇 사람들이 들어주지 않는다고 해서 자신의 경험과 지식을 다른 사람들과 나누는 것을 멈춰선 안 된다. 언제나 사람들과 대화를 나누고, 많은 사람들 앞에서 말할 때는 좌절하는 일이 생기기 법이다. 또한, 다른 사람에게 거절당하는 일도 흔하게 일어난다. 역설적이지만 말 잘하는 사람이 되기 위한 유일한 방법은 되도록 말을 하면서 실수와 실패를 경험하는 것이다. 위대한 업적을 남긴 위인 중에서 실수와 실패를 경험하지 않고 성공한 사람은 없다. 그들도 우리와 똑같은 평범한 사람이다.

걸음마를 배우는 아기들을 보라. 아기들은 걸음마를 배우면서 끊임 없이 넘어진다. 그리고 결국에는 일어나서 걷고 뛰는 것에 성공한다. 아기들이 말을 하진 않았지만 넘어지면서 본능적으로 이렇게 생각할 지도 모른다. '그래, 방금 오른쪽 다리에 힘이 부족했으니, 오른쪽 다 리에 힘을 더 실어야지.' 우리가 말을 잘하는 데 필요한 요지도 이와 같다. 말 때문에 저지른 실수를 통해 지혜를 얻고 다음에는 다른 방법 으로 시도해봐야 한다. 시도하지 않는 것이야말로 진짜 실패다.

상처와 실패가 두려워서 입을 다물게 된다면 말을 안 하게 되는 습 관이 굳어진다. 당신만이 느끼고 경험할 수 있었던 삶의 이야기는 정 말 보석과 같다. 이제는 당신 안에 보석을 꺼내어 사람들에게 이야기 하고 자신의 존재를 드러낼 차례다. 당신의 보석을 사람들에게 보여 주고 그들과 자신의 이야기를 나누어야 한다. 말을 못 한다는 부정적 인 믿음을 버리자. 나다움을 되찾자. 그렇다면 당신은 언제 말하기에 있어서 나다운가. 나는 많은 사람들을 관찰하면서 사람들이 언제 자 신의 이야기를 잘하는지 관찰할 수 있었다. 당신이 말을 자유롭고 자 연스럽게 하는 순간을 언제라도 떠올릴 수 있다면 당신은 항상 말을 잘하는 사람이 된다.

첫째, 사람들은 마음이 편안할 때 말을 잘한다.

낯설고, 긴장되고, 딱딱한 분위기에서 말을 잘할 수 있는 사람은 드물다. 내가 편하지 않으면 상대방과의 대화도 편할 수가 없다. 보통 사람들은 얼굴이 굳어 있고, 어깨와 가슴 쪽이 굳어 있는데 몸이 긴장되어 있으면 호흡을 편하게 할 수 없다. 호흡이 편안해져야 말도 편하게 나온다. 마음의 상태는 몸의 자세와도 연관이 깊다. 등이 굽은 사람들은 횡격막을 압박하게 돼서 호흡을 방해하고, 음식을 소화하는데도 방해요소로 작용한다. 가슴을 펴고, 어깨는 내리고, 깊이 있는 호흡을 연습함으로써 편안한 상태를 유지하는 것이 좋다. 굳어 있는 상체를 가볍게 마사지하고, 얼굴을 활짝 펴는 연습은 긴장을 푸는 데 도움이 된다. 말할 때 긴장되는 순간이 오면 자신의 호흡을 편안하게 만들어 보자.

둘째, 편안하고 믿을 수 있는 사람 앞에서 말을 잘한다.

사람들은 자신이 편안하게 생각하고 완전히 믿을 수 있는 사람 앞에 있을 때 말을 편하게 하는 경향이 있다. 당신 이야기를 잘 들어주고, 공감해주고, 존중해주는 사람 앞에서 사람들은 자기 안에 있는 보석을 자유롭게 꺼내곤 한다. 서로 간에 관심이 있고 신뢰하는 사람 앞에서는 말도 자연스럽다. 상대방을 '편안하다고 믿는 만큼' 말을 잘한다는 것을 기억하자. 사람들은 타인에 대해 편안함을 느끼고 믿을 수 있으면 평소보다 감정에 솔직해지고 나다워진다. 따라서 '내가 어떻게 상대방을 생각하느냐'는 '내가 자유롭게 말할 수 있는 정도'를 의미한다. 경계심과 불신은 긴장을 유발한다. 반대로 사랑, 믿음, 신뢰, 존경심은 자유를 의미한다. 당신이 믿는 만큼, 상대를 생각하는 마음만큼 편안해질 수 있다.

셋째, 자신의 개인적인 이야기를 할 때 말을 잘한다.

사람들은 자기 이야기, 자기가 가장 잘 아는 것, 자기가 가장 좋아하는 주제가 나오기만 하면 누구나 훌륭한 이야기꾼이 된다. 살면서 재미있었던 경험, 성취한 업적, 좋아하는 취미, 전문 분야, 관심사는 사람들을 훌륭한 이야기꾼으로 만드는 주제들이다. 주의해야 할 것은 잘 모르는 것을 아는 척 말해선 안 된다는 것이다. 모르는 것을 이야기하려고 하면 사람은 긴장하고 어색해지기 마련이다. 거짓을 감추기 위해 또 다른 거짓을 만드는 오류를 범하진 말자. 말과 행동이 따로 놀고, 타인에게 신뢰를 잃을 수 있는 지름길이다. 모르는 것은 솔직하게 모른다고 말해야 한다. 자신이 잘 알고 경험한 것에 관해서만 이야기해야 한다. 그러면 나의 이야기로만 오롯이 나다울 수 있다.

대부분의 사람들은 대화에 있어서 좋아하는 것을 주제로만 말해야 한다는 생각이 있는데 반대로 싫어하는 것이 흥미로운 대화 주제가 될 수 있다. 바로, 사람들이 뒷이야기를 하면서 친해지는 이유가 그것이다. 사람들은 자기 안에 있는 속 얘기, 비밀들을 공유하면서 서로 친밀감을 형성한다. '저는 사람들의 이야기를 잘 들어줘요. 그런데 친구가 없어요.' 하는 사람들이 있는데 이들이 타인과 친밀감을 쌓지 못하는 이유는 '상대방의 이야기는 듣지만 자기 이야기를 하지 않기 때문'이다. 상대방에게 자기를 열어 드러내 보이는 것은 정말 중요하다. 자신이 누구인지도 모르는 사람에게 사람들은 좀처럼 자신을 드러내 보이지 않는다는 것을 기억하자. 따라서 당신의 이야기를 '먼저' 해야만 한다. 그러면 다른 사람들도 자신이 어떤 사람인지 당신에게 말하게 될 것이다.

이 방법은 간단한 방법처럼 보이지만 엄청난 비밀이 숨겨져 있다. 바로 황금률이다. 예수님은 "남에게 대접을 받고자 하는 대로 너희도 남을 대접하라."고 말씀하셨다. 나 역시 이 말씀에 동의한다. 말하기에 황금률을 적용하자. 다른 사람들에게 편안함을 주려면 자기 자신부터 편안해져야 한다. 반대로 불편함을 느끼게 하려면 당신이 불편하다고 믿으면 된다. 상대방의 마음을 열기 위해서는 자신의 마음을 열어 보이자. 그러면 자기 이야기를 함으로써 상대방의 이야기도 들을 수 있게 된다. 당신 자신이 편안하고 자신을 믿을수록 당신은 말을 잘하게 된다. 마음이 믿는 만큼 우리는 무엇이든 잘할 수 있다.

당신은 정말 말을 잘하는 사람이다. 그동안 당신은 말을 못 하지 않았다. 그저 안 할 뿐이었다. 자신의 이야기가 보잘것없다는 믿음은 버리자. 우리는 스스로 믿는 만큼 표현하게 된다는 것을 기억하자. 그리고 표현한 만큼 돌려받게 된다는 것을 기억하자. 황금률의 법칙을 가슴에 새기자. 당신 가슴속에 보석, 자신만의 이야기, 경험을 믿고 다른 사람들과 소통하자. 우리가 마음을 열어 세상과 소통할 때, 비로소 내가 돌려받은 것을 더 큰 세상에 나눌 수 있다.

04

리액션도 연습해야
잘한다

────────

어느 날, 스피치 코칭을 받기 위해 직장인 K 씨가 나를 찾
아왔다. K 씨는 사람들이랑 대화를 나눌 때 무슨 말을 해
야 할지 몰라 대화에 어려움을 느낀다고 말했다. 대화가 이어지지 않
으니 인간관계가 어렵다는 것이 그의 생각이었다. 사람들은 대화 중
에 무슨 말을 해야 할지 몰라 곤욕을 치르곤 한다. 그러나 내가 볼 때
K 씨는 할 말이 없어 보이지 않았다. 자기가 회사에 들어가게 된 이야
기부터 원래 무슨 일을 하고 싶었었는지 등 많은 이야기를 내게 털어
놓았다. 오히려 그는 말이 많았다. K 씨의 문제는 할 말을 고르지 못
하는 것과 다른 부분이었다.

K 씨의 두드러진 특징 중 하나는 다른 사람이 말을 할 때 보이는 그
의 반응이었다. 상대방이 말을 하면 온몸이 경직됐다. K 씨는 어딘가
화가 난 사람 같았다. 대답을 해야 할 때마다 심각한 인상을 지었다.

특히 어깨와 턱 쪽이 굳어 있었다. 나는 그에게 "혹시 화가 나셨나요?" 물었지만 그는 무심한 듯 "아니요."라고 말했다. 내가 다시 입을 열었다. "K 씨는 할 말이 없어 보이진 않아요. 리액션이 문제입니다." "리액션이요?" "네, 혹시 사람들과 대화할 때 K 씨의 모습을 본 적 있나요?" 나는 K 씨에게 대화를 나눌 때 모습을 영상으로 촬영한 다음 함께 확인해볼 것을 제안했다. K 씨는 영상을 보자마자 입을 열었다. "저였어도 이렇게 딱딱하게 반응하는 사람과는 대화하기가 싫겠네요." 문제는 K 씨의 반응이었다.

대화에 있어서 리액션은 정말 중요하다. 리액션은 '반응'이라는 뜻이다. 사람들은 자신의 이야기에 적절한 반응을 해주는 상대방에게 마음을 열게 된다. 대화에서 상대방에게 적절한 반응을 하게 되면 '나는 당신 이야기에 귀 기울이고 있어요.' '당신 이야기가 흥미로워요.' '나는 당신에게 호감이 있어요.'와 같은 메시지를 전달하는 것이다. 상대방의 말에 맞장구를 쳐주고, 공감을 표현하고, 적절한 질문과 반응을 보이면 당신과 상대방 사이에 마음의 다리가 놓이기 시작한다. 사람과 사람 사이의 강한 유대감이 형성되기 시작한다.

한 번 상상해보라. 만약 당신이 어떤 이야기를 하는데 상대가 짧은 대답으로 마침표를 찍고, 냉담한 표정에, 시선은 다른 곳을 향하고, 딱딱하게 반응한다면 계속 이야기를 하고 싶을까? 이런 반응을 보이는 사람에게 호감을 느낄 수 있겠는가? 아마도 마음의 문이 닫혀 더는 상대방에게 어떤 이야기도 하고 싶지 않을 것이다. 그리고 두 번다시 그 사람과 이야기를 섞고 싶지 않을지 모른다. 만약 당신이 사람들과 이야기할 때 어떤 방식으로 반응하는지 살펴본다면 다른 이들이당신을 대화 상대로 어떻게 생각하는지 알 수 있다. 다음은 대화에 방해가 되는 반응 패턴이다.

첫째, 표정이 굳어 있다.
둘째, 맞장구를 치지 않는다.
셋째, 상대방의 이야기와 어긋나는 질문을 한다.
넷째, 상대방의 감정에 공감하지 않는다.
다섯째, 리액션을 했음에도 상대방이 느끼지 못한다.

다른 사람들에게 위와 같이 말하고 반응한다면, 우리도 똑같은 반응을 얻게 된다. 적을 만들고, 외롭게 지내고 싶다면 대화를 방해하는위 반응 방식을 연습하면 된다. 하지만 그다지 좋은 생각이 아니다.사람들을 내 편으로 만들고 싶고, 관계를 발전시키고 싶다면 이제부터 대화를 방해하는 반응 습관은 제거하는 것이 좋다. 말을 잘하는 사람들은 리액션의 달인들이다. 대화의 달인들은 상대방 말에 귀를 기울이고, 적절한 반응을 하면서 상대방이 이야기하고자 하는 욕구를'증폭' 시킨다. 리액션의 효과는 마법 같다. 리액션만 잘해줘도 상대방은 자신의 이야기에 빠져들게 되고, 당신에게 말 못 할 속내를 털어놓는다. 순식간에 상대방의 마음을 사로잡아 신뢰감을 형성한다. 상대방의 마음을 사로잡는 리액션의 달인들은 어떤 방법으로 반응을 할까?

첫째, 다양한 표정으로 반응하라.

얼굴이 굳어 있으면 화가 나 있거나 상대방이 자신에게 무관심하다고 받아들일 수 있기 때문에 주의해야 한다. 그렇다고 해서 계속 웃고 있으면 가벼운 사람으로 오해를 받을 수 있다. 소통에 있어서 가장 효과적인 얼굴 표정은 상대방의 이야기를 들으면서 느끼는 감정을 표정으로 드러내는 것이다. 즐거운 이야기는 웃는 표정, 슬픈 이야기는 슬픈 표정으로 반응한다. 고개를 천천히 끄덕이고, 몸을 기울이고, 시선을 마주치도록 한다. 핵심은 상대방의 말을 경청하는 것이고, 말뿐만 아니라 상대방의 말 속에 흐르고 있는 감정을 적절하게 포착해야 한다. 평소 얼굴의 긴장을 풀고 다양한 표정으로 반응하는 연습이 도움이 된다.

둘째, 맞장구를 쳐라.

맞장구란 상대방의 말에 적극적으로 호응하는 방법인데 대화의 분위기와 흐름을 매끄럽게 변화시키는 중요한 역할을 한다. 말에 추임새를 넣어 맞장구를 쳐주는 방법이 있는가 하면, 고개를 끄덕이거나 손뼉을 치면서 웃는 것도 맞장구에 포함된다. 너무 과장된 반응은 역효과를 낳기 때문에 적절하게 반응해야 한다. 다이어트를 하는 친구가 5kg를 감량했다고 자랑하는 상황을 상상해보자. "나 5kg 뺐어!"라고 말하는 친구에게 "그래?" "그렇구나"와 같은 심심한 반응 보다 "와, 5kg나 뺐어? 대단하다." "어머, 벌써 5kg나 뺀 거야? 대박"이라고 말하면서 적극적인 반응이 좋다. 맞장구를 치면서 주의해야 할 점은 상대방의 말을 빼앗아 자기 이야기로 돌려선 안 된다는 것이다. "와, 5kg나 뺐어? 난 10KG 뺐는데!"라고 자기 위주의 대화로 넘어가려고 하면 상대방은 말하고자 하는 의욕을 잃는다. 맞장구를 잘 쳐주다 보면 어느 순간 상대방이 이렇게 말할 것이다. "너무 신나서 내 이야기만 한 것 같은데, 당신은 어떻게 생각해요?" 이는 당신이 맞장구를 잘 쳐주고 경청을 잘한 보상이다. 맞장구만 잘 쳐주어도 상대방은 당신과의 대화에 깊게 빠져든다.

셋째, 상대방의 이야기와 어울리는 질문을 하라.

질문은 급속도로 타인과 가까워질 수 있는 촉매제 역할을 한다. 질문을 함으로써 상대방과의 대화를 이어나갈 수 있고, 상대방의 생각을 확장시켜 대화의 질을 높일 수 있다. 그런데 상대방의 이야기와 전혀 어긋나는 질문을 하거나 단답형으로 이끄는 질문은 자칫하면 독이 될 수 있다. "나 5kg 뺐어!"라고 말하는 친구에게 "진짜? 근데 우리 점심 뭐 먹어?"라고 상황과 어긋나는 질문을 하는 경우가 있다. 또는

"5kg? 그거 밖에 안 뺐어?" 정말 말하기가 싫어지지 않을까? 대화의 질을 높이는 효과적인 질문은 "어떻게, 왜, 특별히" 질문법이다.

"5kg나 뺐어? 어떻게 뺀 거야?(어떻게)"

"5kg나 뺐다고? 대단하다. 너 갑자기 살 빼게 된 이유가 뭐야?(왜)"

"5kg나 뺐어? 특별히 살을 빼게 된 계기가 뭐야?(특별히)"

이 질문법은 매우 효과적이다. 상대방의 말에 적절히 어울리는 반응과 질문을 함으로써 상대방의 말하고 싶은 욕구를 자극할 수 있다.

만약 상대의 이야기를 듣다가 이해가 되지 않으면, 아는 척하지 말고 직접적으로 물어보자. "무슨 뜻이죠?" "왜 그렇게 생각하는 거야?"라는 질문을 해서 상대방이 하고자 하는 말을 정확하게 이해하고 확인하는 것이 좋다. 이야기의 핵심을 잘못 이해하거나 오해가 생기더라도 "제가 잘못 생각했네요."라고 인정하고 다시 질문하면 상대의 말을 파악하는 데 도움이 된다. 상대방이 흥미로울만한 질문을 하게 되면 말이 없던 사람도 말이 많은 사람이 된다. 자신에게 관심을 가져주는 질문으로 상대방은 자신이 존중받고 배려 받는다고 느낀다.

넷째, 상대방의 말에 공감하라.

공감이란 상대방의 감정을 함께 느끼는 것이다. 사람들은 자기 자신을 긍정, 수용, 인정해주는 사람을 좋아한다. 따라서 이야기와 이야기에 흐르고 있는 감정 역시 상대에게 받아들여지길 바란다. "맞아."

"좋아." "그럴 수 있어." 때로는 따뜻한 '눈빛 한 번'이 상대방에게 손을 내밀어 주기도 한다. 사람은 누구나 실수를 하고, 좋지 않은 일을 겪을 때 낙담을 할 때가 있다. 공감을 해주지 못할망정 상대방 말에 부정하고, 원하지 않는 조언을 하고, 말을 함부로 내뱉는 건 가슴에 못을 박는 행위이다. 공감은 상대방의 입장을 자신이 겪는 것처럼 이해할 때 가능하다. 타인의 이야기를 내 머릿속으로 그리면서 그들이 어떤 감정을 느끼는지 나의 마음으로 느낄 수 있어야 한다.

다섯째, 상대방이 느낄 만큼 크게 반응하라.

리액션은 반드시 상대방이 느끼도록 해야 한다. 리액션을 했는데도 상대방이 별 반응이 없다면 그 까닭은 당신의 미미한 리액션을 취했기 때문이다. 리액션은 돈이 들지 않는다. 소극적으로 반응하기보다 적극적으로 눈을 마주치면서, 고개를 끄덕여보고, 맞장구를 치고, 이야기를 상상하면서 따라가는 자세가 중요하다. 평소에 무뚝뚝하고 시큰둥하다는 소리를 듣는 편이라면 두세 배 정도 크고 과장되게 리액션 연습을 하는 것이 좋다.

리액션은 "야호"와도 같다는 것을 기억하라. 산 정상에서 "야호" 소리를 크게 질러야만 메아리가 되돌아오는 것처럼. 상대에 대한 관심을 크게 표현할 줄 알아야 한다. 타인에 대한 진정한 관심이 있다면 적극적인 반응은 자연스럽게 나올 것이다. 리액션은 진심과 적극성이 필수다. 리액션은 사람 사이에 마음의 다리를 보다 견고하게 만들어 준다. 명심하자. 리액션은 야호다!

05

상대에게 맞는 단어를
선택하라

———————

연극영화과에 진학하기 위해서 각 대학에서 주관하는 '실기고사'라는 관문을 통과해야만 한다. 실기고사는 연기관련학과 입학을 희망하는 학생들이 갈고닦은 실력을 평가받는 오디션이다. 준비된 연기와 특기를 발표하고 나면 교수님들과 '질의응답'을 나누는 시간을 가지는데 이때 수험생이 말을 어떻게 하느냐에 따라 합격의 단락이 결정되기도 한다. 다음 이야기는 서울 M 대학의 응시했을 때 실기고사장 안에서 일어났던 이야기다.

나는 떨리는 마음으로 고사장에 들어가서 인사를 한 뒤, 혼신의 힘을 다해 연기와 노래를 발표했다. 교수님들의 반응은 그다지 호의적이지 않았다. 왜냐하면 어떤 교수님께서 칸막이에 기대어 지루하다는 듯한 표정으로 하품을 하셨기 때문이다. 그때 다른 교수님께서 "다른 연기 한 번 해볼래요?"라고 말씀하시며 기회를 주셨다. 나는 혹시라도 교수님들께서 다른 연기를 시키시면 보여드리려던 연기가 있었지만 완전히 생뚱맞은 연기를 보여드렸다. 갑자기 생뚱맞은 연기를 한 이유는 하품을 하고 계신 교수님을 내 편으로 만들기 위한 하나의 전략이었다.

연기를 하자마자 교수님께서 "방금 연기한 작품을 보여준 이유가 뭐지?"라고 물으셨다. 그래서 나는 이렇게 대답했다. "제가 방금 이 작품을 발표한 이유는 여기 앉아 계신 교수님(하품하고 계신)의 공연을 본 적이 있기 때문입니다." 다행히 나는 하품을 하신 교수님의 공연을 본 적이 있었다. 내가 선보인 연기는 교수님께서 공연하셨던 대본에서 골라낸 것이었다. 전략은 적중했다. "교수님의 공연을 봤습니다." 이 말 한마디에 하품하고 계셨던 교수님은 "너 내 공연을 봤다고?" 말씀하시면서 몸을 내 앞으로 기울이셨다. 교수님의 지루한듯한 표정은 사라지고 한순간에 미소를 지어 보이셨다. 교수님께서 흥미를 느끼실만한 단어, 말 한마디가 상황을 역전시킨 것이다. 나는 M 대학에 합격했다. 말 한마디가 천 냥 빚을 갚는 순간이었다. 상대에게 맞는 단어 하나만 제대로 선택해도 원하는 결과를 얻게 된다. 연기를 보여드려야 하는 순간 나는 두 가지 선택을 할 수 있었다.

하나, 원래 선보이려던 연기 작품을 보여드리는 것.
둘, 교수님이 잘 알고 좋아하실만한 연기 작품을 보여드리는 것.

만약 내가 후자를 선택하지 않았다면 '합격'이라는 결과를 얻을 수 있었을까? 합격하지 못하더라도 하품을 하고 계셨던 교수님께서 내게 몸을 기울이셨다는 것만으로도 놀라운 결과가 아닐까? 상대에게 맞는 말, 맞는 단어를 사용하면 이처럼 생각지도 못했던 결과를 얻게 된다.

말 한마디는 하나의 씨앗과 같다. 말 한마디의 씨앗을 어떻게 뿌리느냐에 따라 인간관계나 중요한 비즈니스에서 성과를 결정한다. 나의 말 한마디에 상대방의 가슴에 꽃을 피우기도 하고, 말 한마디로 인해서 상대방 마음에 평생 사라지지 않는 상처가 되기도 한다. 말 한마디가 사람을 웃게 하고, 울게 한다. 우리에게 들리는 말은 어떻게 할 수 없지만, 뱉는 말은 자신이 선택하고 결정해야 한다. 우리가 어떤 말의 씨앗을 뿌리는가에 따라 기회가 위기로 변하고, 위기를 운명으로 바꾸는 계기가 된다.

타인의 마음을 사로잡기 위해서는 상대방을 관심을 끌어당기는 단어를 선택해야 한다. 그런데 반대로 상대방에게 맞지 않는 단어를 선택하면 어떤 일이 일어날까? 맞지 않은 단어를 선택한다는 것은 '상대방과 어긋나는 데 동의한다'는 의미다. 상대방과 어긋나는 이야기란 그 사람과 관련 없는 이야기, 모르는 분야, 들으나 안 들으나 소용이 없는 말들이다. 뜬금이 없고 흥미를 끌지 못하는 말은 관계의 거리를 가깝게 하지 못한다. 가까이 있지만, 마음은 저만치 떨어진 사람이 된다. 사람들은 대화의 주제가 진부하고 관련 없는 이야기를 들으면 상대에게 안 통한다는 분위기를 감지한다.

상대방에게 좋은 사람이 되고 특별한 관계를 맺고 싶다면, 내가 하고 싶은 이야기를 하기보다 상대방이 하고 싶고, 듣고 싶은 이야기로 대화를 주도하자. 자기 이야기를 하기 싫어하는 사람은 극소수다. 그런데 많은 사람들은 자기 이야기에만 몰입한 나머지 상대의 입장에서 말하지 못한다. 관계의 주도권을 가지려면 자기 이야기와 상대의 이야기를 적절한 비율로 섞을 수 있어야 한다. 말을 잘하는 사람들은 '상대방 입장에서 듣고, 말하는 사람'이다. 당신에게 관심을 기울이고, 당신이 좋아하는 것에 관해 이야기하고 싶어하는 사람을 마다할 사람은 없다.

대화의 고수들은 상대에게 맞는 말과 단어를 적재적소에 꺼낼 줄 안다. 내 앞에 앉아 대화를 나누는 사람에게 진심으로 관심을 기울이기 때문이다. 상대방이 무엇을 좋아하고, 어떤 것에 관심을 두고 있는지 세세한 관심을 갖는다. 그들은 타인이 무엇을 좋아하는지 '진짜로' 궁금해한다. 어떠한 보상을 바라고 상대방에게 관심을 기울이는 '척' 하지 않는다. 타인을 자기 마음속으로 받아들일 여유가 있다. 나를 소중히 여기는만큼 타인도 소중히 대한다. 결국은 상대방 가슴에 꽃을 피울만한 씨앗을 찾아내고야 만다. 상대방의 흥미와 열정을 불러일으키는 단어를 찾은 것이다. 단어를 꺼내는 순간 관계 역시 꽃이 피기 시작한다.

친한 친구들과 이야기를 나누며 시간 가는 줄 몰랐던 상황을 떠올려보라. 어떤 단어 하나가 촉매제가 되어 흥미와 열정을 돋우는 이야기가 된 적이 있지 않은가? 또한, 대화의 점유율이 어느 누구에게도 기울지 않고, 자연스럽게 오가는 대화가 이어졌을 것이다. 그렇다면 어떻게 대화의 꽃을 피우는 단어를 찾을 수 있을까? 어떻게 상대방에게 열정을 불러일으키는 단어를 던질 수 있을까?

유일한 방법은 상대방의 관심사를 찾아내는 것이다. 상대방이 유명인이라면 그 사람의 직업이 무엇이고 관심사가 무엇인지 미리 알 수 있다. 하지만 우리가 만나는 사람들은 대부분 유명인사가 아니기 때문에 미리 상대방에 관해 관찰하는 방법은 SNS를 활용하는 방법뿐이다. SNS를 이용하면 상대방이 관심을 두고 있는 정보들을 수집할 수 있다. 그 예로 직업, 나이, 취미, 애완동물, 여행 등과 같은 표면적인 정보들이다.

미리 상대방의 정보를 수집한 뒤 상대방에게 넌지시 "혹시 여행 좋아하시나요?" "혹시 고양이 좋아하시나요?" 질문하는 것이다. 만약 SNS를 하지 않는 사람이라면 "혹시 SNS 안 좋아하시나요?" 질문할 수 있다. 상대방에게 맞는 적절한 단어라면 대화에 불이 붙을 것이다. 혹시 상대방이 별다른 흥미를 보이지 않는다면 가볍게 다른 대화 주제로 넘어가면 된다.

대부분의 상황에서는 상대방의 정보를 미리 수집할 수 없다. 낯선 사람, 고객 등이 그 주인공이다. 하지만 괜찮다. '질문'을 통해서 상대방에게 맞는 단어를 찾아내면 된다. 직접 질문을 하거나, 상대방이 자주 사용하는 단어를 낚아채는 것이다. 상대방이 대화 속에서 자주 남발하는 단어가 무엇인지 살피고 낚아채야 한다. 이때 주의해야 할 점은 범죄 수사를 하는 것처럼 심문하듯이 질문하면 안 된다는 것이다. 사람들은 부담을 느끼면 경계심을 쉽사리 해체하지 않는다는 것을 기억하자.

상대방이 무엇을 좋아하는지 직접 물어보자. 상대방이 하는 일, 좋아하는 분야, 관심사, 취미 등 어떤 주제라도 좋다. 상대방이 좋아하고 흥미를 느끼는 주제라면 어떠한 주제도 상관없다. 가벼운 주제의 대화를 좋아하는 사람이 있는 반면 심오하고 철학적인 대화를 즐기는 사람도 적지 않다. 모든 사람들이 좋아하는 음식이 다른 것처럼 저마다 좋아하는 대화 소재 역시 천차만별일 수밖에 없다. 좋아하는 주제를 찾아냈다면 대화가 자연스럽게 이어질 것이다. 만약 상대방이 좋아할 만한 주제를 찾았음에도 이어 나갈 말이 없다는 것은 당신의 시야가 좁다는 것을 의미한다. 세상에 보다 많은 관심을 품도록 하자. 스스로 시야를 넓혀 여러 분야에 관심을 가져야 한다.

상대가 좋아하는 단어 하나쯤은 반드시 기억하자. 단어 하나가 관계를 발전시키는 촉매제가 될 것이다. 나에게 있어서 상대의 단어를 찾는다는 의미는 자신의 틀 밖에 있는 타인의 세계로 여행을 떠나는 것이라고 확신한다. 목적지는 다른 사람들의 마음속임을 명심하자. 그러려면 타인의 세상 속으로 걸어 들어갈 용기가 필요하다. 온 마음을 다해 타인에 대한 깊은 관심을 가져보자.

06

초등학생도 알아들을 정도로
쉽게 말하라

초등학생도 알아들을 정도로 쉽게 말하는 것이 가능할까? 나는 연기를 가르치는 강사로서 나이가 어린 학생들과 수업을 해왔다. 그리고 무엇보다 꿈을 향해 열심히 노력하는 학생들에게 모범이 되는 선생님이 되고 싶었다. 좋은 본보기가 되기 위해서 나름대로 공부와 훈련을 열심히 했다. 학생들에게 내 지식과 경험을 나누는 일은 멋지고 즐거운 일이 분명했다.

하지만 나의 지식과 경험을 학생들과 나누는 과정에서 아이들이 어려워하고 이해하지 못할 때마다 난감했다. 어렵고 전문적인 지식을 최대한 쉽게 풀어서 말했음에도 학생들은 받아들이지 못했다. "이해했어?" "알겠니?"라고 물어보면 돌아오는 대답은 "잘 모르겠어요." "이해가 안 돼요." 같은 말들이었다. 어떻게든 학생들을 이해시키고 싶었다. 내 머릿속에 있는 지식을 완전히 이해시킬 수는 없더라도 중요한 내용만큼은 꼭 전달해주고 싶었다. 그러려면 초등학생이 알아들을 수 있을 정도로 쉽게 말해야 했다.

하루는 호흡과 발성에 관해 설명하는 날이었다. 나는 학생들에게 폐, 횡격막, 후두, 성대, 연구개 등 사람의 발성기관에 관한 명칭을 설명하고자 했다. 아마도 아이들의 입장에서는 생소하고 어려울 것이라고 예상은 했다. 하지만 내 설명이 난해했는지 제자들은 잇따라 하품을 했다. 학생들의 눈가가 촉촉했다. 감동한 것일까? 아니었다. 하품을 하다 보니 눈물이 고인 것이었다. 기껏 열심히 설명했지만, 아이들은 반짝이는 눈물과 함께 "선생님, 어려워요."라는 말로 화답했다. 아쉽게도 이 수업은 허탕이었다.

나는 이 수업을 계기로 다시 한번 호흡과 발성 수업을 철저히 진행하기로 마음먹었다. 이를 갈면서 다음 수업을 준비했다. 발성 기관의 명칭을 거의 초등학생이 알아들을 수 있는 수준으로 바꿨다. 아이들의 반짝거리는 눈을 두 번 다시 보지 않으리라 다짐했다. 나는 발성기관의 구조를 자동차 연료통, 풍선, 사과, 문 등으로 아이들의 입장에서 비유한 쉬운 단어와 연결하기 시작했다. 아이들이 머릿속으로 그릴 수 있도록 시각적인 자료도 구했다. 어려운 단어를 쉽게 바꾸고 나니 나로서도 이해하기 편하고 흥미로운 수업이 될 거라고 확신했다.

결과는 어땠을까? 나는 아이들이 쉽게 머릿속으로 상상할 수 있도록 설명했다. 정말 초등학생도 알아들을 정도의 쉬운 이야기였다. 전달은 대성공이었다. 아이들은 하품하지도 않고 눈물을 흘리지도 않았다. 고개를 끄덕이며 때에 따라 질문도 하면서 호흡과 발성에 관한 이야기를 경청해주었다. 이때부터 나는 수업을 할 때나 사람들과 대화를 해야 하는 상황에서 소통이 안 된다는 느낌이 들면 초등학생 수준으로 쉽게 말을 바꾸거나 적당한 은유나 시각적인 비유를 들어 말하는 습관을 갖게 됐다.

초등학생도 알아들을 정도로 쉽게 말하려면 어떻게 해야 할까? 그 답은 아이들에게서 얻을 수 있었다. 성인들은 복잡하고 논리적으로 말을 구성하는 반면 아이들은 쉽고 자신이 머릿속에 그리는 그림이 비교적 간단하다. 아이들이 쉽게 말하는 까닭은 그만한 지식이 없기 때문일 수도 있겠다. 하지만 어린아이들은 그저 자기가 이해한 대로 어떤 내용이라도 단순화시킨다. 복잡하게 뒤엉킨 실타래를 가위로 잘라 명료하게 만든다. 어린아이들은 남녀노소 누구나 알아듣기 쉬운 말로 바꾸는 언어의 마술사들이다. 따라서 이 마술사들의 순수한 표현법을 배우면 우리도 말하고자 하는 주제를 쉽게 전달할 수 있다.

아이들은 아이답게 생각하고 말한다. 굳이 자기 이야기를 부풀리거나 논리적으로 해석하지도 않는다. 그저 머릿속 그림을 쉬운 단어를 내뱉을 뿐이다. 장황하고 고급스러운 단어로 말을 꾸미는 방법을 생각하지도 않고, 군더더기의 말로 설명하려 들지 않는다. 아이들은 순수하게 표현한다. 아이들은 단순하게 말하고, 은유를 사용한 우화와 같은 이야기로 소통한다. 바로 스토리텔링이다. 스토리텔링은 남녀노소가 공감할 수 있는 강력한 말하기 기술이다.

누구나 어렸을 때부터 이야기를 듣고 자란다. 나 또한 어렸을 때 할머니 무릎에 누워서 전래동화나 우화와 같은 이야기를 들으면서 꿈나라에 가곤 했다. '토끼와 거북이, 곶감과 호랑이, 백설 공주, 신데렐라'와 같은 유명한 우화들은 모두 은유법을 통한 이야기들이다. 이처럼 사실 위주의 말보다 이야기 방식으로 소통하면 사람들의 이해를 넘어 가슴을 적신다.

많은 심리학자들은 이야기 방식으로 소통하면 사람들의 기억 속에 더 오래 각인된다고 말한다. 어른들은 '사실' 위주의 말을 하는 반면 아이들은 '이야기'라는 소통방식을 취한다. 우화, 만화, 영화, 책, 모든 사람들의 경험들이 훌륭한 이야기 주제들이다. 스토리텔링은 메시지를 전달하는데 효과적일 뿐만 아니라 남녀노소 모두 공감대를 형성한다. 흔히 사람들은 다른 사람들의 감성을 자극하는 이야기를 하기보다, 그저 단어를 뒤섞고 전문용어로 치장하려고 한다. 그럴수록 말은 복잡해지고 딱딱해진다. 아무리 훌륭한 주제라도 어떻게 말하느냐에 따라 반응도 천차만별이다. 아이들도 쉽게 이해할 수 있는 스토리의 방식을 사용하면 우리도 훌륭한 이야기꾼이 될 수 있다.

첫째, 자신의 경험을 스토리텔링의 주제로 결정하라.

당신과 똑같은 삶을 살고, 똑같은 경험을 한 사람은 없다. 그 누구에게도 똑같은 일은 없다. 따라서 개개인의 생생한 경험은 스토리텔링의 최고의 재료가 된다. 당신이 겪은 일, 느꼈던 감정 모두가 이야기 소재가 된다. 당신은 어떤 일로 웃고, 울고, 화가 났었는가? 우울하고 절망적일 때는 언제였는가? 어려움을 극복하고 이겨냈던 경험은 있었는가? 당신의 모든 경험과 감정을 떠올리면서 이야기의 주제를 정하라. 중요한 점은 자신이 겪은 일과 감정이 서로 연결되어 있어야 한다는 것이다. 그리고 주제를 정할 때는 이야기 하고자 하는 상대방이 누구인지 알아야 한다. 그러면 보다 상대방과 공감대를 형성할 수 있는 쉬운 이야기로 접근할 수 있다. 당신이 직접 느끼고 경험한 이야기이기 때문에 반드시 진정성이 느껴질 수밖에 없다.

둘째, 하고자 하는 이야기를 쓰고, 그리고, 말하라.

머릿속에 있는 스토리텔링의 주제를 밖으로 꺼내는 단계이다. 누구에게 말할지 정하고, 자신의 경험과 연결된 감정을 찾았다면 이제 머릿속에서 입 밖으로 꺼낼 차례다. 생각은 했지만 쓰고, 그리고, 말해보는 연습을 하지 않으면 대화 중에 다른 길로 새거나 정리되지 않은 이야기가 된다. 많은 사람들의 공감을 불러일으키기 위해서는 글로 쓸 수 있어야 하고, 그림으로 그려져야 하고, 말할 수 있어야 한다.

당신만의 이야기를 글로 쓰면 무슨 이야기를 하고 싶은지 정리되는 효과가 있다. 특정한 사람이 앞에 있다고 생각하고 대화체로 글을 쓰면 효과적이다. 그다음은 주제를 그림으로 그려보는 연습이다. 자신의 생생한 경험을 떠올리면서 간단하게 그림으로 그리면 된다. 그림대회를 나가는 것이 아니기 때문에 당신이 알아보기 쉽게 그리면 된다. 머릿속에만 있던 주제를 감정적인 느낌을 살려 이미지화하는 과정이다. 시각적인 이미지가 더해지면 사람들은 더욱 쉽게 이해한다. 마지막으로 하고 싶은 이야기를 쓴 글과 연관된 그림을 토대로 말하고자 하는 사람에게 이야기하면 된다.

셋째, 이야기 주제를 특별한 스토리로 발전시켜라.

이제 자신의 경험을 초등학생도 이해할만한 특별한 스토리로 발전시키는 단계다. 예를 들어보자. "자만하지 말라." "부지런히 살아야 한다."는 주제는 '토끼와 거북이' 이야기를 들으면 알 수 있다. 달리기 실력을 자만한 토끼가 나무에서 잠을 자다가 결국 부지런히 기어간 거북이가 승리한다는 이야기다. 이처럼 특별한 스토리는 은유적인 메시지와 교훈이 담겨 있다. 흔히 성인이 전래동화나 이솝우화를 나이가 들어서도 기억하는 이유는 교훈이 담긴 이야기가 가슴에 와닿았기 때문이 아닐까? 이야기는 감정이 들어있고 교훈이 들어 있어야 한다. 그리고 순수해야 한다. 아이들은 이야기를 순수하게 받아들인다. 좋고 나쁨이 없다. 아이들은 하늘을 보고 "엄마, 하늘 위에 바다가 있어요."라고 말한다. 파란 하늘을 바다라고 보는 것이다. 아이들은 길 잃은 강아지를 보면서 "배고파서 밥 찾고 있니?"라고 의인화까지 시켜 말한다. 따라서 우리의 이야기가 감동을 주기 위해서는 교훈에 순수함까지 더해져야 한다. 자신의 이야기를 순수한 대상과 연결하자. 어떤 사람이라도 시각적으로 상상할 수 있도록 비유를 사용하면 스토리의 힘은 더욱 강해진다. 스토리텔링은 연습이 필수다. 당신만의 이야기를 특별한 스토리로 만들고 사람들에게 이야기하는 연습을 함으로써 영감을 줄 수 있는 이야기로 발전된다.

초등학생이 알아들을 정도로 쉽게 이야기하려면 우리는 다시 어린 아이가 되어야 한다. 우리는 순수성을 아직 잃지 않았다. 누구나 어린 아이였다. 당신의 경험 속에 순수하게 빛나는 이야기를 찾아보자. 스토리는 상대방과 청중들을 쉽게 이해시키고 마음을 사로잡는 힘을 발휘한다. 어려운 주제도 스토리를 이용하면 초등학생도 알아들을 수 있는 이야기가 된다. 우리는 순수한 아이들에게서 배울 수 있다. 아이들이 세상을 보고 말하는 방식은 어른들이 순수성을 되찾는 지름길이 될 것이다. 쉽게 말하고 싶다면 순수한 아이가 되어보자.

07

솔직한 척하지 말고
솔직하라

————

흔히 사람들은 자기 생각과 감정을 솔직하게 말하면 안 된다고 생각한다. "너무 솔직해선 안 돼." "울면 안 돼." "웃으면서 인사해야지." "참을 줄도 알아야지."라는 말을 누구나 한 번쯤 들어본 적이 있을 것이다. 부모님들과 선생님들은 아이들에게 어떤 생각을 하고 살아야 사랑받고, 인정받을 수 있는지 가르친다. 그리고 슬픔, 분노, 미움 등과 같은 부정적인 감정들은 쓸모없고, 필요하지 않은 감정이기에 '말하지 말고, 참아야 한다.'고 배웠다. 우리의 생각과 감정을 억압하면서 살아야 한다는 것이다. 어른들의 입장은 이해가 된다. 우리가 사회에서 성공하고, 행복한 사람으로 성장하길 바라기 때문이다. 덕분에 사람들은 자신의 생각과 감정을 숨기고 감추며 사는 방법을 터득했다. 솔직하지 않거나 솔직한 척 가면을 쓰며 살게 된 것이다.

나는 착하게 살았지만 솔직하게 살지 않았다. 다른 사람들에게 잘 보이기 위해 내 생각을 숨기고, 감추며 살았다. 타인에게 감정을 있는 그대로 꺼내 보이면 안 된다고 믿었다. 나는 즐겁지 않으면서 억지웃음을 지어 보일 때가 많았다. 상대방에게 서운한 감정을 느꼈어도 말 한마디 제대로 못 했다. 관심 있는 상대에게는 무표정을 지었고, 관심 없는 상대에게는 관심 있는 척 위장했다. 순간순간 떠오르는 생각과 가슴에서 느껴지는 감정을 표현하는 게 죄처럼 느껴졌다. 그래서 항상 '내 생각과 감정을 어떻게 포장할까?' 머릿속으로 계산하면서 말했다. 나는 필사적으로 스스로를 숨기면서 살았다.

나의 속내를 드러내지 않고 산 결과는 참혹했다. 사람들에게 보여주고 싶은 나의 모습과 사람들에게 보여주기 싫은 나의 모습이 구분되어 있었다. 겉은 웃고 있었지만, 속은 타들어 가고 있었다. 마음은 "아프다."고 외치고 있었지만. 겉으로는 "괜찮다."고 말했었다. 생각과 감정의 반만 표현하고, 나머지 반은 모두 짓누르고 참으려 했다. 가면 뒤로 숨는 게 마음이 편했다. 혹시 당신 역시 가면 뒤에 자신을 숨기고 살지 않았는가? 가정에서나 직장에서나 솔직하게 말하면 안 된다고 생각하지 않았는가? 가슴에서 느껴지는 진심과 머릿속에 떠오르는 말들을 짓누르며 살아도 정말 괜찮은 걸까?

사람들은 돈을 벌고, 사회적으로 성공하고, 인간관계에서 좋은 사람이 되려고 노력한다. 문제는 마음에 없는 빈말을 사용하려고 한다는 것이다. 솔직한 척하지만 있는 그대로 솔직하게 말하지는 않는다. 나답게 말하지 않는 것이다. 그러다 보니 마음에도 없는 말을 내뱉는다. 흔히 사람들은 마음에서 우러나오지도 않는 말로 사람들을 현혹하려고 한다. 화려한 말 기술로 고객에게 물건을 팔거나 순간적으로 현혹할 수야 있지만, 사람의 마음은 얻진 못한다. 당신은 상대방에게 자신의 반쪽을 내놓고, 상대방은 반쪽이 아닌 모든 면을 보여주길 바란다. 진정성 없는 말로 진정성 있는 관계를 얻으려 하는 것이다. 하지만 사람들은 무의식중에 상대방의 가짜 마음을 육감으로 간파한다.

당신은 상대방이 가식적으로 대하는지 진심으로 대하는지 모두 느낀다. 그래서 상대방이 억지웃음을 지으며 다가오면 당신 역시 억지웃음을 짓거나 경계심을 품은 상태로 타인을 대하게 된다. 분명히 착한 사람 같기는 한데 신뢰가 가지 않는다. 무엇을 숨기고 있는지 알수 없지만 무언가 숨기고 있다는 느낌을 직관적으로 알아채는 것이다.

스스로를 감춘 채 자신의 단면만 타인에게 보여주면 상대방 역시 같은 만큼의 단면을 당신에게 보여준다. 나를 감추는 것은 결코 나다운 행동이 아니다. 나를 감추는 말도 나다운 말이 아니다. 내가 먼저 솔직해야 상대방도 마음을 열게 된다. 당신이 솔직하지 않은데 상대방도 솔직하게 마음을 열고 당신을 대해줄까? 많은 사람들이 자신에게 솔직해지려고 하기 보다 화려한 말기술로 관계를 형성하려고 한다. 한 번 생각해보라. 상대방이 당신을 겉과 속이 다른 말로 현혹하기를 바라는가? 아니면 자신을 있는 그대로 꺼내 보이며 당신을 대해주기를 바라는가? 현혹되길 바라는가? 진심으로 대해주길 바라는가?

다른 이들이 당신을 진심으로 대해주길 바란다면 솔직한 사람이 되어야 한다. 스스로의 생각과 감정에 솔직하지 않으면 자신을 억압하고 은폐하는 것이다. 만약 자신을 은폐한 채 다른 사람과 관계를 하면 어떻게 될까? 남녀관계를 예로 들 수 있다. 처음에는 상대방의 마음을 얻기 위해 자신을 포장하고 위장하지만 시간이 지나면서 본모습이 드러나기 시작하면서 연인은 결국 헤어지게 된다. 모든 인간관계도 이와 같다. 나는 자신의 본모습을 짓누르고 상대방만을 위한 관계는 행복한 인간관계가 아니라고 확신한다. 왜냐하면 자기 자신의 생각과 감정에 솔직하지 못하다면 관계 역시 불편한 가면을 쓰는 것이기 때문이다.

왜 사람들은 스스로 가면을 쓰고 불편한 관계를 자초하는 것일까? 왜 자신에 대해서 솔직해지는 걸 두려워하게 되었을까? 특히 사람들은 부정적인 생각이나 감정, 자신의 약점을 드러내면 안 된다고 생각한다. 그래서 마음은 힘들어도 "괜찮아."라고 말하는 것이다. 문제는 정말 괜찮아서 괜찮다고 말하는 것이 아니라 마음속으로는 정말 힘든데 "괜찮아."라고 말하는 경우다. 괜찮은 '척' 하는 것이다.

사람들은 자신의 어두운 모습을 있는 그대로 보이기 보다 척하며 살아간다. 자신의 부족한 모습은 사랑받지 못할 거라고 확신하기 때문에 있는 그대로의 나를 열어 보이려고 하지 않는다. 자신의 약하고 어두운 모습을 보여서는 철저히 숨겨야 한다고 생각한다. 약점을 드러내기 보다 솔직한 척 말한다. 자신을 그럴듯하게 포장지로 감싸 꽁꽁 싸맨다. 한가지 분명한 사실은 어두운 내면이 사람들에게 인정받지 못하고 그대로 남는다는 것이다. 보통 사람들은 해소되지 않은 내면에 집중한다. 자신을 드러낼 타이밍을 기다린다. 술 한 잔 하면서 솔직해질 날만을 기약한다. 이는 스스로 솔직한 자아에 문을 걸어 잠그는 행위다. 당신이 타인에게 있는 그대로의 모습을 들키지 않으려고 노력할수록 가면은 두꺼워진다. 그러다가 결국 스스로를 마음속 감옥에 가두게 된다.

마음속 감옥에 스스로를 가두게 된 원인은 사람마다 다르다. 하지만 그 감옥을 유일하게 탈출할 수 있는 사람은 당신뿐이다. 솔직해지기 위한 유일한 해결책은 당신을 자유롭게 하지 못하고, 솔직하지 못하게 만드는 두려움과 불안을 있는 그대로 표현하는 것이다. '생각을 숨겨야 하고, 감정을 드러내면 안 된다.'라는 억압을 반드시 해소해야 한다. 있는 그대로의 모습을 표현하는 것에 조금의 망설임도 없어야 한다. 상대방이 당신을 어떻게 생각하든지 간에 스스로를 있는 그대로 표현함으로써 나다운 자유를 만끽하는 것이다.

당신 안에 있는 낡은 생각과 감정들을 다른 사람에게 고백하기 위해서는 용기가 필요하다. 스스로를 상처 입히지 않고, 마음속 감옥으로부터 탈출하려는 용기가 필요하다. 자기 자신을 위해서라도 솔직해지려는 결단을 내려야 한다. 스스로 솔직해지기로 마음을 먹었다면 다음과 같은 방법을 실천해야 한다.

당신의 머릿속에서 일어난 생각과 감정을 있는 그대로 상대방에게 거짓 없이 고백한다. 상대방에게 머릿속에 떠오른 생각, 두렵고 불안한 마음, 고통스러운 기억, 당신의 약점, 사람들에게 꺼내지 못한 상처까지 있는 그대로 빠짐없이 말하는 것이다. 머릿속에서 떠오른 생각, 당신의 가슴에서 느껴지는 감정을 속이지 않고 내뱉어야 한다. 당신이 말을 꺼내는 것 자체가 두렵다면 이 말을 하기가 '얼마나 두렵고 망설여야 했는지'까지 말할 수 있어야 한다. 상대방이 이해해주지 않을까 봐 걱정했다면 "네가 내 이야기를 이해해주지 않을까 봐 말을 하기가 두려웠어."라고 말할 수 있어야 한다. 당신이 느낀 것이라면 모두 당신 것이다. 어떤 생각이든 털어놓아야 한다. 자신의 모든 것을 고백함으로써 스스로를 가두고 있던 마음속 감옥을 파괴할 수 있다.

이제부터 솔직한 척하지 말고 솔직해지자. 자신에 대해서 솔직하게 있는 그대로 드러낼 수 있어야 한다. 화려한 말 기술은 겉 포장에 불과하다. 그동안 당신은 다른 사람들을 배려하느라 자신을 감춰왔다. 하지만 이제부터는 자신을 지키기 위해서 솔직한 생각과 감정을 말해보자. 상대방을 배려하기 이전에 자기 자신부터 배려하는 사람이 되어야 한다. 반드시 자신을 먼저 배려한 다음 상대방을 배려하는 사람이 되는 것이 우선이다. 진심이 아니라면 말할 필요가 없다. 자신을 거침없이 드러내는 사람이 되어보자. 자신만의 색깔로 이 세상을 물들이자.

08

나한테 낯설면
상대방도 낯설다

"당신이 낯설면 상대방도 낯설다는 것을 아는가?"

사람들은 과거에 경험한 적이 없거나 익숙하지 않은 상황을 낯설다고 느낀다. 누구나 처음 본 사람 앞에서는 낯을 가리고 평소와 달리 긴장을 하기 마련이다. 가족들이나 친한 친구들 사이에 있을 때 보다 낯선 상황에서는 유난히 말수도 적어지고 서먹서먹해한다. 유머 넘치고 흥 많은 사람도 특정한 사람과 상황 앞에 주눅이 들수 있다. 낯가림은 어느 정도 자연스러운 현상이다. 하지만 당신이 느끼기에 낯설어 하는 정도가 심해서 일과 인간관계에서 나다움을 잃고 살기 쉽다. 어색한 티를 내지 않기 위해 자꾸 신경이 쓰인다. 낯선 상황에서 자유로워하고 싶지만 뜻대로 되지 않는다.

우리는 왜 낯설어하는 걸까? 우선 낯선 사람과 상황에 대해 사람들이 어떻게 인식하는지 살펴볼 필요가 있다. 우리는 익숙한 사람, 장소, 상황 등에서는 편안함을 느끼지만 반대로 익숙하지 않은 상황에서는 불편함을 느낀다. 당연한 얘기라고? 하지만 문제는 여기에 있다. 사람들이 불편한 상황에서 벗어나기 위해서 '말을 잘 해야만 해!' '어색해 하면 안 돼!' 라는 강박감이 긴장을 만들기 때문이다. 자신이 실수하지 않으려고 노력할수록 말도 헛나오고 횡설수설 헤매게 된다. 어색한 상황 자체에 대한 저항이 마음을 불편하게 만든다. 파도의 흐름에 자신을 여유롭게 내맡기지 못하고, 파도에 삼켜진 것이다.

물론 낯선 상황을 좋아하는 사람은 드물 것이다. 흔히 사람들은 "저는 낯가림이 원래 심해서요."라고 말한다. 하지만 이다음에 올 말을 하지는 않는다. "저는 낯가림이 심한 편이지만 당신과 친해지고 싶어요." 혹은 "저는 낯가림이 있어요. 그런데 얼마 안 있으면 비글 한 마리를 키우게 되실 거예요!" 많은 사람들은 이다음까지 말을 하지 않는다. 어색한 상황에 저항만 하고 있을 뿐, 어색한 상황을 편하게 받아들이려는 노력은 하지 않는다. 이처럼 많은 사람들은 '예의 또는 배려'를 내세워 낯선 상황에 대한 '저항'을 포장한다. '친해지고 싶다.' '마음이 편안해지고 싶다' 등의 자신의 욕구를 덧붙이지 않는다. '예의를 지켜야 하고, 상대방을 배려해야 하고, 좋은 사람, 착한 사람이 되어야 한다'는 생각이 꼬리에 꼬리를 물고 확대된 생각에 갇히게 된다. 상황을 있는 그대로 보지 못하고 상황에 대해 자신만의 의미부여 속에 빠지게 되는 것이다. 우리는 상황이 자동으로 감정을 불러일으킨다고 생각하지만, 이는 스스로 자신을 궁지로 몰아넣는 것이다. 상황을 즐기기보다 진지하게 심각한 상황으로 받아들여 자신의 긴장을 눈덩이처럼 불리게 된다.

나 역시 그랬다. 편안한 상황이나 사람들 앞에서는 말을 편하게 할수 있었지만 처음 본 사람이나 상황에서는 꿀 먹은 벙어리가 되었다. 낯설고 어색한 상황을 바꾸고 싶어서 없는 말까지 지어내면서 상황을 바꿔보려고 했다. 하지만 머릿속 의미부여는 커져만 갔다. '상대방에게 어색함을 보여서는 안 돼! 낯을 가리면 나를 싫어할 거야.' 라는 생각을 했다. 그래서 나의 불편함은 해소하지 않고 상대방만을 편하게 해주려고 노력했다. 상대방의 기분을 맞춰준다고 나의 어색한 기운이 가시지는 않았다. 대화는 물과 기름처럼 자연스럽게 섞이지 않고 뜬구름 잡는 말만 했다. 미소는 가슴에서 우러나오는 만족감에서 나온 것이 아니었다. 나는 상대방에게 잘 보여야 하고 좋은 사람이 못 되면 끝이라고 생각했다. 낯선 상황에 대한 강한 저항감은 사람들에게 '더, 더, 더 잘 보여야 한다' 는 가면을 쓰도록 했다. 거친 파도에 힘없이 쓸려 다니기만 했다. 낯선 상황을 받아들이는 해석은 사람마다 다르다. 하지만 많은 사람들이 어색한 마음을 숨기고 타인을 지나치게 배려하는 데서 우리는 상처를 쉽게 받는다. 이는 자신을 무장해제 해놓는 셈이다. 고대 스토아학파의 철학자인 에픽테토스는 "우리는 주변에서 일어난 사건에 영향을 받는 것이 아니라, 우리가 그것을 '불행' 혹은

'장애물'이라고 '생각' 하기 때문."이라고 말했다. 우리의 머릿속 대화 또는 내적 대화(Self-Talk)는 현실을 왜곡하여 지각하도록 한다. 따라서 '낯설다'라고 느끼는 것은 자신만의 생각에서 일어난 것임을 알아야 한다. 부정적인 내적 대화가 많아지면 우리는 스스로 본연의 상태보다 낮은 존재로 인식한다. 따라서 '낯설다'라는 표현은 지극히 개인적이고 주관적인 생각에서 나온 말이다. 따라서 상황을 불편하게 만드는 내 생각을 돌아보고, 낯선 상황에서 타인에게 더 잘 보이려고 하고 배려하는 자기 자신을 알아차려야 한다. 또한, 배려를 하느라 자기 자신을 지나치게 낮추는 사람들도 있다. 겸손은 상대방은 중요하게 여기지만 자기 자신을 내세우지 않는다는 의미다. 자신을 낮춘다고 해서 어색한 상황이 편해질까? 타인에게 더 잘 보이려고 노력한다고 해서 나다워질 수 있을까? 그렇지 않다. 어떤 외부적인 사건도 우리를 굴복시켜서는 안 된다. 스스로를 신뢰하고, 자신을 당당히 내세울 수 있는 사람이 되어야 한다.

　나는 낯선 사람들에게 다가가기가 무서웠다. 특히 여성들에게 말을 거는 게 힘들었다. 외모에 대한 콤플렉스와 열등감도 한몫했다. 낯설고 매력적인 이성에게는 우물쭈물 말을 못 하겠고, 심리적으로 위축이 되었다. 더구나 나는 연기를 하는 사람이다. 자기감정을 표현하는 데 있어서 자유로워야 할 사람이 두려움을 느끼는 게 답답했다. 문제를 해결하고 싶었던 나는 결국 여성을 유혹하는 기술을 알려주는 '픽

업 아티스트'를 찾아가 교육을 요청했다.

여성을 유혹하는 기술이라는 주제가 처음에는 생소하고, 거북하기까지 했다. 하지만 나는 남자다. 나중에는 결혼도 하고 가정을 꾸려 행복하게 살아야 하지 않은가? 반신반의하는 마음으로 강남역 근처에 스터디룸에서 연애 코치와 만났다. 낯선 여성과 대화가 어렵다는 내 고민에 대해 연애 코치는 "본질적인 자신감의 결여와 경험 부족"이라고 말했다. 나는 수업 시간에 낯선 여성과 자연스럽게 대화를 나누는 방법을 배웠다. 그리고 그 다음 주에 이태원 거리에서 코치와 만나기로 약속을 잡았다. 왜냐하면, 길거리에서 낯선 여성에게 말을 걸어야 하는 실전 훈련을 하기로 약속했기 때문이다.

이태원 약속 날이 가까워질수록 걱정이 이만저만이 아니었다. '말을 걸었다가 거절당하면 어떻게 하지?' '날 싫어하면 어떻게 하지?' '날 이상한 사람으로 보지 않을까?' 생각하며 공포에 떨어야만 했다. 결전의 날이 되자 한껏 멋을 부리고 연애코치를 만나기 위해 이태원으로 향했다. 장소에 도착하니 웃으며 나를 마주했다. 안부를 주고받은 다음 바로 길거리로 발걸음을 옮겼다. 금요일 밤 이태원 길거리에는 젊은 남녀와 외국인들이 젊음의 미를 뽐내며 활보하고 있었다.

연애코치는 내게 먼저 처음 보는 낯선 여성에게 직접 다가가 말을 걸고, 자연스럽게 연락처를 받는 광경을 보여 줬다. 나는 혀를 내둘렀다. '어떻게 저렇게 자연스럽게 낯선 여성에게 말을 걸 수 있는 거지? 라는 생각이 맴돌았다. 나는 그 광경을 보고 자신감을 얻기보다 '내가 할 수 있을까? 나는 못 하겠어......' 라는 부정적인 내적 대화 속에 빠져들었다. 한 시간 동안 나는 어떤 여성에게도 다가가지도 못했다. 거절을 당할지도 모른다는 두려움에 휩싸였다. 보다 못한 연애코치는 "할 수 있다!"며 용기를 주었다. 그랬다. 아무런 성과 없이 이대로 집으로 돌아갈 수 없었다. 나는 '한 번만 해보자!' 라는 결심으로 한 낯선 여성에게 다가가 말을 걸었다.

"저 · · · . 저기요."
"네?"
"음 · · · · · . 죄송합니다!"

정말 부끄럽지만 실제 상황이다. 나는 아무 말도 할 수 없었다. 아름다운 여성 앞에서 머리가 하얘지고 심장이 튀어나와 귀 옆에서 뛰고 있는 듯 했다. 그 이후로 두 번을 다가가 말을 걸어 보았지만 역시 거절당했다. 어색하고 자신감이 결여된 내게 웃으며 대답을 해주거나, 연락처를 주는 여성은 없었다. 내 자존감이 지하세계로 추락하는 것 같았다. 낭떠러지에서 떨어지는 듯한 절망감을 느꼈다. 연애코치는 "괜찮다. 앞으로 많이 해보면 된다."라고 격려해 주셨지만, 위로가 될 리 없었다. 나는 더는 우울한 기분으로 이태원 거리를 돌아다니기 힘들었다. 집에 도착하자마자 나는 스스로가 경멸스러워서 운동장으로 나가 30바퀴를 쉬지 않고 달렸다. 내가 밉고 한심했다. 달리면서도 화가 치밀었고 눈물이 났다. 그야말로 눈물의 마라톤이었다.

　나는 그때 당시 사람들과 대화를 나눌 때는 무조건 자신을 낮추는 겸손한 자세가 도움이 된다고 생각했다. 하지만 이태원 사건을 계기로 겸손이 하나의 미덕이 될 수 있더라도 타인만을 귀중히 여기고, 나 자신을 내세우지 못하는 태도는 자신감에 치명적인 독이 된다는 걸 깨달았다. 더구나 낯설고 어색한 상대와 상황 속에서는 타인을 지나치게 배려하거나 자신을 낮추는 마음가짐은 오해를 부르는 지름길이 될 수 있다. 나는 나에게 이기적인 사람이 될 필요를 느꼈다.

　눈물의 마라톤 이후, 운동장에서 조깅하는 날이 많아지자 살이 빠지기 시작했다. 3개월 만에 20kg 정도를 감량했다. 그리고 일상에서도 스스로를 낮추는 방식으로 말을 하지 않았다. 나의 있는 그대로를 드러내려고 노력했다. 부정적인 내적 대화를 할 경우 "닥쳐!"라고 말했다. 내가 기준점이 되어 생각하고 행동했다. 상대방을 지나치게 높이면서 '상대의 기준'에서 대화하지 않고, '나의 기준'에 맞춰서 말하고 행동했다. 이기적으로 생각하고 말하는 연습을 하면서 나에 대한 절대적인 신뢰감이 생긴 것이다.

　나는 자신을 무장한 자신감과 용기를 가지고 다시 이태원 거리로 향했다. 나를 낮추지 않기로 했기 때문에 낯선 여성이라도 자신감 있고 당당한 태도로 말을 걸었다. 신기하게도 저번에 느꼈던 여성들의 반응과는 정반대였다. 나는 자연스럽게 대화를 이끌고, 연락처를 받아냈다. 모르는 여성들의 연락처가 하나씩 쌓여 갔다. 부정적인 내적 대화가 올라오면 "닥쳐!"라고 말하고 "나는 나를 믿어!"라며 바꿔 말했다.

'피할 수 없다면 즐겨라!' 라는 말이 있다. 누구나 살면서 낯선 사람이나 상황은 피할 수 없다. 당신이 두려움을 놓고 즐길 수 있을 때 사람들도 가면을 벗는다. 우리의 최대의 적은 바로 두려움이다. 두려움을 이겨낼 수 유일한 힘은 당신 안에 있는 용기다. 자신의 가치를 믿고 표현하는 사람은 용기를 발휘하는 사람이다. 진지하게 고민하고 두려움에 빠지지 말자. 용기를 발휘하여 지금 이 순간을 살아가자. 때로는 나사가 풀린 사람이 되어보자. 낯설고 부담되는 세상은 당신의 세상이 될 것이다.

CHAPTER

03

상대방의 언어로 알아듣게 말하라

정확하게 말하기 보다

오감을 자극하면 사람들의 감성이 깨어나
당신의 이야기 속으로 깊이 빠져들 것이다.
대화에 재미와 의미를 더하는 사람이 되고 싶다면
오감을 자극하는 언어로 소통하자.

● ● ●

01

복잡한 말일수록
간단하게 말하라

———

복잡하고 장황하게 늘어놓는 말 만큼 상대방을 곤혹스럽게 만드는 일이 있을까? 상대방은 당신 이야기를 들으면서 웃으며 고개를 끄덕인다. 당신은 상대방이 내 이야기를 잘 들어주고 있다고 믿는다. 하지만 상대는 속으로 '말 진짜 많네….' '언제까지 떠들려고 하지?' '이 사람이랑 친해지면 안 되겠다.' 라는 생각을 하면서 의미심장한 미소를 짓고 있을지도 모른다. 당신 이야기의 공감하고 싶은 상대방은 기를 쓰고 경청해보지만, 도무지 이해가 되지 않는다. 말하는 사람만 신났지 듣는 사람은 기가 빨린다. 복잡한 말들을 폭격 당한 상대방은 이런 대화를 기억하지 못한다. 영혼이 새어나간 듯한 멍한 느낌만 남을 뿐이다.

당신과 어느 정도 관계가 있는 사람이라면 누구나 당신 이야기를 이해하려고 노력할 것이다. 하지만 당신 입에서 쏟아져 나오는 말들이 쓰나미 같다면 어떨까. 메마른 땅에 단비가 내리면 새싹이 나지만 쓰나미가 도시를 휩쓸고 가면 폐허가 된다. 홍수처럼 물밀 듯이 밀려드는 정보량을 사람들이 감당할 리 없다. 많은 사람들이 단비와 같은 여운이 남는 대화, 기억에 남는 꽂히는 이야기를 하고 싶어 하지만 정돈되지 않은 복잡한 말만 하게 될 때가 있다. 중구난방으로 흩어진 난해한 말로는 상대에게 여운을 남길 수 없다.

대중연설처럼 사람들 앞에 서기 전에 계획을 세운다면 정리된 말을 할 수 있다. 복잡하고 어려운 주제라도 준비할 시간이 주어진다면, 무엇을 전달할지 충분히 예측하고 정리할 수 있다. 그러나 대부분의 대화 상황은 즉흥적이다. 어떤 대화가 오갈지 예측하기 어렵고, 상대방 역시 당신에게 별도의 준비시간을 주지 않을 것이다. 갑자기 자신이 중요한 이야기를 해야 할 때 생기는 부담감이 이야기의 핵심을 전달하지 못하고 사공이 많은 복잡한 이야기가 된다. 말하는 사람도 주제를 겉돌고 있다는 것을 알아차린다. 두서도 없고 끝맺음도 명확하지 못하니 꺼림칙하다. 왜 자꾸 말이 흩어지는 걸까?

사람들의 말이 중구난방으로 흩어지고 복잡해지는 이유는 단순히 말을 정리하는 연습을 하지 않아서가 아니다. 말이 출발하는 그곳, 마음이 복잡하기 때문이다. 말이 시작되는 곳이 입 밖이라고 생각하는가? 아니면 마음에서 시작된다고 생각하는가? 많은 사람들이 말을 잘하려면 겉으로만 깔끔하고 보기 좋게 꾸미면 된다고 생각한다. 그러나 말이 시작되는 자신의 내면을 정돈할 생각은 하지 않는다. 말이 간결하고 간단해지려면 내면이 정돈되어 있어야 한다. 말이 시작되는 곳은 마음이다.

그러니 복잡하게 말하는 사람일수록 어지러운 생각들과 마음 상태가 내면에 자리 잡고 있을 가능성이 짙다. 마음이 혼란스럽고 생각이 많은 사람이 일목요연하게 말할 리 없다. 마음이 혼란스러운 까닭은 무엇일까? 마음을 정리하지 않았기 때문이다. 아마 겉으로는 내색하지 않았지만, 속으로는 어수선한 생각의 늪에 빠지는 것이다. 잔잔해 보이는 수면 아래 소용돌이치고 있는 바다처럼 말이다. 혹시 당신 역시 평소에 생각이 많고 복잡한 마음의 소유자인가? 속에서는 폭풍우가 몰아치고 있지만, 겉으로는 잔잔한 바다처럼 보이려고 노력하지는 않는가?

만약 당신이 점심을 먹기 위해 메뉴판을 들여다보고 있다고 상상해보자. 메뉴의 종류가 다양할수록 어떤 음식을 먹어야 할지 선택을 망설이게 된다. 당신은 김치찌개도 먹고 싶고, 돌솥비빔밥도 먹고 싶다. 어렵게 고민한 끝에 돌솥비빔밥을 주문해놓고 '김치찌개를 시킬 걸 그랬나?' 같은 생각을 하면서 머릿속을 더 복잡하게 만든다. 하나의 음식을 먹기 위해서 생각은 끊임없이 움직인다. 당신이 돌솥비빔밥을 시켰다면 어차피 당신은 주문한 돌솥비빔밥을 먹을 수밖에 없지 않은가? 무엇을 먹을지 수없이 고민한들 먹을 수 있는 음식은 하나다. 선택을 두려워하는 우유부단함의 어머니는 바로 복잡한 내면이다.

　나는 점심 메뉴 하나 고르기도 어려웠다. 생각이 많아 간단한 결정도 쉽게 내리지 못했다. 어떤 생각이 내 것이고, 타인의 것인지 혼란스러웠다. 입은 다물고 있어도 마음속에서는 복잡한 생각들이 한꺼번에 떠올랐다. 어느 날은 말이 많다가 곧 자기 생각 속에 파묻히곤 했다. 마음은 혼자서 분주하게 움직였지만 어디로 향해야 하는지 모르는 듯 했다. 어떤 사람이든 분주하게 무슨 일을 하려고 하면 일을 그르치게 된다. 갈피를 못 잡는 복잡한 마음에서 뱉어진 말 역시 변변치 못하다.

　언젠가 한 번쯤 정신 산만하고 어질러진 방에서 물건을 찾으려고 했던 적이 있을 것이다. 이곳저곳을 뒤적거리며 찾아보지만 어디에다 두었는지 기억이 나지 않는다. 어쩔 수 없이 물건 찾기를 포기하고 집으로 돌아왔을 때, 자취를 감추고 있던 물건이 모습을 드러낸다. 방이 너무 어질러져 있으니 물건이 어디 있었는지 기억이 안 난다. 그러다가 옷 가짐 속에 묻혀 있었거나 작은 물건 뒤에 찾던 물건이 "나 여기 있거든?" 하며 뽐낼 때가 있다. 사람들이 간단하게 할 말도 복잡하게 만드는 원인은 앞에서 말한 어질러진 방처럼 마음이 어지럽기 때문이다. 따라서 복잡한 마음의 방을 대청소할 필요가 있다. 마음의 방을 비워야 하고자 하는 말을 마음에서 자유롭게 찾아 말할 수 있게 된다.

　마음의 방을 비우는 첫 번째 방법은 '한 가지에 집중하는 것'이다.

무한한 정보가 흐르는 세상 속에서 많은 사람들은 한 가지에 몰입하는 능력을 잃어가고 있다. 사람들은 밥을 먹을 때도 TV를 시청하고 동시에 스마트폰으로 카톡을 주고받는다. 과연 이 사람은 무엇을 하는 걸까? 한꺼번에 여러 가지 일을 생각하면서 일의 능률을 높일 수 있을까? 한 가지 일에 집중한다는 말의 반대말은 여러 가지 일에 집중한다는 말이 된다.

말도 똑같다. 여러 가지 주제를 마구잡이로 떠올리면 하나의 주제가 갑자기 다른 주제로 대체되기도 한다. 이야기를 듣는 상대방 입장에서는 난감하지 않을 수 없다. 하나의 주제도 이해하기 벅찬데 상대의 말이 중구난방이라 이해하기가 피곤한 것이다. 따라서 우리는 한 가지에 집중하는 연습을 해야 한다. 산만한 마음을 하나로 집중시키는 것이다. 한 가지에 집중하는 간단한 방법은 한 번에 하나의 일만 하는 것이다.

예를 들어 밥을 먹을 때는 음식물을 입에 넣고 맛을 음미하면서 감각과 느낌에 집중해야 한다. 또한, 대화하다가 다른 주제로 새나가거나 장황해지는 경우, 다시 집중하고자 했던 화제로 돌려 이야기에 몰입해야 한다. 운동을 할 때 음악을 듣지 않고 '신체 감각'에 집중하는 방법도 도움이 된다. 하나에 집중하는 능력이 좋아질수록 말이 산으로 가지 않고 정확하게 말할 수 있다. 한 번에 한 가지 주제로만 이야기하고 시작과 끝맺음을 맺는 연습을 해야 한다.

두 번째 방법으로는 객관적 사실에 자신의 주관적 감각, 감정을 연결하는 화법을 사용하는 것이다. 객관적 사실에 대해 자신이 어떤 기준과 해석으로 보고 있는지 말하자. 객관적 대상에 자신의 색깔을 드러낼 수 있는 '감정'을 연결해서 소통할 수 있다. 상대의 생각을 객관적 사실로 간주하면 서로의 입장을 주고받는 대화가 가능하다. 서로의 자기 의견과 감정을 교류해야만 나답고 상대방다운 말하기가 가능하다.

　[객관적 사실, 대상 + 주관적 의견, 해석, 감정]을 결합한 화법을 연습해보자.

　예시 1
　- A : "창밖에 눈이 오네"(객관적 사실) +"나 어렸을 때 눈싸움했을 때 생각난다. 그때 참 순수했었지."(주관적 설명)
　- B : "맞아. 우리가 얼마나 순수했었냐."(객관적 사실) +"그런데 지금 이렇게 나이가 들어서 아저씨가 다 됐네."(주관적 의견)

　예시 2
　- A : "난 그 영화가 재미없었어." (상대방의 의견)
　- B : "넌 그 영화가 재미없었구나." (객관적 사실) "나는 그 영화가 내

이야기를 하는 거 같아서 울컥했어."(주관적 감정)

사실과 자신의 세상을 연결하는 이야기 공식이 있다면 말이 깔끔하게 정리된다. 이 공식의 장점은 자기 생각과 가치관을 정립할 수 있다는 점이다. 자기가 무엇을 좋아하고 싫어하는지, 또는 옳거나 그르다고 생각하는지 스스로 체계화할 수 있다. 나의 생각과 가치관들을 돌아보게 된다. 이러한 공식으로 대화를 나누다 보면 어수선한 마음의 방이 차차 정돈된다고 느낄 것이다.

복잡하지 않고 간단하게 말하려면 마음을 정리해야 한다. 시끄럽고 어지러운 마음의 대청소를 시작하자. 깨끗이 정리된 말이 나오는 곳은 당신의 맑은 정신이다. 이제부터 먼지가 쌓인 마음을 쓸고, 닦고, 환기해보자. 마음의 방을 비우고 정리할 수 있는 주인은 바로 당신이다. 기억해야 한다. 말의 근원지는 우리의 마음속이다. 내면이 흐트러지면 뱉어진 말 역시 난잡해진다. 우리 마음을 정리정돈 하자. 모든 말들이 술술 간단하게 나올 테니 말이다.

02

말투를 바꾸면
신뢰감이 달라진다

————

말투를 보면 사람을 알 수 있다. 말투에 따라서 그 사람이 어떤 마음을 품고 있는지 알 수 있다. 사람마다 말투의 차이가 뚜렷하다는 것을 당신은 안다. 말을 곱게 하는 사람, 날카롭게 하는 사람, 따뜻하고 부드럽게 하는 사람, 차갑고 냉소적으로 하는 사람들도 있다. 사소한 말 한마디라도 사랑하는 마음을 담아 말하는 사람이 있는 반면, 경멸과 짜증스러운 마음을 담아 말하는 사람들이 있는 것이다. 말투를 보면 어느 정도 사람의 인성이 드러난다.

말투가 중요한 이유는 말투 속에 말의 내용뿐만 아니라, 그 사람의 사고방식과 가치관, 감정 등이 고스란히 스며들어 있기 때문이다. 우리나라의 속담 "세 살 버릇 여든까지 간다."라는 말처럼 말투는 어렸을 때부터 성인이 될 때까지 자주 사용하는 말버릇이 습관적으로 굳어진 것이다. 한 번 굳어진 말투는 고치기가 더 어렵다.

그런데 습관으로 굳어진 말투가 때로는 타인에게 신뢰감을 얻는 데 방해요소가 된다. 나는 많은 사람들이 다른 사람들에게 호감을 얻고, 신뢰감을 얻기 위해서 어설픈 말투를 흉내 내는 데에만 치중하는 경향이 있다고 생각한다. 내가 그랬다. 혹시 겉으로 보기에는 말을 유창하게 하지만 왠지 신뢰가 안 가는 사람을 본 적이 있는가? 아니면 수많은 인간관계 기술과 대화법에 관한 책을 읽고 그대로 따라 했는데 나아질 가망이 없었는가? 아니면 말투가 어눌하더라도 진정성으로 사람들의 마음을 울리는 사람을 본 적이 있는가? 나는 많이 보았다. 나는 말을 잘 한다는 것은 유창한 화법을 흉내 내는 것이 아니라고 확신한다. 그리고 무늬만 화려하고 알맹이 없는 말투는 배우고 싶지 않을 것이다.

목소리가 크고, 발음이 좋고, 다양한 억양과 어조로 말투를 구사하면 신뢰감을 줄 수 있다고 생각하는가? 그렇지 않다. 좋은 재료와 훌륭한 레시피를 가지고도 만드는 사람마다 요리의 맛은 철저히 다르다. 우리의 어머님들은 특별한 재료가 없어도 기가 막힌 저녁 식탁을 선보이신다. 음식 맛을 살리기 위해서 좋은 재료와 훌륭한 레시피가 필요하다는 건 인정한다. 그러나 요리의 감칠맛을 더하고 세상에 단 하나뿐인 특별한 맛을 내는 이유는 바로 엄마의 손맛과 정성이다. 엄마의 요리에는 특별한 조미료가 들어간다. 바로 마음이다. 말투도 이와 같다. 말투에는 말을 하는 사람의 마음이 깃들어 있다. 따라서 같은 말을 해도 말을 하는 사람과 그 사람의 내면에 따라 그 말투가 결정된다.

사람들은 상대방의 말투를 보고 그 사람의 성격이나 태도를 짐작한다. 그러니까 말의 생김새만 봐도 상대의 마음 생김새가 어떤 모습일지 예측 가능하다는 얘기가 된다. 우리는 평생 사람들과 관계를 맺고 말을 하고 살아야 한다. 그런데 자신도 모르게 습관이 된 말투 때문에 사람들의 오해를 부르고, 깊어진 인연의 끈이 갑자기 멀어지는 계기가 되기도 한다.

배우들은 똑같은 말을 다양한 방법으로 표현하도록 훈련한다. 그런데 과연 다양한 말투를 사용한다고 해서 사람들에게 신뢰감을 줄 수 있을까. 당신은 흥미롭고 독특한 말투가 신뢰감을 준다고 생각하는가. 외적으로 보여지는 말 기술이 신뢰감을 준다고 하기에는 무언가 부족하다. 신뢰를 주는 것은 진실한 마음이다. 우리는 연기력이 뛰어난 배우들을 보고 극 속 세계에 깊게 빠져든다. 배우들은 기술을 훈련하기도 하지만 말에 마음을 싣는 연습을 한다. 기쁨, 슬픔, 사랑, 열정이라는 느낌을 말에 실어 관객들에게 선물하는 사람들이다. 많은 사람들이 명배우들의 작품을 보며 신뢰할 수 있는 까닭은 배우들의 '진실한 표현' 때문이다.

진실함의 사전적인 의미를 찾아보면 '마음에 거짓이 없이 순수하고 바르다.' 라는 의미다. 사람들의 말투가 왠지 모르게 호감이 가지 않고, 믿음직스럽지 않은 이유는 진실함과는 거리가 먼 말투를 사용하기 때문이다. 그렇다면 진실하지 않은 말투로는 어떤 말투를 예로 들 수 있을까?

어느 날, 한 부부가 말다툼을 하고 있다. 아내가 말했다.

아내 : "여보, 날 사랑하기는 하는 거야?"
남편 : "사랑해, 됐지?"
아내 : "그게 사랑하는 사람의 태도야? 사랑한다고 말만 하면 다냐고?"

우리 주변에서 흔히 볼 수 있는 광경이 아닌가? 남편은 아내에게 "사랑해."라고 말했지만, 아내는 믿지 않았다. 남편의 말투에 진실함이라곤 찾아볼 수 없었기 때문이다. 남편은 "사랑해."라고 말할 때 진심으로 사랑하는 마음을 담지 않았다. 얼굴은 잔뜩 찌푸리고 짜증스러운 표정으로 대충 흘리는 목소리를 내면서 아내의 눈을 쳐다보지도 않고 말했을 것이다. 결국, 아내는 진정성이 느껴지지 않는 남편의 말투에 화가 치밀어 오른다. 말이라도 좋게 해주면 어디 덧날까. 아내는 서운하기만 하다. 이처럼 말투는 억양과 어투에서도 느껴지지만 상대방이 말하는 태도와 감정을 정확히 반영한다. 평소 자신의 말투에 진실함이 담겨 있지 않으면 사람들의 신뢰를 얻기 어렵다.

말투는 당신이 자주 입는 옷과 같다. 당신은 어떤 말투의 옷을 입고 있는가? 퉁명스러운 말투, 차갑고 냉소적인 말투, 지나치게 상냥한 말투, 거친 말투, 소극적인 말투, 과장되게 적극적인 말투 등 말투의 스타일도 각양각색이다. 당신이 어떤 말투의 옷으로 코디할지는 당신의 마음의 진열된 옷들에서 골라내야 한다. 마음의 옷장에 걸려 있는 낡은 옷들이 당신의 진실한 모습과 어울리지 않는다면, 이제는 낡은 옷들을 버리는 것이 좋다.

정이 든 낡은 옷들을 버리기는 쉽지 않은 일이다. 그래서 한 번 굳어진 말투가 고치기가 어려운 것이다. 사투리 같은 억양이나 어조를 교정하려면 겉 기술을 연습하면 된다. 하지만 사람들에게 신뢰를 얻는 말투는 내면에서 나온다는 것을 기억해야 한다. 그러니 당신의 말투와 마음이 코디가 맞는지, 얼마나 당신과 어울리는지 확인해보아야 한다. 상대를 향한 자신의 마음이 얼마나 진실한지 알아차릴 필요가 있다. 당신이 어떤 말투를 사용하든 '나는 상대를 향한 마음을 진실하게 표현하고 있는가?' 스스로 질문해봐야 한다.

앞에서 얘기했듯이 나는 사람들에게 신뢰를 줄 수 있는 말투의 첫 번째 조건으로 진실성에 대해서 언급했다. 그리고 많은 사람들이 말하는 방식을 관찰한 결과 믿음직스러운 말투에는 또 다른 특징이 있다는 것을 발견했다. 그것은 바로 확신 있는 말투다. 이는 말투에 '강한 믿음'이라는 마음이 녹아있는 것이다. 견고하고 꺾이지 않은 믿음, 흔들림 없는 확신은 사람들에게 신뢰감을 준다. 믿음이 강한 사람들의 말투에는 자기 생각과 의견, 태도, 감정 등에 확신이라는 믿음의 강이 흐른다.

랄프 왈도 에머슨은 저서《자기 신뢰》에 다음과 같이 언급했다. "자기 자신의 생각을 믿는 것, 자기 마음속에서 진실인 것은 다른 모든 사람에게도 진실이라고 믿는 것, 그것이 천재다." 나 역시 자신에 대한 신뢰만큼 중요한 성공의 열쇠는 없다고 확신한다. 이 세상에 위대한 업적을 남긴 위인들은 남들이 뭐라고 해도 아랑곳하지 않는 강인한 믿음을 가졌었다. 강인한 정신과 자기 신뢰 없이 성공한 사람은 난 여태껏 본 적이 없다.

사람들의 말투를 보면 스스로에 대한 확신이 얼마나 견고한지 알 수 있다. 친절한 말투를 가졌다 해도 확신의 힘이 느껴지지 않는 사람도 있다. 반면에 거친 말투를 가졌다고 해서 확신 있는 말투를 쓰는 사람도 있었다. 스스로를 신뢰하고 나다움을 드러낼 줄 아는 사람들은 확신 있는 말투를 사용한다. 확신 있는 말투는 자신이 믿는 것을 확고하게 믿는 데서 비롯된다. 작고 왜소한 사람이라도 확신에 가득 차 있는 사람이라면 거인으로 보인다.

자기 자신을 스스로 의심하고 열등하게 생각하면 말을 흐지부지하게 된다. 확신 없는 말투는 스스로 부여한 약한 정신이 원인이다. 틀리는 것을 두려워하면 안 된다. 틀리면 안 된다고 믿음을 두려워해야 한다. 당신의 약한 생각이나 믿음들, 부정적인 감정에 휩싸여서 자신의 사기를 꺾지 말아야 한다. 그러니 말투에서도 힘이 부족하고, 진실성이 부족하고, 믿음이 부족할 수밖에 없다. 당신은 그러한 사람을 신뢰할 수 있는지를 생각해보아야 한다. 다행인 것은 모든 사람들 안에 확신의 강이 흐르지 않는 사람은 단 한 명도 없다.

　당신의 말투에 따라 신뢰감이 달라진다. 말투에는 우리의 진실성과 강인한 믿음이 묻어 있다. 이제 낡은 옷장에 옷은 버릴 때가 되지 않았는가? 당신의 본모습과 어울리는 말투의 옷을 입어야 한다. 그럴 때 당신은 가장 빛날 것이고, 사람들은 그 빛을 알아보고 쫓아올 것이다.

03

상대방이 자주 사용하는
언어를 간파하라

───

잠에서 깨어나니 갑자기 사람들의 속마음이 들린다면 어떤 기분일까? 어느 날, 당신에게 속마음을 읽을 수 있는 초능력이 생긴 것이다. 만약 나한테 그런 능력이 생긴다면 다른 이들이 나를 어떻게 생각하고 얼마나 좋아하는지 그 마음을 듣고 싶을 것 같다. 남들이 나를 얼마나 생각하는지 언제나 궁금하기 때문이다. 그리고 사람들이 원하는 것이 무엇이든 줄 수 있을 것이다. 그런데 한편으로는 남들의 생각을 다 안다면 대화를 통해 서로를 알아가는 재미도 느끼지 못할 것 같다. 흔히 타인이 자신을 어떻게 생각하는지에 대해 관심이 많은 사람들은 이러한 초능력을 갖고 싶어 할 것이다.

때때로 사람들은 사람의 마음을 파악하고 싶어 한다. 남이 나에 대해서 무슨 생각을 하는지 궁금할 때, 고객을 내 편으로 만들어 판매율을 높이고 싶을 때, 낯선 사람과 빠르게 친해지고 싶을 때, 카지노에 가서 한 몫 챙기고 싶을 때, 나를 헷갈리게 하는 이성의 마음을 알고 싶을 때도 있다. 그래서 우리는 유용한 대화 지식을 배우고, 사람의 마음을 꿰뚫어 보는 방법을 찾으려고 노력한다. 왜 사람들은 타인의 마음을 꿰뚫어 보려고 할까? 간단하다. 원하는 것을 얻기 위해서다.

나는 어렸을 때부터 속마음을 간파하는 독심술사 같은 사람이 싶었다. 사람들의 속내를 알아내서 그들로부터 나를 좋아하게 만들고 싶었다. 다른 사람들이 나를 사랑해주고 특별한 존재로 대해주기를 원했다. 내가 원하는 것은 사랑이었다. 나는 누구보다 사랑받고 싶은 욕구가 강했다. 그러다 보니 자연스럽게 인간관계나 대화법, 심리학에 관한 지식에 불꽃 같은 관심을 쏟았던 것 같다. 사람의 마음을 꿰뚫어 간파하는 법을 알면 내가 원하는 삶을 살 수 있다고 판단했다. 하지만 그것은 내 욕심이었다.

책에서 읽은 지식을 바탕으로 만나는 사람들의 말과 행동을 유심히 관찰하기 시작했다. 사람들의 속마음을 알아내서 나를 좋아하게 만들고 싶었다. 때로는 책에서 읽은 설득의 기술이 유용하게 쓰였다. 하지만 기술의 한계였을까? 사람들을 마음으로 대하지 않고 머리로 대하려고 하니 오해를 부르거나 욕을 먹은 적도 많았다. 나는 많은 기술을 써보며 직접 부딪히는 경험을 통해 한 가지 사실을 알 수 있었다. '사람들의 마음을 꿰뚫어 보는 일은 무의미하고, 불가능하다는 것을.'

사람들을 내 뜻대로 변화시키려는 의도는 내 욕심을 충족시키려는 이기적인 마음 때문이었다. 나만이 인간관계에서 상처받지 않고 싶었다. 나는 무조건 타인에게 좋은 사람이 되어야 한다고 생각했다. 하지만 다른 사람들이 내 의견에 무조건 따라야 하고, 나를 좋아해야 할 의무는 없었다. 그렇다고 그 노력이 헛된 것은 아니었다. 타인의 마음을 꿰뚫고 간파하기 위해서 했던 노력이 나를 돌아볼 수 있었던 계기가 되었다. 나는 '상대방이 나를 어떻게 생각할까?'라고 생각하기보다 '나는 어떤 사람이고 싶은가?'라는 생각을 하게 만들었다.

'당신은 어떤 사람이고 싶은가?'

나는 나다운 사람이 되고 싶었다. 사람들의 사랑을 받는 것도 좋지만 내 마음이 평화롭기를 원했다. 마음이 평화로워야 남을 나라고 인식할 수 있기 때문이다. 상대방이 하는 말이나 몸짓, 생각 등을 분석하면 마음의 평화가 깨진다. 상대방을 있는 그대로 보지 못한다. 상대방의 마음은 변화시키지 못하더라도 그들을 이해하려고 지금도 노력한다. 나와 남의 차이를 인정하기 시작했다. 인간관계에서 '상처라는 건 피할 수 없고, 좋은 사람이 못 될 수도 있으며, 상대방은 내 의견에 다른 의견을 낼 수 있고, 나를 좋아하지 않을 수 있다'고 사고를 전환하게 되었다. 나는 사람들의 마음을 읽거나 변화시키려는 노력 대신, 그 사람을 헤아려보기로 했다. 또한, 상대방의 마음을 전부 헤아릴 수 없더라도 일부는 헤아릴 수 있다는 걸 알게 됐다. 사람을 머리로 대해서는 관계를 개선할 수 없다. 하지만 상대방의 언어를 이해하는 원리를 알면 사고방식의 전환을 맞을 수 있을 것이다.

우리는 같은 한국말을 쓰고 있지만 서로 다른 말을 한다. 한 나라에 살면서 완전히 다른 언어로 말을 한다는 것이다. 소리는 같게 들리지만 뜻은 다르게 사용한다. 무슨 말이냐고? 이는 사람들이 같은 대상을 보고도 천차만별로 다르게 인식한다는 의미다.

당신은 '우산'을 보면 무엇이 떠오르는가? A는 '비 오는 날'을 떠올릴 수 있고, B는 '들고 다니기 귀찮은 것'이라고 생각할 수 있고, C는 '새로 장만한 장화'를 연상할 수 있다. 그렇다면 '비 오는 날' 하면 무엇이 떠오르는가? A가 가뭄에 허덕이고 있는 농촌 사람이라면 '풍년'을 연상할 수 있고, B는 어머니가 해주시는 '김치부침개'가 생각날 수 있고, C는 '비오는 날 첫사랑과 데이트 한 장면'이 떠오를 수 있다. 이처럼 사람들은 모두 각자의 인식으로 대상과 상황을 바라본다. 따라서 사람들이 사용하는 언어는 모두 다르다고 말할 수 있다.

의사소통을 가로막는 장애물은 상대방도 자신과 똑같은 언어를 사용할 것이라고 믿는 데서 비롯된다. 당신이 사용하는 말의 의미가 상대방이 생각하는 의미와 같다고 믿는다면 큰 오산이다. 우리는 자신만의 세계를 그리는 화가들이다. 그런데 사람들은 머릿속에서 서로 다른 그림을 그리고 있다는 사실을 알지 못한다. 당신이 그린 그림만을 보면서 상대방의 그림을 보지 않는다면 소통은 불가능하다. 따라서 원하는 것을 얻는 대화를 하기 위해서는 상대방이 말을 하면서 '어떤 그림을 그리는지' 파악할 수 있어야 한다. 상대의 그림을 파악하는 방법은 간단하다. 타인의 화실로 들어가서 어떤 그림을 그리는지 보는 것이다. 여기서 화실은 상대방의 작업실, 즉 상대방의 마음속이다.

자! 당신과 친한 사람을 떠올려 그 사람의 마음속 화실에 들어갔다고 상상해보자. 문을 열고 들어가니, 마음속 작업실 안에는 캔버스와 각종 붓과 물감들로 가득하다. 또 무엇이 있을까? 마음속 화실에는 상대방이 살아오면서 겪은 경험, 가치관, 취향, 감정 등이 다양한 크기의 액자로 장식되어 있다. 그림 하나하나가 상대방의 세계가 고스란히 담겨 있는 예술작품들이다. 당신의 마음속 화실의 그림들과는 사뭇 다른 그림이지 않은가. 그야말로 상대방의 작은 우주를 보는 것 같다. 힘들었던 과거의 사건, 행복했던 일, 맛있게 먹은 음식들, 귀여운 애완동물까지 자기만의 방식으로 묘사한 그림들이 그 사람의 마음속을 장식하고 있다.

그동안 당신은 자기 마음속 그림들만 보느라 상대방의 그림을 보려는 여유가 없었을지 모른다. 여유를 가지고 상대방이 어떤 그림을 그리는지 지켜보자. 고요히 상대 마음속 화실의 그림들을 감상하고 있노라면 그 사람의 말과 행동을 이해할 수 있다. 상대방이 추억의 그림을 꺼내 들며 이야기하는지, 현재 또는 미래라는 새로운 그림을 그리며 이야기하는지 알 수 있다. 따라서 오롯이 상대방을 파악하기 위해서는 표면으로 드러난 말 이면의 숨겨진 그림을 봐야 한다. 상대방이 자주 사용하는 언어는 지금, 가장 크게, 열중하고, 아끼는 그림이다. 이 그림은 화실을 장식하는 메인 그림인 셈이다.

누구나 자신이 애지중지하는 소장품들이 있다. 그래서 소중한 물건을 다른 사람에게 보여주고 싶고, 때론 나누기도 한다. 마음속 화실에 걸려 있는 수많은 그림 중에 특별히 자랑하고 싶고 소중히 여기는 메인 그림처럼 말이다. 사람들이 하는 말에 유난히 자주 사용하는 메인 키워드가 있다. 그럴 때는 상대방이 지금, 가장 크게, 열중하고, 아끼는 그림을 당신에게 보여주고 싶어 한다는 의미다. 상대방의 그림이 파악되지 않을 때 가장 좋은 방법이 있다. 질문하는 것이다.

사람들은 가까운 지인에게 "힘들다."라는 말을 종종 하기도 한다. 힘든 사람에게는 자신이 지금, 가장 크게, 열중하고, 아끼는 그림일 수 있다. 하지만 서로 다른 그림을 그리고 있다는 것을 떠올리지 못하면 "그냥 그런가 보지." "힘들어? 난 안 힘든 데." 하며 대화의 불통이 생긴다. 상대방이 "힘들다."라는 단어를 자주 내뱉고 있다면 당신에게 어떤 그림을 보여주려고 하는지, 또는 어떤 그림을 그리고 있는지 물어보아야 한다.

A는 '신세 한탄'을 하는 자신의 비참한 모습의 그림을 그리고, B는 "나 좀 도와줘"라며 다른 이들의 도움이 절실한 모습의 그림을 그린다. 한편, C는 "그동안 너무 못 봤으니 한잔해야지?"라는 의미로 호프집에서 술잔을 기울이는 그림을 그릴 수 있다. A, B, C 세 사람이 열

중하며 그리고 있는 그림은 서로 다르다는 것을 기억해야 한다.

상대방의 마음을 간파하고 싶다면 당신이 상대방이 한 말의 의도를 물어보라. "힘들다고? 너는 힘들다는 말을 무슨 의도로 말한 거야? 뭐가 힘든지 알고 싶어서 그래." "너는 왜 그런 말을 하는 거야? 그 말을 한 의도가 궁금해서 그래."와 같이 질문을 할 수 있다. 신기하게도 의도라는 단어의 한자 뜻은 '뜻을 가진 그림'이다. 따라서 상대가 하는 말에 의도를 파악해야 한다. 무슨 그림을 그리는지 알 수 있다면 원하는 것을 얻는 힌트를 얻게 될 것이다.

사람들의 마음을 간파하려면 그 사람의 마음속 화실로 들어가자. 사람들은 가슴 속에 자신만의 명화를 간직하고 있다. 그 명화는 값으로 매길 수 없는 상대방의 진실한 이야기다. 상대의 마음속 화실에 들어가서 물어보라. "지금 무슨 그림을 그리고 있죠? 알고 싶어요." 진정한 관심이 없다면 상대방의 명화를 볼 기회는 주어지지 않는다. 명심하자. 상대방의 마음속 그림을 그려보는 것만이 사람의 마음을 간파하는 유일한 비밀이라는 것을.

04

상대방과 나눈 대화를
메모하라

────────

'작은 물방울이 끊임없이 떨어져서 결국은 돌에 구멍을 낸다.'는 뜻의 한자성어가 있다. 이를 '수적천석(水滴穿石)'이라고 한다. 무엇이든 작은 노력이 계속되면 반드시 큰일을 이룰 수 있다는 말이다. 개울가에 있는 돌들을 본 적이 있을 것이다. 돌들은 오랜 세월 동안 물에 깎이고 깎여서 매끈한 모양으로 변한다. 처음에는 날카롭고 거칠었던 돌들이 인고의 시간 동안 물에 씻기면서 둥근 모양으로 탈바꿈된다.

어떻게 해서 작은 물방울들이 돌에 구멍을 내고, 개울가에 돌들이 매끈하게 변했을까? 돌의 모양이 바뀌는 이유는 물이 강해서가 아니라 꾸준해서다. 꾸준하게 물방울이 떨어지지 않았다면 돌은 변하지 않을 것이다. 이처럼 작은 노력이 꾸준히 계속되는 것을 습관이라고 한다. 사람들이 저마다 어떤 습관을 지니고 있느냐에 따라 일과 인간관계에서의 성공과 행복을 좌지우지한다. 그 중에도 사람들의 대화 능력을 좌지우지할 만한 중요한 습관이 있다. 바로 메모하는 습관이다.

혹시 당신은 메모하는 습관이 있는가. 그게 아니라면 자신의 생각이나 감정을 짤막한 글로 남기는 습관이 있는가. 나는 어렸을 때부터 메모와는 거리가 먼 사람이었다. 짧든, 길든 글을 쓰는 것은 나와 먼 이야기라고 생각했다. 초등학교 때는 어머니가 일기를 쓰도록 하셨지만 나는 말을 안 들었다. 그래서 어린 시절의 일기가 하나도 남지 않았다. 어머니의 말씀을 귀담아듣지 않은 어린이의 최후다. 적지 않으면 과거에 내가 무엇을 보고, 듣고, 느꼈는지 잘 기억이 나지 않는다. 사람들과 대화를 할 때도 알고 있던 내용이 갑자기 떠오르지 않는다. "내가 분명 무슨 말을 하려고 했거든…? 잠깐만…. 음…. 생각나면 말해줄게."라고 얼버무릴 때면 누구나 황당하다. 메모를 하지 않아서 머릿속에서도 길을 잃는 것이다.

그러고 보면 나는 내 기억력을 과하게 신뢰했던 것 같다. 보고, 듣고, 느끼는 것을 일일이 글로 남겨두는 것에 대한 중요성을 모르고 있었다. 사람들은 "어제 점심때 뭐 먹었어?"라는 질문에도 눈동자를 굴리며 곰곰이 생각한다. 어제 먹은 점심 식사 메뉴가 중요하다는 얘기가 아니다. 중요한 것은 메모를 하지 않았기 때문에 내가 무슨 생각을 하고, 어떤 결정을 내리고, 어떤 감정을 느꼈는가를 기억하지 못한다는 것이다.

"넌 그게 왜 좋아?" "그냥~"

많은 사람들이 '그냥'이라는 단어를 자주 사용한다. 물론 그냥이라는 말도 이유가 될 수도 있다. 하지만 항상 그냥 맛있는 음식이 먹고 싶고, 그냥 어디론가 떠나고, 그냥 기쁘거나 슬플 수 없다. 나는 많은 사람들이 그냥이라는 말을 하는 이유가 그것을 뒷받침할 만한 생각이나 가치관이 정립되지 않았기 때문이라고 확신한다. 메모를 하지 않았기 때문이다. 취준생들이 자소서를 쓸 때도 할 말이 떠오르지 않는 이유도 이와 같다.

예를 들어 점심 식사로 '라볶이'를 먹었다고 가정하자. 왜 그때 '라볶이'라는 음식이 먹고 싶었을까? 그냥 먹고 싶어서? 아니면 TV에서 나오는 맛집 프로그램을 보고 연상이 되었기 때문일까? 라볶이의 매운맛으로 스트레스를 풀고 싶어서? 그 이유는 수백만 가지가 될 수 있다. 만일 그때 당시 우리의 생각과 감정을 메모했다면 어떨까? 다음 메모를 살펴보자.

"TV에 맛집 프로그램을 보는데 라볶이 맛집들이 소개되었다. 빨간 국물에 떡과 오뎅, 라면 사리를 먹는 패널들이 땀을 뻘뻘 흘리는데 참 맛있어 보였다. 부럽다. 나도 먹어야겠다."

"오늘 김 부장님이 예민하셨는지 가만히 있는 나에게 비꼬는 말투로 잔소리를 했다. 정말 스트레스받는다. 퇴근하고 매운 라볶이에 맥주나 한잔 해야겠다."

"다이어트 3달째인데 먹고 싶은 음식을 못 먹으니 사람 사는 맛이 안 난다. 오늘은 보상데이로 내가 가장 좋아하는 라볶이를 먹어야겠다."

이처럼 메모를 했다면 라볶이를 먹기로 한 이유를 확인하게 되는 셈이다. 이렇게 아무리 짧은 글이라도 그때그때 떠오르는 생각과 감정들을 메모하면 어떤 효과가 있을까? 나의 생각, 취향, 의견, 결정, 감정 등을 모두 알아낼 수 있다. 나의 세계관이다. 따라서 나 자신을 더 깊게 들여다볼 수 있다. 순간 떠오르는 기발한 아이디어는 덤으로 얻어진다. 대화할 때 할 말이 없어서 고민이라고 하는 사람들이 많다. 그런 사람들은 대부분 어떤 말을 해야 할지 모르겠다고 하지만 자신의 생각과 감정을 꾸준히 메모하는 습관을 들이면 할 말이 없어 고민되는 어려움을 극복할 수 있다. 나답게 말을 잘하고 싶다면 나의 생각, 가치관, 감정을 적고 말할 수 있어야 한다. 메모를 해야만 나의 색깔을 자기 자신이 알 수 있다.

자신의 생각과 감정을 메모하는 습관은 '나를 발견하는 연습' 을 하는 것과 같다. 작은 메모장이나 스마트폰 앱을 이용해서 머릿속에 떠오르는 생각이나 감정들을 간단하게라도 기록해보자. 자신의 소중한 경험과 지식을 초콜릿 상자에 저장해놓고, 언제든지 먹고 싶을 때 꺼내 먹을 수 있다. 메모를 꾸준히 할수록 대화에 필요한 경험과 지식을 꺼내는데 보탬이 된다. 그리고 상대방과 대화를 나눌 때 말해보는 연습을 하면 도움이 될 것이다. 자신의 생각과 감정을 메모하는 습관이 익숙해지면 다음 단계로 '상대방과 나눈 대화'를 메모할 차례다.

　말을 잘하는 사람들은 상대방의 정보와 대화 내용을 유난히 잘 기억한다. 상대방의 정보나 대화의 핵심을 기억해 두었다가 다시 만났을 때 자연스럽게 대화를 이어나갈 줄 안다. 사람들은 자신에 대해서 기억하고 알아주는 상대에게 고마움을 느낀다. '나는 존중받고 있다.' '나는 관심받고 있다.'고 느낀다. 반면에 당신은 상대에게 했던 이야기를 또다시 말해줘야 했던 경험이 있는가? 애써 이야기한 내용을 상대방이 기억해주지 못할 때도 있다. 당신은 그럴 때 '내 이야기를 귀담아듣지 않았군.' '내게 관심이 없구나.'라고 생각하면서 상대에게 실망할 수 있다. 이는 메모를 하지 않았기 때문이다. 따라서 말을 잘하는 사람이 되고 싶다면 상대방의 정보와 대화 내용을 적어 두었다가 말할 수 있어야 한다.

　상대를 기억한다는 것은 "당신은 제게 중요한 사람입니다."라고 말하는 것과 같다. 그리고 사람들은 무의식적으로 중요한 사람이라고 느끼는 사람들의 말을 보다 잘 기억하는 경향이 있다. 호감이 가고 관심 있는 사람의 이야기에 보다 성의있게 귀를 기울인다. 중요한 사람이라고 느낄수록 더 많은 정보를 머릿속에 저장한다. 만나는 모든 사람들의 정보를 기억하기란 어려운 일이다. 하지만 당신이 마음을 열고 싶은 상대가 있다면 그 첫 번째 열쇠는 상대방에 대해 기억하는 것이다. 상대방을 기억하는 습관을 지니는 것만으로도 타인의 마음을 사로잡을 수 있다. 세상에 공짜로 얻어지는 것은 없다. 타인에게 중요한 사람이 되고 싶은가? 그렇다면 상대방과 나눈 대화를 메모하는 습관을 길러야 한다.

나는 20대가 돼서야 독서를 하고 메모를 하기 시작했다. 책을 읽다가 중요한 구절이라고 생각이 들면 밑줄을 긋고, 그 옆에 내 생각을 적어두었다. 때로는 노트에 옮겨서 다시 정리하기도 했다. 그런데 문제는 사람들과 대화를 나눌 때 책에서 본 내용 기억이 안 나 횡설수설한 적도 많았다. 그뿐만이 아니다. 친구가 해줬던 얘기가 기억이 나지 않아서 본의 아니게 상대를 서운하게 만든 적도 있었다. 나는 내 기억력을 맹신하면 안 되겠다고 판단했다. 그래서 대화를 하는 동안 상대방의 특징과 대화 내용을 기억해두었다가 '대본' 형식으로 만들었다. 메모한 대화 내용을 들여다보면 상대방이 무엇을 좋아하는지 파악하게 된다. 또한 자신이 사람들과 나눈 대화를 보면서 잘한 점과 개선해야 할 점을 발견하게 될 것이다.

꾸준히 적지 않으면 나를 발견할 수 없고, 잘 말할 수도 없다. 자신을 발견하고 상대방과 나눈 대화를 꾸준히 메모하라. 사람들에게 중요한 사람이라고 느끼게 만드는 내용을 기억해두었다가 그대로 전해 보자. 상대방은 당신과 함께 하는 시간을 의미 있고 즐겁게 여길 것이다. 메모를 하면 나를 발견하는 동시에 상대방의 세상도 알게 된다. 당신의 꾸준한 노력만이 다른 이의 마음을 뚫을 수 있다. 작은 물방울이 계속 떨어지면 반드시 돌은 뚫리게 되어 있다.

05

청중은 당신의 이야기를
듣고 싶어 한다

———

혹시 당신은 자기 자랑만 늘어놓는 사람을 만나본 적이 있는가? 그런 사람의 이야기를 마음 편히 계속 들을 수 있었는가? 말로는 "대단하시네요."라고 말하면서, 마음속으로는 '이 사람 왜 이렇게 잘난 척이지?'라고 생각하지 않았는가? 당신은 그런 사람의 이야기에 공감하고 관계를 지속하고 싶었는가? 아마도 그렇지 않을 것이다.

많은 사람들은 타인의 마음을 얻기 위해서 자신의 좋은 점, 잘한 점, 성공담만을 이야기하려고 한다. 물론 뛰어난 성취와 업적은 우리를 돋보이게 한다. 하지만 자기 자랑만 늘어놓는 사람들은 공감을 일으키지도 못하고 눈살을 찌푸리게 할 뿐이다. 그렇다면 사람들이 공감하고 듣고 싶어 하는 이야기는 무엇일까? 그건 당신이 어떤 일을 성취하기 위해 고생했던 이야기다. 왜 그럴까? 사람들은 세상에 자신과 비슷한 일을 겪는 사람이 있기를 바라기 때문이다. 나와 비슷한 어려움을 가진 사람이 문제를 해결한 이야기에 사람들은 열광한다.

그래서 수많은 사람들이 드라마와 영화를 본다. 주인공들이 어려움을 극복하는 모습을 보고 공감대를 형성하고, 극을 통해 '나도 할 수 있다'는 위로와 격려를 받을 수 있기 때문이다. 극 속 주인공은 온갖 난관을 헤쳐나가 결국 승리를 거머쥔다. 또는 부모님의 반대와 삼각관계의 역경을 이겨내고 끝내 사랑을 쟁취한다. 마치 거울에 비친 자신을 보듯 극을 보는 순간만큼은 관객들은 주인공과 하나가 된다. 주인공이 위험에 처하면 손에 땀을 쥐고 함께 긴장하다가, 주인공이 가까스로 원하는 목표를 손에 쥐었을 때 그 쾌감을 동시에 느낀다. 주인공의 고생한 이야기가 자신의 삶과 닮아 있을수록 그 감동은 배가 된다.

만일 주인공이 처음부터 모든 장애물을 손쉽게 해결하고 바라는 대로 척척 이룬다면? 극의 재미와 감동은 반감될 것이다. 청중이 듣고 싶어 하는 이야기는 당신의 잘난 점, 잘한 점, 좋은 점만을 나열하는 이야기가 결코 아니다. '당신이 어떤 사람이고, 어떤 일을 겪으며 살아왔는지' 알아야만 마음을 열게 된다. 청중들은 '저 사람은 나랑 좀 비슷하네.' '나도 저렇게 고생했었는데.'라는 생각이 들 때야 당신이라는 사람을 받아들일 준비를 한다. 비로소 청중들이 당신의 이야기에 귀를 쫑긋 세우기 시작한다.

나도 마찬가지로 연기를 가르치는 제자들에게 사수하기까지 있었던 역경과 고난을 이야기해준다. 경험상으로 "열심히 해야 해." "최선을 다해야 돼."라는 고리타분한 말보단 나의 고생담을 말하는 것이 효과적이었다. 나는 좋은 이야기만 하지 않고, 때때로 나약하고 인간적인 모습까지 있는 그대로 드러내려고 한다. 그러면 제자들은 고맙게도 사수를 하며 겪은 고생담을 진심으로 경청해준다. 이야기하면서 나도 모르게 과거 생각이 나서 감정이 복받칠 때도 있다. 그러면 제자들이 "선생님, 진짜 고생 많으셨네요." "말하기 어려우셨을 텐데, 이야기해주셔서 감사합니다."라며 위로를 해준다. 나의 진정성 있는 이야기가 그들에게 통한 것이다. 진정성 있는 이야기는 사람들의 마음을 연다.

이처럼 당신만의 진정성 있는 이야기는 다른 사람들을 돕는다. 나는 모든 사람들이 '메신저'라고 생각한다. 메신저란 자기가 가진 경험과 지식을 메시지로 만들어 다른 이들에게 전달하여 돕는 사람들을 말한다. 《메신저가 되라》의 저자 브렌든 버처드는 이렇게 말한다. "당신이 살아온 이야기, 알고 있는 지식, 전달하고자 하는 메시지는 생각보다 훨씬 더 가치 있다. 사람들은 당신의 경험을 통해 간접체험 교훈을 얻기 때문이다." 나 또한 모든 사람들의 인생 경험이 엄청난 가치가 있다고 확신한다. 당신만의 고유한 인생 경험은 다른 사람들이 애타게 기다리는 그 이야기일지도 모른다.

요즘 시대의 사람들은 어떤 인생을 살아야 할지, 어떻게 해야 인간관계를 개선하고, 어떻게 성공하고, 어떻게 행복해질 수 있는지 궁금해한다. 많은 사람들은 도움을 필요로 하고 있다. 만일 당신만의 인생 경험이 누군가 간절히 원하는 이야기라면? 당신의 이야기로 다른 사람을 도울 수 있다. 나 역시 말하는 것을 개선하고 싶은 수많은 사람들에게 이 책이 도움이 되길 소망한다. 지금 이 순간에도 내 경험과 이야기가 많은 사람들에게 울려 퍼지길 바라는 마음으로 글을 쓰고 있다. 당신도 인생을 살면서 다른 사람들보다는 특정한 분야에 더 많은 것을 느끼고 경험하지 않았는가. 아마도 사람들이 기다리는 이야기가 당신 안에 있다는 것을 안다면 놀라게 될 것이다.

그렇다면 당신의 어떤 이야기가 다른 사람들에게 도움이 될 수 있을까? 혹시 다른 사람들보다 어떤 일을 먼저 또는 훌륭하게 성취한 경험이 있는가? 아니면 처음에는 배우는 입장이었지만 어떤 한 주제에 통달해본 경험이 있는가? 아마 있을 것이다. 나는 대학 시절 연기 전공자였지만 동시에 인간관계, 심리학, 대화 기술과 같은 주제에 관심이 많았다. 그러다 보니 이러한 사실을 알고 있는 몇몇 동료들이 내게 조언을 구하기도 했다. 나는 동료들에게 책을 읽고 알게 된 지식과 인생의 경험을 공유했다. 종종 동료들이 속내를 털어놓으면 나는 차분하게 이야기를 들으면서 그들에게 필요한 조언을 했다.

어느 날은 같은 과 후배 J양과 카페에 앉아서 대화를 나누고 있었다. 그러다가 자기 속 얘기를 하면서 감정이 복받쳤는지 엉엉 울면서 닭똥 같은 눈물을 쏟았다. 그녀는 "가까운 친구에게도 말 못할 고민이었는데, 선배님한테 털어놓게 될 줄은 몰랐네요."라고 말하면서 내가 무슨 재주를 부린 사람처럼 말했다. 신기했다. 왜냐하면 J양의 이야기를 가만히 들으면서 그녀가 느꼈을 만한 감정에 공감만 했기 때문이다. 그녀는 한참을 펑펑 울더니 "그동안 누구 앞에서 이렇게 울어본 적이 없어요. 너무 후련해요."라고 말했다. 경청의 힘을 강력하게 느낀 순간이었다.

내가 관심을 가지고 공부한 내용이 다른 이들에게 도움이 될 수 있다니 가슴이 뿌듯했다. 그리고 이런 일은 한두 번이 아니었다. 많은 동료들이 자신이 겪고 있는 문제에 대해 내게 조언을 구하기 시작했다. 그러면 그들은 내 앞에서 속내를 털어놓으면서 눈물을 쏟거나 기분이 좋아지곤 했다. 마치 내가 '힐링 메신저'가 된 기분이었다. 흥미만 갖고 열심히 연구한 주제가 '가치 있는 이야기'라는 것을 깨달았다. 덕분에 뜻밖의 사람들과 빠른 속도로 가까워질 수 있었다. 놀랍지 않은가. 나만의 이야기로 다른 사람들을 도울 수 있다니 얼마나 의미 있는 일인가!

그럼에도 불구하고 사람들은 "저는 전문가도 아닌데 사람들이 제 이야기를 듣고 싶어 할까요?"라고 말하며 자기 인생의 가치를 깎아내린다. 나도 처음에는 인간관계, 심리학, 대화 기술에 대해 '왕초보'였다. 한 번 생각해보라. 어떤 분야의 전문가라 할지라도 처음에는 누구나 배우는 입장이지 않았을까? '천 리 길도 한 걸음부터' 라는 우리나라의 속담처럼 왕초보 단계를 거치지 않고서야 숙련된 단계에 이르는 것은 불가능하다. 티끌이 없으면 태산이 되지 못한다. 당신도 보다 많은 사람들에게 자신만의 인생 이야기로 도움을 줄 수 있다.

청중들은 당신의 이야기를 듣고 싶어 한다. 어쩌면 어딘가에서 당신이 성취한 경험과 고생담을 애타게 기다리고 있을 것이다. 나와 같이 어려운 처지에 있었던 사람이 있다는 사실만으로도 많은 사람들에게 위안이 될 수 있다. 당신도 여러 사람의 메시지로 인해 도움을 받고 성장했듯이. 다른 사람들을 위해 자신만의 인생 이야기보따리를 풀어야 할 때다. 이야기보따리를 풀어 놓으면 다른 사람들은 당신의 이야기가 소중하다고 말해줄 것이기 때문이다. 당신의 인생 이야기를 하는 과정은 자기 안의 빛을 발견하는 과정이다. 기억하라. 누구나 자기 안에 빛 하나쯤은 가지고 산다. 이제는 그 빛을 드러낼 차례다.

06

반드시 상대방이
아는 것만 말하라

———

당신은 상대방과 대화를 나누면서 '왠지 이 사람이랑은 대화가 잘 통하는 것 같아.'라는 느낌을 받아본 적 있었는가? 혹시 어린 시절 놀이터에서 단짝 친구와 해가 질 때까지 그네를 타며 이야기꽃을 피워본 적이 있는가? 나는 있었다. 그때 당시 무슨 이야기를 나눴는지 기억나지는 않지만 '잘 통하는' 친구와 그네에서 대화를 나누는 시간이 즐거웠다. 우리가 어린아이였을 때는 '말을 잘하고 못하고' 생각하지 않고 자연스럽게 말했었다. 신기하게도 아이 때를 돌이켜보면 대화 소재가 적음에도 불구하고 자연스럽게 화제를 전환하며 대화를 나눴다.

아이들은 어떻게 자연스럽게 화제를 전환하며 대화할 수 있을까? 아이들이라고 해서 옆에 있는 단짝 친구가 좋아할 만한 흥미 있는 위주로 대화를 할까? 당신은 성인들이 생각하는 만큼 아이들의 관심사가 다양하지 않기 때문에 "그렇다."고 대답할 수도 있다. 나도 어느 정도 맞는 말이라고 생각한다. 하지만 우리가 아이였을 때는 대화 소재가 없어서 고민하거나 진땀을 흘리는 일은 없었다. 상대방과 '통한다'는 느낌을 찾는 사람들은 성인이다. 그런데 성인이 된 사람들은 이야깃거리를 찾는 데에는 집중하면서 상대방에 대해서는 그만한 관심을 기울이지 않는다. 관심을 기울이면 충분히 상대방이 아는 내용, 소재, 주제를 충분히 활용할 수 있는데도 말이다. 많은 사람들이 성인이 되면서 소통의 어려움을 느끼는 까닭은 어린아이만큼 상대방에 대한 관심이 사라졌기 때문이다. 상대방에 대한 관심이 없기 때문에 상대가 좋아하고, 알고, 흥미로운 주제로 말하는 것이 어려운 것이다.

말을 잘하는 사람들은 대화 소재를 잘 찾고 상대방이 반드시 아는 것만을 말한다. 사람들은 그들을 보며 "아는 것이 많나 보다." "말하는 센스가 있네."라고 말한다. 일리 있는 말이지만 그렇지 않다. 말을 잘하는 사람들은 상대방에게 관심을 기울이는 데 도사들이다. 상대방에게 마음을 기울이고, 관심을 갖기 때문에 언제 어디서나 상대방이 아는 내용을 적재적소에 말할 줄 안다.

반면에 상대방에게 관심이 부족한 사람들도 있다. 이들은 대화 소재를 찾는 것이 어렵다. 왜냐하면 자기만 생각하기 때문이다. 상대방에게 관심을 쏟기보다 관계의 우위를 독점하려고 자기 말만 하는 것이다. 내가 그랬었기 때문에 잘 안다. 상대에 관심이 있지 않고, 상대에게 인정받는 '나'에게 관심이 있었다. 당신의 표정이 일그러져 가는 데도 자기 자랑을 하고 말을 늘어놓는 사람을 본 적이 있을 것이다. 창피하지만 그게 나였다. 이런 사람들에게는 반발심이 생기고 마음의 문을 도무지 열고 싶지 않을 것이다. 아무리 당신이 좋아하는 주제라도 상대를 억지로 끌어들이는 것은 바람직한 방법이 아니다. 먼저 상대방 입장에서 말하는 사람이 되어야 한다.

당신은 어떤 사람을 '잘 통한다.' '잘 맞는다.'고 생각하는가. 아마도 당신의 입장이 되어 관심을 기울이고 말을 주고받는 사람이다. 대화는 '관심'의 주고받기가 되어야 한다. 인간관계가 '기브 앤 테이크(Give and Take)'인 것처럼 말이다. 일방적으로 자기 말만 하거나, 일방적으로 상대방 이야기를 듣는 것은 한쪽으로만 치우쳐진 대화방식이다. 대화는 일방통행이 되어서는 안 된다. 우리가 기억해야 하는 것은 기브 앤 테이크에서 먼저 오는 말이 '기브=주는 것'이라는 것이다. 그런데 많은 사람들은 주지도 않고 받으려는 경향이 있다. 받으려면 반드시 먼저 주어야 한다. 상대가 돌려주지 않더라도 말을 잘하기로 결심했다면 먼저 '주는' 연습부터 해야 한다.

당신이 상대방에게 하고자 하는 이야기가 있다면 상대방이 들어주어야 하므로 그것은 '테이크=받기'가 된다. 따라서 자기 이야기를 하기 전에 먼저 상대방의 입장에서 그 사람이 아는 이야기로 말을 하도록 돕는 것은 '기브=주는 것'이다. 이는 소수의 사람들은 알고 있었지만 내가 사람들과 소통을 하면서 뒤늦게 깨달은 비밀의 공식이다. 상대방이 먼저 다가와 주기를 기다리기만 한다면 좋은 인연을 만날 수 없다. 먼저 마음을 열고 상대에게 다가가는 사람만이 인간관계에서 기회를 쟁취한다. 인연의 기회를 만드는 사람은 먼저 주는 사람이다.

먼저 주는 사람이 되기 위해서는 혼자만 아는 주제보다 상대방이 아는 주제로 말하는 노력을 해야만 한다. 평소에 혼자만 아는 주제에 대해서만 떠든다면 상대방과의 공통분모가 없는 이상 공감대를 형성하기 어렵다. 그럼에도 불구하고 사람들은 상대방이 모르는 내용과 이해하기 힘든 주제로 어떻게든 신뢰를 쌓아보려고 노력한다. 그리고 "최선을 다했다." "노력했다."고 말한다. 정말 당신은 그 사람에게 또는 그 사람이 좋아하는 관심사에 얼마나 관심을 가져보았는가? 다음 일화를 살펴보자.

옛날에 소와 사자가 살았다. 그들은 첫눈에 반해 사랑에 빠졌다. 다른 모습이지만 그 무엇도 둘을 갈라놓을 수 없을 만큼 서로를 사랑했다. 주변에 많은 반대에도 불구하고 둘은 결혼했다. 어느 날 그들은 서로의 사랑을 증명하기 위해 자신이 할 수 있는 최고의 식사를 대접하기로 약속했다. 사자는 사랑하는 아내에게 최고로 맛있는 고기를 대접하기 위해 사냥에 성공했다. 사자는 기가 막히게 맛있는 고기를 아내 소에게 대접했다. 식탁 위에 차려진 고기를 보고 소는 다음과 같이 생각했다.

'나더러 고기를 먹으라고? 남편은 날 사랑하지 않는구나!'

소는 사자에게 실망했고 고기를 먹을 수 없었다. 소는 초식동물이기 때문이다. 사자는 맛있는 고기를 먹지 않는 소에게 서운했다. 어느날 아내 소는 사랑하는 남편에게 최고로 맛있는 풀을 뜯어 사자에게 대접했다. 식탁 위에 차려진 풀을 보고 사자는 다음과 같이 생각했다.

'나더러 풀을 먹으라고? 아내는 날 사랑하지 않는구나!'

사자는 소에게 실망했고 풀을 먹을 수 없었다. 사자는 육식동물이기 때문이다. 소와 사자의 사랑은 점차 식어갔고 결국 헤어지게 되었다. 소와 사자는 헤어지면서 동시에 이렇게 외쳤다.

"나는 당신한테 최선을 다했어."

소와 사자는 사랑했지만 서로에 대해 알려고 하지 않았다. 소가 풀을 좋아하는지, 고기를 좋아하는지 사자는 무관심했다. 그저 자기가 좋아하는 고기를 내주었다. 소와 사자의 사랑 이야기처럼 많은 사람들이 스스로 상대방에게 "최선을 다했다."고 말한다. 서로가 무엇을 원하고, 좋아하는지 알려고 하지도 않은 채 본인의 마음을 알아줄 거라 기대한다. 조금이라도 실망하면 나와 맞지 않는다며 관계를 종결시킨다. 상대가 무엇을 원하고, 무엇을 좋아하는지 관심을 가지는 사람들은 상대에게 진실한 호기심을 보인다.

상대방이 아는 것만 말하는 유일한 방법이 있다. 상대방에게 진실한 호기심을 보이는 것이다. 앞서 말한 소와 사자 이야기를 예로 당신이 소라면 사자가 준 고기를 먹는 것이 최선의 방법이다. 하지만 억지로 못 먹는 것을 먹을 필요는 없다. 사자가 소에게 고기를 대접한 데는 이유가 있을 것이다. 왜 내게 고기를 주었는지, 왜 고기를 좋아하는지, 고기를 먹으면 어떤 기분인지 이야기할 수 있다. 만일 상대방이 원하고 좋아하는 주제가 자신과 무관한 것일수록 그것에 "왜?"라는 질문을 던져야 한다. "왜?"라는 질문은 타인에 대한 진실한 관심 없이 할 수 없는 말이다.

다른 사람에게 통하는 사람이 되고 싶은가? 그렇다면 당신의 잃어버린 관심과 호기심을 되찾아야 한다. 상대방이 알고 좋아하는 것에 대해 이야기해 보자. 상대방이 자기가 모르는 것을 좋아한다고 노력을 포기하지 말자. 소와 사자는 한 식탁에서 다른 음식을 먹을 수도 있다는 것을 기억하자. 소와 사자는 각자 풀과 고기를 먹으면서도 함께 웃고 행복할 수 있다.

07

오감을 자극하는
말을 하라

———

우리는 오감을 통해 세상을 경험한다. 보고, 듣고, 냄새 맡고, 맛보고, 만지면서 세상의 수많은 경험들을 인식하며 살아간다. 혹시 당신은 화창한 봄에 벚꽃이 흩어지는 광경을 보고 기분 좋아진 적이 있는가? 아기들의 '까르르' 하는 웃음소리에 미소가 번진 적이 있는가? 아니면 퇴근길에 매콤달콤한 양념치킨의 쫄깃쫄깃한 닭 다리 살의 식감을 떠올리며 군침을 흘린 적이 있는가? 아마 있을 것이다. 사람들이 이처럼 다양한 상황을 경험하는 까닭은 사람들의 신체에는 시각, 청각, 미각, 후각, 촉각이라는 다섯 가지 감각 '오감'이 있기 때문이다.

오감이 없다면 사람들은 감정을 느끼지 못한다. 사랑하는 사람의 얼굴을 떠올리면 기분이 좋아지고 허구한 날 잔소리만 하는 직장 상사를 떠올리면 기분이 다운된다. 자! 한 번 상상해보라. 당신은 지금

무더운 사막에서 길을 잃었다. 이틀 동안 물과 식량도 바닥났다. 뜨거운 태양 아래 모래언덕밖에 보이지 않는다. 더는 걸어갈 힘조차 남아 있지 않다. 목이 타들어 가고 온몸은 땀범벅이 되었다. 탈진하기 직전 눈앞에 오아시스가 보인다. 당신은 살았다!

혹시 당신은 이 이야기를 들으면서 상상 속에서 사막을 걷고 있지 않았는가? 당신이 한 번도 사막에 가본 적이 없다면 어떻게 이 이야기에 공감할 수 있을까? 바로 오감 때문이다. 눈으로 직접 사막을 보지 않았지만 상상 속에서 뜨거운 사막을 보았기 때문이다. 당신이 보다 깊이 몰입했다면 목이 타들어 가고 사막의 답답한 기운을 동시에 느꼈을 것이다. 오감이 없다면 이러한 상상은 불가능하다. 신기하게도 인간의 뇌는 '현실과 상상을 구분하지 못한다.' 그래서 직접적으로 보고, 듣고, 만지지 않더라도 우리는 오감을 통해 간접적으로 경험할 수 있다. 말을 잘하는 사람들은 오감을 자극하는 말로 사람들의 감성을 끌어당긴다.

두 사람이 똑같은 옷을 입으면 다른 스타일, 다른 느낌이 난다. 말도 마찬가지이다. 대화를 나누는 상황에서 어떤 사람은 말을 재미있게 하고 설득력이 있는 반면 어떤 사람은 재미도 없고 설득력도 떨어진다. 여기서 말하는 재미란, 단순히 상대를 웃겨야 한다는 뜻이 아니다. 재미있는 말은 몰입이 되는 말이다. 상대방과 하나가 되는 느낌이 들도록 대화 속으로 빠져들게 만든다는 의미다. 서로 같은 곳을 바라보며 몰입되는 대화야말로 진정한 대화의 재미다. 사람들의 오감을 자극하는 말로 대화의 재미를 돋구려면 오감에 대해 살펴볼 필요가 있다.

일반적인 개념에서는 인간의 감각을 다섯 개로 분류하지만, NLP(신경 언어 프로그래밍)에서는 오감을 쉽게 이해할 수 있도록 다음과 같이 세 가지로 분류한다. 시각, 청각, 그리고 체각이다.

시각은 실제 눈앞에 보이는 모든 것들이다. 앞에서 이야기했듯이 직접 눈으로 보지 않아도 상상 속에 떠올리는 이미지, 형태, 모습 등도 모두 시각으로 간주한다.

그다음은 청각이다. 새들이 지저귀는 소리, 음악 소리, 사람들의 말소리 등 귀로 들리는 소리 들을 청각이라고 한다. 그리고 내면에서 들려오는 자신의 목소리나 내적 대화까지 청각으로 간주한다. 실제로 소리가 나는 것은 아니지만 내적 대화는 인간의 말과 행동에 영향을 미치기 때문이다. 샤워 후 거울을 보면서 '역시 난 멋져.' 라고 생각하는 것도 내적 대화에 포함된다.

마지막으로 체각이다. 체각은 촉각, 후각, 미각을 통틀어 사용한다. 사람들이 알고 있는 촉각은 악수할 때 느껴지는 피부 감촉과 같이 무언가 피부에 닿을 때 느끼는 감각이다. 체각은 외부로 느껴지는 피부 감각뿐만 아니라 몸 안의 느낌까지 포함한다. 그 예로 속이 메스껍다든지, 심장이 두근두근한다든지, 온몸에 소름이 끼치는 느낌 등을 체각이라고 한다. 몸속 느낌이므로 감정도 체각이라고 할 수 있다. 만약 감동적인 영화를 보고 난 후 어떠한 감정을 느꼈다면 시각, 청각, 체각이 동시에 작용했다고 볼 수 있다.

　오감을 이러한 방식으로 이해하고 있으면 말을 할 때 사람들의 감성을 자극하는 데 도움이 된다. 스스로의 오감을 통제해서 기분 좋은 상태로 만들 수 있다. 불쾌하고 우울한 감정에서 빠져나와 좋은 기분을 유지할 수 있다는 의미다. 당신이 행복을 느끼는 때는 언제인지, 우울한 감정을 느낄 때는 언제인지 쉽게 자각할 수 있을 것이다. 당신은 어떤 감각을 주로 사용하는 사람인가? 시각? 청각? 체각? 아니면 두 가지나 세 가지 모두 자주 사용할 수 있다. 사람들이 자주 사용하는 감각은 천차만별일 수 있는데 '당신이 하는 말 속에' 그 비밀이 숨겨져 있다.

　"내가 보기에……"(시각)
　"내가 듣기에……"(청각)
　"내가 느끼기에……"(체각)

　상대방이 하는 말을 들어보면 그 사람이 자주 사용하는 감각을 파악할 수 있다. 세 명의 다른 감각 유형의 친구가 멋진 코트를 샀다고 자랑하는 상황을 예로 들어보자.

시각형 친구 : "이 코트 예쁘지? 어제 지하상가에서 이 코트 색깔이 화려하길래 거울에 비춰 보니까 라인도 이쁘고, 내 피부색이랑 너무 잘 어울리는 거야. 그래서 바로 샀지 뭐야."

청각형 친구 : "이 코트 예쁘지? 어제 지하상가에서 이 코트 보니까 '완전 내 스타일인데?' 하는 생각이 드는 거야. 그래서 걸쳐 보니까 점원이 나한테 '손님을 위해서 태어난 옷이네요.' 하더라고. 그래서 바로 샀지 뭐야."

체각형 친구 : "이 코트 예쁘지? 어제 지하상가에서 이 코트 보자마자 딱 느낌이 오더라고. 그래서 걸쳐 보니까 촉감도 부드럽고 내 마음에 쏙 드는 거야. 그래서 바로 샀지 뭐야."

혹시 다른 감각유형의 세 친구의 차이가 느껴지는가? 시각형 친구는 '색깔, 화려함, 라인, 피부색'이라는 단어를 사용하면서 시각적인 감각을 주로 활용한다는 것을 알 수 있다. 반면 청각형 친구는 '괜찮은데?' 라는 생각의 소리와 점원의 말소리를 듣고 구매를 결정했음을 알 수 있다. 청각형 사람들은 '귀가 얇다'는 이야기를 종종 듣기도 한다. 다른 사람들의 말의 예민한 경향이 있는 것이다. 체각형 친구는 '삘, 촉감, 부드럽다, 마음에 쏙 든다'라는 단어를 사용해서 체각적인 감각을 주로 사용한다는 것을 알 수 있다. 이처럼 사람들은 대화를 할 때마다 자신이 자주 사용하는 감각을 말 속에 은근히 드러낸다. 사람의 감각유형은 고정적이지 않으며 대부분 한 가지만 사용하지 않고 '중복' 되어 있다. 하지만 사람마다 특출나게 발달한 감각유형은 있다. 따라서 상대방의 감각유형을 파악하면 그 사람의 오감을 자극하기 쉬워진다.

사람들의 오감을 자극하는 것은 감성을 깨우는 역할을 한다. 이야기 속에 깊이 빠져들어 감정을 자극하도록 만들기 때문이다. 맛집 프로그램의 MC들이 맛있는 음식을 먹으면서 시청자들에게 소개하는 장면을 본 적이 있는가. 음식의 시각적인 모습, 씹는 소리, 식감은 어떤지, 음식을 먹는 기분까지 기가 막히게 묘사하는 장면을 본 적이 있는가. 그래서 당신은 실제로 음식을 먹고 있는 것처럼 느껴지고 입안에서 군침이 돌지 않았는가. 그것이 바로 사람들의 오감을 자극하여 집중시키는 원리이다.

오감으로 소통하라! 사람들의 오감을 자극하여 마치 자석처럼 대화에 몰입시켜라. 오감을 자극하는 말을 연습하기 위해서 지금부터 자신이 보고, 듣고, 느끼는 것에 대해 감각적으로 묘사하는 연습을 자주 해보자. 사람들은 당신 이야기에 반응하기 시작할 것이다. 오감을 자극하면 사람들의 감성이 깨어나 당신의 이야기 속으로 깊이 빠져들 것이다. 대화에 재미와 의미를 더하는 사람이 되고 싶다면 오감을 자극하는 언어로 소통하자.

나답게 말하는 기술

사람들이 이해하기 좋게
이야기를 머릿속으로 그릴 시간을 주어라.
사람들은 당신의 이야기를
기억하기 시작할 것이다.

● ● ●

01

말하기에도 목적지가
필요하다

————

과녁이 없다면 화살을 쏠 수 없다. 활을 힘껏 잡아당겼지만 화살을 어디로 쏴야 할지 모르는 것이다. 화살이 꽂힐 만한 과녁이 없기 때문이다. 여기서 과녁이란 말의 목적지를 말한다. 많은 사람들이 제각각 인생의 목적을 갖고 살아가지만 말하기에 있어서는 분명한 목적지를 설정하지 않는다. 말의 목적지를 정하지 않는 것은 씨앗을 심지 않은 땅에서 싹이 나기를 기다리는 것과 같다. 씨앗을 심지 않으면 싹이 나지 않을 뿐만 아니라 열매도 열리지 않는다. 당신이 원하는 열매를 얻고 싶다면 말하기에 있어서도 반드시 목적지를 설정해야 한다.

목적이란 사전적인 의미로는 '실현하려고 하는 일이나 나아가는 방향'을 말한다. 쉽게 말하면 목적은 당신이 '원하는 것이자 동시에 향하는 곳'이다. 따라서 당신이 의사소통을 통해 얻고자 하는 바로 그것이 된다. 최근에 있었던 대화에서 당신은 무엇을 원하고 있었는가? 당신이 원하는 만큼 상대방에게 충분히 표현했다고 판단하는가? 만일 대답이 '아니다'라면 당신이 말하는 목적을 제대로 설정하지 않았기 때문일 것이다. 사람들이 소통의 불편함을 느끼는 이유는 단순하다. 대화를 나눌 때 자신이 얻고자 하는 그것을 명확하게 설정하지 않고 말해서다. 이는 사람들이 상대와의 대화에서 어떤 씨앗을 심고 있는지 모르고 있다는 얘기다. 결국, 우리가 바라던 열매와는 다른 열매가 열리게 된다.

대화는 상대방과 말과 마음을 주고받는 일련의 과정이다. 가벼운 수다부터 왁자지껄 떠드는 말, 깊이 있게 마음을 나누는 대화, 청중 앞에서의 연설 등 무한한 방식의 대화가 존재한다. 당신이 이 책을 읽는 목적은 무엇인가. '말을 잘하고 싶다' '심심해서' '나에게 도움 되는 내용을 찾기 위해서'와 같은 목적이 분명하기 때문이 아닌가. 당신이 원하는 열매를 수확하려면 어떤 씨앗을 심을지부터 마음속으로 정해야만 한다. 당신이 뿌릴 씨앗은 당신 내면에 있다. 이 책에서 얻고자 하는 지식을 당신은 왜 원하는가? 왜 말을 잘하고 싶어 하는가? 말을 잘해서 당신이 얻고자 하는 그것은 무엇인가? 지금 생각해보라.

나는 사람들 앞에 서서 이야기할 때면 다리가 후들거렸다. 뺨이 경직되면서 경련이 일어났다. 낯가림도 심해서 처음 보는 사람과 말을 섞는 것도 불편했다. 소심한 성격에 눈치도 많이 봤다. 외모 콤플렉스로 인해 거울을 쳐다보는 것도 좋아하지 않았다. 돌이켜보니 내가 말을 잘하고 싶었던 궁극적인 내면의 목적은 '자신에 대한 절대적인 신뢰를 키우는 것'이었다. 무엇보다 나는 나다워지고 싶었다. 스스로 나는 나답게 살고 있는가? 물었을 때 그 대답은 정해져 있었다. "나는 나답게 살고 있지 않았다." 대인공포와 무대 공포를 극복하고, 무대 위에서 연기하고 강의를 하는 사람이 되기까지 무수한 역경이 있었다. '자기 신뢰'라는 내면의 목적지가 없었다면 이러한 역경을 감당할 수 없었을 것이다. 나는 완벽하다고 말할 수 없지만, 최대한 나다우려고 노력하고 자신을 신뢰하는 사람으로 성장했다.

나는 말을 잘하려는 이유가 처음에는 솔직히 외부적인 목적이라고 여겼다. 타인의 인정과 사랑과 같은 달콤한 유혹에 이끌렸다. 사실이다. 그러다가 외부적인 목적에만 올인한 나머지 뒤늦게 내 마음이 향하고 있었던 목적을 깨닫게 된 것이다. 사람들 앞에서 나답게 말을 잘하고 싶고, 비범한 사람이 되고 싶었던 그 까닭은 내 안에 있었다. 그 목적지는 나 자신이었다. 그리고 이제 그 목적지는 나를 포함한 많은 사람이다. 이 책의 메시지가 당신에게 오롯이 도움이 되길 소망하기 때문이다. 당신은 원하는 것은 마음이 안다. 이처럼 우리는 말의 목적지를 자기 밖에서 찾지 말고 자기 안에서 찾아야 한다.

세계적인 대문호 요한 볼프강 괴테는 "스스로를 신뢰하는 순간, 어떻게 살아야 할지 깨닫게 된다."고 말했다. 나 역시 괴테의 말처럼 어떻게 살아야 할지 보다 스스로를 신뢰하는 마음을 키우는 게 우선이었던 것 같다. 나는 많은 사람들에게 목적지라는 과녁은 두 개라고 말한다. 그렇다. 과녁은 두 개이다. 외부의 과녁 그리고 내면의 과녁이다. 자! 그렇다면 외부의 목적은 무엇일까? 외부의 과녁은 말하고자 하는 대상에게서 얻고자 하는 '가치'이다. 내면의 과녁은 당신의 깊은 내면에서 원하는 생각, 욕구 그리고 감정이다. 당신이 '왜 그 이야기를 하는가'를 마음에 답을 물어야 한다. 어떤 내면의 목적으로 이야기를 하는지 자기 가슴에 귀를 기울여보자.

당신이 어떠한 말을 하든 그 밑바탕에는 내면의 목적이 존재한다. 말을 하는 데에는 반드시 반드시 어떤 욕구가 꽈리를 틀고 있다. 나에게 있어서 '말을 잘한다'라는 의미는 '유창하고 화려한 인위적인 말솜씨'를 향하지 않는다. 오히려 '나답고, 진실하고, 자연스러운 말하기'라는 의미가 더 적절하다. 나의 약점을 교묘히 감추어 인정을 요구하고, 기대한 인정을 받지 못하면 자존심이 상하는 그런 말하기가 아니다. 지나치게 조심스러워서 상대방을 불편하게 만드는 그런 말하기가 아니다. 거짓을 꾸며 두꺼운 가면으로 척하는 말하기가 아니다.

말하기는 나답고, 진실하고, 자연스러워야 한다. 연기를 잘하는 배우는 척하며 연기하지 않는다. 당신은 혹시 연기하기 위해 말을 잘하려고 하는가. 아니면 연기하지 않기 위해 말을 잘하려고 하는가. 화살을 쏘는 사람은 다름 아닌 자기 자신이기에 스스로의 목적을 결정할 수 있어야 한다.

위대한 지도자 마하트마 간디는 이렇게 말했다. "믿음은 생각이 된다. 생각은 말이 된다. 말은 행동이 된다. 행동은 습관이 된다. 습관은 가치가 된다. 가치는 운명이 된다." 간디의 말은 우리의 믿음이 운명을 결정짓는 내면의 목적지라는 것을 암시한다. 우리가 무엇을 믿느냐가 곧 말하기의 목적이라고 할 수 있다. 당신은 무엇을 믿고 말을 하려는가. 본심은 상대방과의 '신뢰'를 쌓고 싶어 하면서 가벼운 농담만 주고받지는 않는가? 아니면 본심은 상대방에게 좋아하는 '마음'을 고백하고 싶지만 돌려 말하고 있지는 않은가? 싫다고 거절하기가 미안해서 "좋아!"라고 말하고 있지 않은가? 당신의 내면이 무엇을 향하고 있는지 알면 소통이 더욱 간편해진다. 자신이 어디로 가는지 알기 때문에 굳이 가까운 거리를 빙빙 돌아갈 필요가 없다. 사람들은 목적 없이 살지 않는다. 목적 없이 여행을 떠나는 사람들이 많은데 나는 목적지가 없는 여정은 없다고 확신한다.

요즘은 목적지를 정하지 않고 떠나는 여행이 유행이다. 이들은 목적지가 없다고 말하지만 내면의 목적은 반드시 있다. 목적지를 정하지 않는 것 그 자체가 목적이기 때문이다. 사람들과 말을 나누는 대화 상황에서는 상대방과 말하는 것 자체가 내면의 목적지가 될 수 있다. 목적 없이 명상 수행을 하는 사람 역시 '목적지를 정하지 않음'이 표면적으로 드러나지 않은 목적지다.

비행기는 정확한 시간에 목적지에 도착한다. 날씨 상황에 따라 비행 궤도를 변경하면서 날지만 신기하게도 예정된 도착 시각에 착륙한다. 이는 도착지점을 명확히 하기 때문이다. 목적지가 분명한 사람은 궤도를 벗어나도 반드시 원하는 곳에 도착한다. 이들은 목적지가 확고하다. 그런데 많은 사람들은 자신이 어디로 향해야 하는지 스스로에게 되묻지 않는다. 대화를 할 때도 자신과 상대방이 어디로 향하는지 모를 때가 많다. 누구나 반드시 당신 내면의 목적지가 있다. 목적지가 없는 사람은 없다. 목적지를 알고 말하는 사람과 모르는 말하는 사람만이 있을 뿐이다.

'목적지를 알고 말하겠다' 고 결심했다면, 스스로에게 다음의 방법을 실천해야 한다.

1. 대화를 통해서 얻고자 하는 외부적인 가치는 무엇인가?
2. 대화를 통해서 얻고자 하는 내면적인 가치는 무엇인가?

우리가 기억해야 할 것은 인간은 원하지 않으면 목적을 설정하지 않는다는 것이다. 자신이 무엇을 원하는지 알고 목적을 확고하게 결정해야 한다. 어디로 향하는지 모른 채 말하고 사는 것은 나에 대한 책임 회피다. 나의 발걸음이 어디로 향하는지 안다면 그 끝은 더 확고하다. 따라서 확고한 결과, 열매를 맺기 위해서는 내가 원하는 것을 알고 씨를 뿌려야 한다. 당신이 원하는 것은 마음 안에 있다는 것을 기억하자.
자신이 원하는 것을 알면 우리 인생은 180도 달라질 것이다.

02

말하고자 하는 주제를
분명하게 전달하라

────────

얼마 전 모 대기업 취업 면접을 앞두고 있는 직장인 Y양이 컨설팅을 요청했다. 그녀는 현재 다니고 있는 직장이 마음에 들지 않아 대기업으로 입사를 하고 싶다고 말했다. 그녀는 면접 하루 전에 나를 찾아왔다. 무엇이 문제인지 묻자 그녀는 한숨을 내쉬며 걱정이 섞인 말투로 말했다.

"면접관들이 질문하면 제가 준비한 대로 말이 안 나와요…. 이번이 벌써 세 번째에요."

면접이 하루밖에 남지 않은 데다가 이번 입사 시험만 세 번째라는 말에 그녀가 얼마나 자기가 원하는 기업에 들어가고 싶어 하는지 느낄 수 있었다. 나는 그녀가 준 면접 대본을 가지고 모의 면접을 하자고 제안했다. 내가 첫 질문을 던졌다.

"이 회사에 지원하게 된 이유가 뭐죠?"

Y양은 족히 10줄에 가까운 대답을 줄줄이 말했다. 그런데 그녀의 대답은 누구나 말할 수 있는 상투적인 말뿐이었다. 예를 들어 "최선을 다하겠다." "열정이 있다." 와 같은 뻔한 말들이었다. 취업이 간절한 사람이라면 누구나 할 법한 이야기였다. 대본을 통째로 외운 상태에서 국어책을 읽는 듯한 느낌을 받았다. 그래서 말투도 로보트처럼 기계적이고 딱딱하게 들렸다. 나는 그녀에게 잠깐 대본을 내려놓으라고 한 다음 넌지시 물었다.

"Y 씨! 정말로 그 회사에 가고 싶어요?"
"네! 가고 싶어 미치겠어요."
"도대체 왜요? 그 회사가 그렇게 가고 싶은 '진짜' 이유가 뭐예요?"
"저 사실은….."

그녀는 직장을 옮기기 위해서 대학원까지 진학했다. 그리고 현재 직장에서 참고 견딜 수 있었던 이유도 "자신이 원하는 모 기업에 입사하기 위해서"라고 했다. 아파트 베란다에서 모 기업의 로고를 보면서 매일같이 입사를 꿈꿨다고 했다. 나는 그녀가 얼마나 그 기업에서 일하고 싶어 하는지 그 마음을 알 수 있었다. Y양은 대본을 내려놓고 이야기할 때 훨씬 나다웠기 때문이다. 그녀는 연습할 때 보다 자연스럽고 목소리에 확신이 있었다. 왜일까? 그녀다운 마음, 말하고자 하는 주제가 내게 진심으로 와닿은 것이다. 나는 흐뭇한 표정으로 Y양에게 말했다.

"Y 씨. 지금 말했던 것처럼 모 기업에 입사하고 싶은 Y 씨의 간절함과 진심을 보여주세요. 방금 자기 이야기를 할 때처럼요. 아까 대본을 읽었을 때 보다 지금이 더 인간적이고 함께 일하고 싶은 사람처럼 느껴져요. Y 씨가 진심을 보여준다면 후회는 남지 않을 겁니다."

Y양은 내 말에 충격을 받았는지 잠시 동안 침묵했다. 그리고 "저 할 수 있을 것 같아요."라고 말한 뒤 집으로 돌아갔다. 다음 날 나와 연습한 대로 "자신의 간절함과 진심을 면접관에게 충분히 전달한 것 같아서 속이 다 후련하다"며 전화가 왔다. 그리고 몇 주 뒤 Y양에게 소식을 들었다.

"선생님, 저 합격했어요."

세 번의 입사 시험 끝에 그녀는 원했던 모 기업에 합격할 수 있었다. 처음 Y양이 대본을 외워 말하고자 했을 때는 무엇을 말하려고 하는지 이해할 수 없었다. 나뿐만 아니라 스피치 컨설팅에 참여하는 수강생들도 이에 동의했다. 그런데 대본을 내려놓고 Y양에게 그 기업을 원하는 진짜 이유가 무엇인지 묻자 그녀는 자신이 말하고자 하는 주제를 파악하게 되었다. 자신이 무엇을 말하려고 했는지 자각하게 된 것이다. 내가 그녀에게 했던 질문은 다음과 같다.

"도대체 왜요? 그 회사가 그렇게 가고 싶은 진짜 이유가 뭐예요?"

이 질문에 대한 나의 의도는 이런 것이었다. 면접관들이 당신을 어떻게 볼지 전혀 상관하지 않는다고 가정했을 때, 당신은 무엇을 말하고 싶은가? Y양이 말하고자 하는 주제는 단 하나였다. '나만큼 이 회사에 입사하고 싶은 사람은 없어. 반드시 여기서 일하고 말 거야!' 그런데 본인은 정작 자신이 하고 싶은 말이 아닌 다른 이야기를 둘러댔다. 자신이 무엇을 말하고 싶은지 알지 못했다. 말의 주체가 자신이 되지 않고, 타인이 봐주었으면 하는 나의 이미지에 갇혀 있었다.

이처럼 오직 상대에게 어떻게 보일지에만 집중이 되어 있으면 말이 헛나가기 쉽다. 자신의 이미지에만 갇혀 있으면 Y양의 간절함과 진심이라는 주제가 면접관들에게 분명히 전달되지 못했을 것이다. 혹시 당신도 하고 싶은 말은 가슴 한편에 남겨둔 채 다른 주제로 그 주위를 맴돌지 않는가?

당신이 말하고자 하는 주제를 명확하게 정하지 않으면 분명하게 전달할 수 없다. 그런 대화는 '소통' 이라는 차원을 맴돌게 된다. 그럼에도 불구하고 많은 사람들이 자기가 말하고자 하는 주제를 꺼내기 두려워하는 경향이 있다. 상대방에게 어떻게 보일지 지나치게 의식한 나머지 자신이 하고 싶은 말을 잃어버리는 것이다. '어떤 말을 하겠다!' 보다 '어떻게 말해야 좋아할까?' 에 집중이 되어 있기 때문이다. 이는 달리기 시합에서 상대방을 배려하느라 자신은 결승선에 골인하지 않아도 좋다고 말하는 것과 같다. 대화에 있어서 배려도 마찬가지이다. 자신이 무엇을 말하고자 하는지 모르고 분명하게 전달하지 않는 것은 타인을 위한 배려가 아니다. 따라서 상대방을 위한 진정한 소통을 하려면 스스로 자신이 말하고자 하는 주제에 대한 명확성을 가져야 한다.

그런데 많은 사람들은 자신이 무엇을 전달하고 싶어 하는지 잘 모른다. 말하기에 있어서 목적의식이 뚜렷하지 않다. 사람들은 당신이 무엇을 말하려고 하는지 알 길이 없다. 자신이 전하고 싶은 말을 빙빙 도는 것이 목적이기 때문에 상대방의 마음도 빙빙 돈다. 스스로 불확실하기에 알 수 없는 말들만 하게 되는 것이다. 상대의 반응 역시 미지근하다. 우리가 확실하게 표현하고자 하는 의지를 보이면 상대의 반응도 달라진다. 분명하게 전달하면 분명한 반응이 돌아온다. 어떻게 하면 말하고자 하는 주제를 제대로 전달할 수 있을까?

첫째로 자신이 말하고 싶은 것에 대해서 있는 그대로 표현해야 한다.

말은 생각과 신념을 담고 있다. 그래서 자기 자신이 무엇을 원하는지 알려면 일단은 말을 뱉어보아야 한다. 당신이 무슨 말을 하는지 알면 나의 욕구, 생각, 신념, 감정 등을 명확하게 꿰뚫어 볼 수 있기 때문이다. 자신이 하는 말의 핵심을 알 수 있다. 말을 해보지도 않고 지레 겁을 먹고 아무 말도 하지 않을 것인가? 아니면 말을 해보고 나서 잘한 말인지 못한 말인지 구분할 것인가? 어떤 말이 나다운 말인지는 뱉어보는 경험을 통해서만 배울 수 있다. 말을 잘하고 싶다면 자신이 말하고 싶은 메시지를 있는 그대로 뱉어보라.

둘째로 경험을 통해 자신만의 기준선을 명확히 설정하라.

자신이 말하고 싶은 주제를 분명히 결정했다면 상대방이든 다수의 청중 앞에서 말할 기회가 올 것이다. 그럴 때 당신이 전달하고자 하는 주제에 대해 확실하게 전달을 해보고 사람들의 반응이 긍정적인지 부정적인지 관찰하는 것이다. 그리고 말하기에 있어서 긍정적인 부분은 발전시키고, 개선해야 할 점은 없애거나 다른 방법으로 시도해야 한다. 이러한 경험은 말하기에 있어서 자신만의 기준선을 창조하는 과정이다. 당신만의 기준인 이 '선'이 없다면 나답지 못할 뿐만 아니라,

인간관계에서 도움이 되지 않는 말을 되풀이하게 된다. 처음에는 이 과정이 쉽지 않을 것이다. 거절이나 비판을 감당해야 할지도 모른다. 하지만 어떠한 경험도 없이 말을 잘하게 된다는 것은 불가능하다. 산 정상을 오르려면 한 계단씩 올라야 한다.

말하는 주제를 분명하게 전달하려면 당신의 생각과 욕구, 감정을 분명하게 알아차려야 한다. 말하지 않고 상대방이 알아서 원하는 것을 줄 거라고 기대하지 말자. 말하기도 전에 스스로의 말을 판단하지 말자. 실수를 해보지 않고 어떻게 말을 잘할 수 있는가? 여행을 떠났을 때 짐이 되는 물건을 버리고 온 적이 있는가? 말도 마찬가지다. 인생에서 자신에게 필요한 믿음만 챙기면 된다. 그 시작은 당신이 말하고자 하는 주제를 알고, 사람들에게 분명하게 전달하는 것이다.

03

상대방의 바디랭귀지를
모방하라

사랑하면 닮는다는 말이 있다. 오랜 세월을 함께 보낸 노부부, 어린 시절부터 함께 자란 친한 친구, 반려동물들까지 자기 주인을 쏙 **빼닮는다**. 생김새, 말투, 습관, 성격까지 어딘지 모르게 비슷하다. 그 까닭은 무엇일까? 서로 사랑하기 때문이다. 이들은 얼굴 표정만 보아도 상대방이 어떤 생각과 감정을 품고 있는지 안다. '나와 비슷한 사람'이라고 느끼기 때문에 만나면 편안하고 안정감이 든다. 나와 닮은 상대방에게 끈끈한 유대감을 느끼는 것이다. 이처럼 대부분의 사람들은 자신과 닮은 사람, 비슷한 사람에게 호감을 느낀다.

사람들은 자신과 비슷한 생각과 행동을 하는 사람들과 관계를 맺으려고 한다. 당신과 전혀 무관하고 비슷한 구석이라곤 하나도 없어 보이는 사람에게 마음을 열고 다가가기는 어렵다. 당신이 호감을 느끼고 다가가고 싶은 사람이 있다면 자신과 공통점이 있거나 장점을 가지고 있을 경향이 짙다. 상대방에게 끌리는 또 다른 이유가 있다. 바로 '신체 언어(바디랭귀지)'이다. 사랑해서 닮은 사람들을 주의 깊게 살펴보면 몸짓, 신체 언어가 일치한다.

사랑에 빠진 연인은 신체 언어가 일치되어 있다. 얼굴을 마주하며 손을 맞잡고, 세상을 다 가진듯한 표정으로 상대방의 눈을 지긋이 바라본다. 여자가 턱을 괴면 남자도 덩달아 턱을 괸다. 의도적으로 서로가 신체 언어를 따라 하지 않았는데도 마치 하나처럼 따라 움직인다. 두 사람의 마음이 통하기 때문에 몸짓까지 통일되는 것이다.

그렇다면 이별을 앞두고 있는 연인은 어떨까? 시선은 서로 반대 방향으로 향하고 상대방과는 멀리 떨어져 있다. 여자는 팔짱을 끼고 노려 보지만 남자는 심각한 얼굴로 주머니에 손을 넣고 땅을 쳐다본다. 말이 오가는 대화 역시 단절된다. 결국, 두 사람의 마음은 굳게 닫혀 상반되는 몸짓을 보인다.

이처럼 신체 언어는 사람들의 근원적인 의사소통 수단이다. 그런데 많은 사람들은 말이라는 언어에만 국한되어 소통하려는 경향이 있다. 물론 사람들과 대화를 나누는 데 있어서 언어는 반드시 필요하다. 하지만 인간은 말이라는 언어뿐만 아니라 몸짓이라는 언어로도 소통한다는 것을 기억해야 한다. 일반적으로 신체 언어라는 몸짓은 '비언어'로 규정하지만, 신체 언어 전문가들은 몸짓도 '언어'임을 잘 알고 있다. 신체 언어 역시 언어라는 얘기다. 당신은 말은 그럴듯하게 하지만 시선이 불안정하고 다리를 떠는 사람을 믿을 수 있는가? 혹시 당신이 은연중에 이러한 신체 언어를 전달하지는 않는가? 타인에게 호감을 얻고 싶고 신뢰할 만한 사람이라는 인상을 주고 싶은가? 그렇다면 신체 언어라는 영역까지 시야를 넓혀야 한다.

입에서 소리로 들리는 말만 언어의 전부는 아니다. 몸짓 역시 언어다. 몸짓은 사람들의 속마음을 드러내는 중요한 단서가 된다. 신체 언어는 얼굴 표정, 자세, 손짓, 발이 향하는 곳, 목소리와 음조, 말의 속도, 다양한 몸의 움직임으로 이루어져 있다. 다시 말해서 당신이 말하고 싶든, 말하고 싶지 않든 온몸으로 말을 하고 있다는 것이다. 아쉽게도 대부분의 사람들은 언어에만 집중할 뿐 몸짓에는 무감각하다. 상대방에게 호감이나 신뢰를 얻기보다 거절당하고, 상처받는다. 이는 무의식적으로 사용되는 몸짓 때문이다. 당신의 입은 진실을 말하지만 몸은 거짓말을 하고 있을지도 모른다. 자기도 모르게 사용되는 몸짓 때문에 기회를 놓쳐서는 안 된다. 따라서 당신이 어떤 몸짓을 사용하고 있는지 이해한다면 상대방과의 유대감을 형성하는 데 도움이 된다.

당신은 말을 할 때 어떠한 신체 언어를 사용하고 있는가. 자세가 구부정하지는 않은가. 웃지 않는 얼굴로 상대를 마주하는가. 상대방의 눈을 쳐다보지 못하는가. 팔짱을 끼거나 턱을 괸 채로 상대를 대하지는 않는가. 확신이 없는 말투와 작은 목소리로 말하고 있지는 않은가. 아니면 상대방에게서 이러한 몸짓을 보게 되는가? 보통 사람이라면 이러한 신체 언어를 드러내는 사람을 신뢰하기 어려울 것이다. 사람들의 신뢰를 얻기 위해서는 어떤 몸짓을 사용해야 할까?

가슴을 펴고 자세를 바르게 해야 한다. 그리고 밝은 얼굴 표정으로 사람들을 대해야 한다. 눈은 너무 자주 깜빡이면 불안해 보인다. 시선은 적당히 마주치자. 팔짱을 풀고 손짓을 사용하여 말하는 것이 좋다. 목소리는 여유와 자신감이 있는 태도로 중저음으로 말하는 것이 좋다. 이는 신뢰와 호감을 부르는 대표적인 몸짓의 예다. 신체 언어의 세계는 복잡하고 미묘하다. 따라서 미세한 몸짓 하나로 상대를 파악했다고 단정 지어서는 안 된다. 완벽한 몸짓을 구사하기보다 스스로에게 도움이 되는 신체 언어를 연습하는 것이 좋다.

대부분의 몸짓은 습관적이고 무의식적이다. 그래서 당신은 처음에 신체 언어를 연습하는 것이 불편할지도 모른다. 있는 그대로의 모습으로 살면 편하지 않은가. 왜 굳이 신체 언어를 연습해야 할까? 당신의 있는 그대로의 모습도 당연히 소중하다. 그런데 당신의 자연스러운 몸짓이 상대방과의 유대 형성을 방해한다면 약간의 불편함을 감수하더라도 노력하는 것이 좋을 것이다.

당신이 기꺼이 노력을 해보기로 결심했다면 이제 상대방의 신체 언어를 따라 해 볼 차례다. 상대의 몸짓을 똑같이 따라 하면 어떤 효과가 있을까? 사랑해서 닮은 사람들처럼 상대방에게 '나는 당신과 비슷한 사람이에요.' 라는 느낌을 전달하게 된다. 모든 사람들은 제각기 다른 몸짓이 배어 있다. 자세가 올곧은 사람이 있는 반면 구부정한 사람이 있기 마련이다. 당신이 신뢰를 얻고자 하는 사람이 자세가 구부정하다면 당신도 허리를 숙여 그 사람에게 맞춰야 한다. 상대방이 고개를 끄덕이면 당신도 비슷한 속도로 고개를 끄덕이자. 자신이 상대의 거울이라고 생각하고 몸짓을 따라 하면 어느 순간 동질감을 느낀다. 주의할 점은 상대방이 이를 눈치채게 해서는 안 된다는 것이다. 너무 과장된 몸짓이나 똑같이 흉내 낸다는 것을 상대가 눈치챈다면 오히려 역효과가 날 수 있다. 자연스럽게 상대의 신체 언어를 모방하여 상대방과의 유대감을 쌓을 수 있다.

다음 신체 언어 단서들로 상대방의 몸짓을 따라 해보자.

1. 자세
2. 얼굴 표정
3. 손짓 또는 발짓
4. 목소리 톤, 말투, 말의 속도
5. 상대방의 말, 몸의 습관

강한 유대감을 느끼는 사람들이 같은 몸짓을 보이는 데는 분명한 이유가 있다. 바로 함께 하는 활동들 때문이다. 억지로 다른 사람의 몸짓을 따라 하려 애쓸 필요가 없다. 상대방이 보고 있는 것을 함께 보고, 듣고, 느끼고, 움직이면 그 순간 서로의 몸짓은 하나가 된다. 당신이 상대와 많은 시간을 보내고 함께 움직이면 어느새 그들은 닮게 된다. 의도적으로 몸짓을 따라 하기보다는 상대방을 생각하는 마음만큼 자연스럽게 우리는 닮아간다.

　당신은 사랑해서 닮는다고 생각하는가? 닮아서 사랑한다고 생각하는가? 이는 둘 다 맞는 말이다. 상대의 신체 언어를 모방한다는 것은 닮아서 사랑하게 되는 원리이다. 상대방과 함께 시간을 보내고 같은 활동을 하자. 몸과 마음이 거울처럼 일치될 것이다. 진실한 마음 없이 상대의 몸짓을 따라 하는 것만으로는 마음을 사로잡을 수 없다. 모방 역시 상대를 위한 진실한 마음이 담겨야만 한다. 몸짓을 모방하기보다 상대방이 원하는 것을 함께 해주자. 몸짓뿐만 아니라 마음마저 닮아갈 것이다. 몸은 거짓말을 하지 않는다. 마음과 몸은 하나임을 가슴에 새겨두자.

04

감정을 표현하는
단어에 주목하라

사람들은 누구나 감정을 느끼고 표현하며 살아간다. 하지만 많은 사람들이 자신의 감정을 억압하면서 밖으로 표현하기를 어려워한다. 사회에서 살아남고, 성공한 사람이 되기 위해서 가슴 속에 남아 있는 감정의 찌꺼기들을 미처 처리하지 못한 것이다. 호화로운 저택, 수입 외제 차, 값비싼 명품으로 행복을 좇아보지만 억압된 감정은 사라지지 않는다. 자존감이 대두되는 요즘 시대에 자신의 감정을 돌보고, 감정을 표현하는 능력은 행복을 위한 중요한 열쇠가 된다. 왜냐하면 감정은 직접 만질 수 있는 물질은 아니지만 실재하기 때문이다.

감정은 실재하기 때문에 사람들에게 강력한 영향을 미친다. 감정은 우리를 행복하게 하기도 하고 때로는 파괴적으로 내몰기도 한다. 특히 감정을 표현하지 않고 억압하는 것은 마음의 병이 될 수 있는 위험한 습관이다. 자신은 감정을 느끼지만 어떤 단어와 말로 표현할지 모르는 것이 학습된 것이다. 어렸을 때부터 감정 표현에 익숙한 사람들은 적절한 단어로 자신의 기분이나 감정을 표현할 줄 안다. 하지만 감정 표현에 미숙한 사람들은 감정을 분명히 느끼면서 동시에 어떤 감정인지 말하지 못한다. 저마다의 이유는 다르겠지만 그동안 자신의 감정을 소중히 다루지 않았기 때문이다.

당신은 그동안 스스로의 감정을 충분히 소중히 다루었는가? 혼자서 끙끙 앓으며 참거나 외면하지 않았는가? 혹은 자신의 감정을 표현하는 법을 몰라 답답했던 적이 있었는가? 나는 과거에 스스로 감정 표현에 있어서 자유롭다고 생각했었다. 그런데 연기를 배우고 나서 생각만큼 감정을 표현하기가 쉽지 않았다. "뭘 느꼈어?"라는 선생님의 질문에 "음. 잘 모르겠어요."라는 대답으로 일관했다.

다른 사람들이 내 기분을 함께 느껴주길 바라면서 정작 내가 무엇을 느끼는지 설명하지 못했다. 나는 분명 코믹한 예능 프로그램을 보면서 배꼽 빠지게 웃을 줄도 알았고, 슬픈 영화를 보면서 눈물을 흘릴 줄도 알았다. 그런데 다른 사람들에게 내가 느낀 것을 정확하게 말하는 법을 몰랐다. 나는 내 감정을 등한시했었다. 어떤 단어가 내 감정을 묘사하는지 알지 못했다.

개인적으로 나는 많은 사람들이 자신의 감정을 더욱 소중히 돌볼 필요가 있다고 확신한다. 그리고 나아가서 자신의 감정을 적절한 단어로 표현할 줄 알아야 한다. 왜냐하면 말을 나누는 것은 말뿐만 아니라 마음을 주고받는 행위이기 때문이다. 우리는 감정을 느끼는 인간이지 로봇이 아니지 않은가. 감정이 없는 사람은 왠지 모르게 고리타분하고 정이 가지 않는다. 당신은 자신을 로봇처럼 대하는 사람에게 끌리는가? 인간적으로 대하는 사람에게 끌리는가? 나는 후자이다. 수많은 사람들이 드라마와 영화에 열광하는 이유도 사람들의 감정을 자극하기 때문이다. 사람이 사는 곳에는 감정이 깃들어 있다.

당신의 인생을 되돌아보면 수많은 상황에 대해 감정을 느끼며 살아왔을 것이다. 좋은 일과 나쁜 일, 사랑했거나 상처받은 일, 힘들었지만 극복한 일 등 인생이라는 파도 속에서 감정을 배워왔다. 사람마다 자라온 환경이 다르고 경험을 달리한 만큼 그 감정의 크기와 깊이도 다르다. 그래서 각자 느끼는 감정은 소중한 것이다. 어느 사람이 당신과 똑같은 감정을 느꼈을까? 만약 감정을 눈으로 볼 수 있다면 모든 사람들이 느끼는 감정이 똑같은 생김새일까? 아마도 아닐 것이다. 모든 사람들이 다르게 생긴 것처럼 감정도 그 크기와 깊이가 다르다는 것을 항상 유념해야 한다.

내가 앞에서 감정의 소중함을 강조한 이유는 사람들의 감정에 가치를 부여하기 위해서다. 자신의 감정을 쓸모없다고 생각하거나 하찮게 여기는 것은 바람직하지 않다. 자기 자신이 느끼는 것을 믿어야 한다. 우리의 느낌과 감정에 주목해야 한다. 우리가 경험하면서 얻는 모든 감정은 지혜의 목걸이와 같기 때문이다. 우리의 경험이 자신을 지혜롭게 만들었는지 돌아보기 위해서는 감정을 바라보는 눈을 떠야 한다.

당신은 어떤 순간에 무엇을 느끼고 무슨 교훈을 얻었는가. 당신의 왜 기쁘고 왜 슬펐는가. 눈을 감고, 천천히 그리고 가슴 깊이 음미해보자. 적극적으로 자신의 몸과 마음의 감각을 살피면서 그 느낌과 감정에 집중하면 속에 있는 감정의 응어리들이 마침내 터져 나온다. 웃음이 나거나 눈물이 나더라도 자신의 감정을 정면으로 마주 보아야 한다. 당신을 울게 하고 웃게 하는 감정을 기억 속에서 찾아내면 그때야 감정을 바라보는 눈이 생긴다.

나는 감정을 바라보는 연습을 하면서 일상에서 더 많은 감정을 감지할 수 있게 되었다. 작은 것 하나에도 소소한 행복을 느끼고, 극단적으로 오가는 감정의 기복이 개선되었다. 또한 감정의 소중한 가치를 알기 때문에 다른 이들의 감정까지 소중히 여기고 이해할 수 있게 되었다. 감정을 바라보는 눈이 떠지면 가슴 한편에 답답한 쇠사슬이 풀린 것처럼 개운한 느낌을 받을 것이다. 따라서 마음이 평화로워지고 있는 그대로의 나로서 삶을 살아갈 수 있다.

어느 정도 감정을 바라보는 눈이 생겼다면 그다음 단계로 넘어가야 한다. 마지막으로 감정을 표현하는 단어를 골라내는 일이다. 자신의 느낌을 가장 정확하게 묘사할 수 있는 단어를 선택한 다음 메모를 하거나 상대방에게 말해보는 연습을 하는 것이다. 감정을 표현하는 단어는 셀 수 없이 많다. 기쁨, 슬픔, 편안함, 분노, 외로움, 황홀함, 당황스러움, 지루함, 흥미로움, 두려움, 사랑 등 수많은 감정을 나타내는 단어들이 있다. 이 중에 자신의 감정을 가장 정확하게 나타낼 수 있는 단어를 구분할 수 있어야 한다. 그러면 언제든지 내가 느끼는 바를 다른 사람에게 솔직하게 표현할 수 있게 된다. 당신이 느끼는 감정은 한 가지 이상일 수 있으며, 자신의 감정을 분명하게 묘사할 만한 단어를 표현하면 된다.

이 훈련을 통해 당신은 스스로의 감정을 느끼고 표현하는 능력이 향상될 것이다. 무엇에 대해 어떤 감정을 느끼는지, 감정을 표현하기 위해 어떤 단어를 선택해야 하는지 차차 익숙해질 것이다. 내면 어딘가에 남아 있는 감정의 찌꺼기들이 폭포처럼 쏟아져 나온다면 잘 하고 있는 것이다. 오랫동안 묵혀 두었던 마음속 응어리들을 밖으로 전부 던져 버려라.

다른 사람들과 대화를 주고받아야 하는 상황에서도 마찬가지이다. 나는 사람들이 인위적인 가면을 쓰는 까닭이 분노나 우울감을 제때 해소하지 않았기 때문이라고 확신한다. 감정을 분출하는 과정은 비정상이 아니고 오히려 정상이다. 왜냐하면 표현되지 않으면 감정은 결국 쌓이기 때문이다. 따라서 감정은 쌓아 두지 않고, 적시 적소에 표현돼야 한다. 때와 장소를 가리느라 그동안 억압된 감정을 무시하지 말자.

　감정을 표현하다 보면 서로를 이해하기가 쉬워진다. 우리가 무엇을 느끼는지 말해주면 상대방은 되려 자신의 숨겨놓았던 감정 상자를 열어젖힌다. 당신은 그동안 참을 만큼 참았다. 당신의 감정을 묵힐 대로 묵혔다. 우리를 이롭게 하는 감정은 충분히 발효시켜도 되지만 파괴적인 감정은 과감하게 내버릴 줄도 알아야 한다. 당신의 기쁨, 슬픔, 두려움, 행복이라는 모든 느낌은 당신의 소유다. 자기 것은 자기 마음대로 다룰 수 있어야 한다. 계속 간직할지 버리고 살지는 당신 선택에 달려 있다.

　나는 사람들이 감정을 표현하고 살아야 한다고 확신한다. 우리는 느끼기 때문이다. 내가 깨달은 사실은 감정을 타인에게 정직하게 드러내면 그 사람은 감정을 느낀 이유에 대해 궁금해한다. 그러면 나는 감정을 느낀 이유에 대해 충분히 설명할 기회가 생긴다. 감정은 문제를 일으키기도 하지만 해결할 수 있는 실마리를 제공한다. 따라서 자신의 감정을 있는 그대로 드러내면 상대와의 관계가 어느 정도인지 실감할 수 있다. 감정이 인간에게 도움이 되지 않는 것이라면 왜 우리는 느끼는 것일까? 우리를 행복하게 하고, 불행하게 하는 건 바로 감정이다. 감동적인 이야기를 듣고 울지 못하고, 재미있는 이야기를 듣고 웃지 못한다면 우리는 살아 있음을 느낄 수 없다. 감정을 느끼고 표현하지 못 하는 건 재앙이나 마찬가지다.

당신은 감정 표현에 있어서 앞으로 어떤 선택을 하겠는가. 이제부터 가슴의 언어인 감정에 솔직해지자. 감정을 표현하는 단어를 적절히 선택한다는 것은 살아있음을 느끼기 위한 노력이다. 느낌이야말로 우리의 심장이 뛰고 있고 살아있다는 증거다. 우리의 관계를 돈독하게 하고, 문제를 해결하는 데 감정만큼 소중한 것은 없다. 감정 표현이 위험하다는 생각은 버리자. 살아서 꿈틀대는 소중한 감정을 애써 외면하지 말자. 우리는 느끼기에 표현해야 한다. 소통의 언어는 바로 감정이라는 것을 명심하자.

05

마음에 꽂히는
칭찬의 기술

————

  "착하게 생겼네."

"성격 좋게 생겼다."

나는 남들이 이 말을 해줄 때마다 기분이 나빴다. 설령 이 말이 진실이더라도 나는 저런 말을 듣고 싶지 않았다. "착하게 생겼다거나, 성격 좋게 생겼다."라는 칭찬은 나한테 "넌 남들과 똑같이 평범해."라는 말과 같은 말이었다. 결정적으로 내 기분이 좋아지지 않고 나빠졌다. 저런 말을 들을 때면 '착하게 생겼다는 것 외에는 칭찬할 게 없나?'라는 부정적인 생각이 들었다. 나도 누군가에게는 특별한 사람이 되고 싶은데 '착하게, 좋게'라는 상투적인 말로는 나를 춤추게 하지는 못했다. 이는 내 이야기만이 아니다. 대부분의 사람들은 타인에게 특별한 사람이고 싶어 한다. 사람들은 나를 특별하게 생각해주는 사람이 '존재한다'는 사실로도 행복하고 충만한 만족감을 느끼기 때문이다. 관계가 불안한 이유 중 하나는 칭찬에 인색하기 때문이라고 해도 과언이 아니다.

나 역시 뻔한 칭찬, 빈말 비슷한 칭찬을 듣고 자라서 그런지 누군가에게 어떤 칭찬을 해야 할지 몰랐다. 시중에 출간된 수많은 대화 기술에 관한 책들을 읽으면서 '사람들을 칭찬하라'는 가르침을 접했지만 사람들을 만날 때마다 가슴에서 우러난 칭찬을 하기가 어려웠다. 뻔하고 빈말 같은 칭찬으로 말해보아도 사람들은 흘려듣는 것 같았다. 그래서 한동안은 칭찬은 부질없는 짓이라고 믿었었다. 그 결과, 나는 칭찬하는 법을 머릿속에서 잊어버렸다.

칭찬은 다른 사람의 기분을 좋게 한다. 진실한 칭찬 한마디는 상대방을 황홀하게까지 만든다. 꽂히는 칭찬 한마디가 한 사람의 미래에 커다란 영향을 미치기도 한다. 대한민국을 빛낸 축구영웅 박지성 선수는 "왜소한 체격 때문에 싫은 소리를 자주 들어왔었다"고 한다. 그러나 그는 '축구는 체격으로 하는 게 아니다'라고 생각하면서 '정신력' 하나로 어려운 조건을 버텨냈다. 하지만 눈에 보이지도 않는 정신력을 인정해주는 사람은 어디에도 없었다.

그러던 어느 날, 부상으로 탈의실에 앉아 있던 그에게 히딩크 감독이 찾아왔다. 히딩크 감독이 통역관을 통해 말했다. "박지성 씨는 정신력이 훌륭하대요. 그런 정신력이면 반드시 훌륭한 선수가 될 수 있을 거라고 말씀하셨어요." 자신의 진짜 재능인 정신력을 인정받는 순간이었다. 히딩크 감독은 박지성 선수의 정신력을 보는 눈을 가지고 있었다. 박지성 선수는 히딩크 감독의 말 한마디가 "다른 사람이 축구 신동이다. 축구 천재다. 하는 소리보다 내 기분을 더 황홀하게 만들었다. 월드컵 경기 내내 히딩크 감독이 던진 그 한마디를 기억하며 경기에 임했다."고 말했다. 이런 칭찬이야말로 마음에 꽂히는 칭찬이 아닐까?

히딩크 감독은 그 사람만의 '특별함'을 칭찬하는 법을 알고 있었다. 어떻게 그럴 수 있었을까? 히딩크 감독은 사람의 정신력을 볼 수 있는 사람이기 때문이다. 칭찬이란, 그 사람만의 '특별함을 보는 것'임을 나는 미처 몰랐다. 누구에게나 들을 법한 소리, 뻔한 칭찬은 칭찬이 아니었다. 나는 상대방의 특별함을 보는 눈을 가지고 있지 않았다. 보지 못했기에 말할 수 없었다. 나는 칭찬의 본질을 꿰뚫지 못하고 있었다.

당신은 다른 사람의 무엇을 보는 사람인가. 외면인가 내면인가. 아니면 장점인가 약점인가. 히딩크 감독은 박지성 선수의 외면뿐 아니라 내면까지 보는 사람이었다. 그렇기 때문에 박지성 선수의 내면의 특별함을 발견할 수 있었던 것이다. 당신도 다른 사람들과 깊은 관계를 맺고 특별한 사람이 되고 싶은가? 그러면 상대방을 남다르게 보는 마음의 눈부터 떠야 한다. 상대방을 보는 마음의 눈을 바꾸면 칭찬 역시 달라진다.

나는 사람들과 교류하면서 인간관계가 조화롭고 호감이 느껴지는 사람들의 공통된 특징을 발견했다. 그들은 사람을 보는 눈 자체가 달랐다. 상대방을 특별하게 느끼도록 만드는 칭찬은 그들의 마음에서 나오는 것이었다. 특히 다른 사람의 외적 요인인 '직업, 외모, 물건, 행동' 뿐 아니라 내적 요인 '성격, 가치관, 감정' 까지 볼 수 있는 사람들이었다. 당연히 칭찬을 하는 방식도 특별했다. 나는 칭찬을 잘하는 사람들이 자주 하는 말과 행동에서 신기한 점을 발견했다. 이들은 '섬세한 관찰력' 을 가지고 있었다. 타인을 보는 관점 자체가 달랐다. 당신도 이러한 눈을 가질 수 있다. 다음은 칭찬을 특별하게 잘하는 사람들의 말을 분석하면서 칭찬의 필수 조건을 소개하고자 한다.

Ａ : "오늘따라 유난히 밝아 보이네. 좋은 일이라도 있어?"(외적인 모습의 느낌을 칭찬)

Ｂ : (웃으며)정말? 고마워. 사실 오늘 그럴 일이 있어! 티나?"

1. A가 B를 칭찬하려면 B를 '눈으로 봐야만' 할 수 있는 말이다. (관찰력)

2. A의 말은 B에게 관심이 있어야 할 수 있는 말이다. 관심이 없는 사람을 관찰하는가? (진실한 관심)

3. A가 '오늘따라' 라는 말을 하려면 '오늘 또는 이전에 B의 모습을

본 적이 있다'는 얘기가 된다. B의 과거와 현재 모습의 미묘한 변화를 감지한 것이다. (미묘한 변화 관찰)

4. A의 '유난히 밝다'라는 말은 구체적인 표현이다. 이 말 대신 '좋아 보인다. 멋지다. 이쁘다.' 같은 상투적이고 진부한 단어를 쓰지 않았음을 인식하라. (남다른 단어 선택)

5. A가 '좋은 일이라도 있어?'라고 되물음으로써 B에 대한 관심을 강화한다. (관심 강화)

이것이 칭찬을 잘하는 사람들의 칭찬의 필수 조건이다. 칭찬을 잘하려면 상대방이 관심을 갖고 주의를 기울이는 것을 보는 눈이 있어야 한다. 또한 칭찬은 진실되고 진정성이 있어야 한다. 진실한 칭찬은 마음에 꽂히지만 진실하지 못한 칭찬은 상대방의 경계심만 높일 뿐이다. 게다가 A는 B의 미묘한 시각적인 변화를 감지했다. 이는 상대방을 유심히 관찰하여 과거와 다른 현재의 좋은 면을 보려고 한 것이다. 남다른 단어 선택 또한 세련되고 감각적이다. A는 B의 외적인 모습에서 풍기는 느낌을 '유난히 밝다.' '화사하다.' '젠틀해 보인다.' 등의 단어를 선택하는 사람이다. 세련되고 감각적인 단어로 칭찬을 들으면 사람들은 자신이 더욱 가치 있고 특별한 사람이라고 느낀다. 질문을 통해 상대방에 대한 관심을 강화하기까지 한다.

진실되고 특별한 칭찬은 상대방의 마음을 사로잡는다. 칭찬은 습관인 동시에 기술이다. 인간관계가 원만한 사람들은 칭찬하는 습관과 기술이 몸에 배어 있다. 하지만 많은 사람들이 칭찬을 어려워한다. 먼저 칭찬을 할 경우 관계에 있어서 손해를 본다고 생각한다. 인간관계를 개선하고 싶으면서 칭찬의 기술은 익히지 않는다. 따라서 다른 사람들에게 무관심하고 그 사람을 관찰하지 않는 것이 습관이 된다. 상대방의 외면과 내면, 좋은 점을 보는 마음의 눈을 잃어버리고 만다. 당신이 다른 사람들에게 특별한 사람이 되고 싶다면 반드시 마음의 눈을 되찾아야 한다. 상대방의 진면모를 보는 마음의 눈을 되찾는 간단한 방법을 소개한다.

1. 당신은 자기 스스로에게 얼마나 관심이 있는가? (1~10점)

– 당신의 점수는 자신에 대한 관심 정도이다. 이 점수는 자신에게 관심 있는 만큼 상대에게 관심을 투자해야 한다는 의미다.

2. 당신은 얼마나 타인에게 특별한 사람이 되고 싶은가? (1~10점)

– 당신의 점수는 칭찬과 인정을 원하는 욕구와 비례한다. 당신의 점수가 타인에게 칭찬해야 하는 노력의 단계이다.

3. 당신이 사람들에게 칭찬받고 싶은 것은 무엇인가?

– 외모, 물건, 행동, 성격, 가치관, 감정 등 당신이 관심을 기울이고 다른 사람들이 특별히 인정해주었으면 하는 것이 무엇인가? 이것은 당신이 상대방을 보는 눈의 기준점이 된다. 동시에 상대방의 무엇을 칭찬해야 하는지에 대한 기준점이다.

마음에서 우러난 칭찬은 타인을 특별한 사람으로 만들어준다. '나는 특별한 사람이구나' 라고 느끼게 해준다. 거짓된 관심과 칭찬은 오히려 반감만 살 뿐이다. 진실된 칭찬을 하기 위해서는 타인에 대한 남다른 관심을 가져야 한다. 관심을 가지는 척 흉내 내기 보다는 정말로 관심을 가져라. 상대방을 눈으로 보고, 마음으로 보면서 그들의 좋은 점을 말해주자. 칭찬은 돈이 들지 않는다. 아낌없이 찬사를 보내고 칭찬해주자. 귀빈 대접을 받은 상대방은 오히려 당신을 귀빈처럼 대할 것이다.

06

현명하게 지적하는
말하기 기술

———

"너나 잘하세요."

영화 〈친절한 금자씨〉에 나오는 명대사다. 타인의 지적에 견디다 못한 사람들이 가슴에 꾹꾹 눌러왔던 말들이다. 당신은 "너나 잘하세요!"라며 외치고 싶었지만 여태껏 참아오지 않았는가? 우리 주변에는 이처럼 타인을 지적하면서 사람의 인내심을 테스트하는 사람들이 있다. 우리를 지적하고 넘어가야 직성이 풀리는 사람들이다. "이게 다 너를 위해서야!" "업무의 성과를 위해서" "널 사랑하기 때문에" "이것이 옳은 거야"라는 명분으로 상대방을 비판하거나 비난한다. 올바른 지적이라면 인정하겠지만, 억울하고 분한 마음에 인내심의 게이지가 적신호를 알린다. 다른 이의 지적을 들은 사람은 부당하게 상처받았다고 느끼고, 말하는 사람은 제 뜻대로 따라주지 않는 상대가 답답하기만 하다. 지적은 하는 사람, 받는 사람 양쪽 모두에게 상처를 남긴다.

"지적하다"의 한자 뜻에는 '손가락질' 이라는 의미가 있다. 이 세상에 어느 누가 자신을 향한 손가락질을 기분 좋게 환영할 수 있을까. "나도 그때는 자네보다 더 심한 말도 들었어." "어쩔 수 없네. 이해하지?"와 같은 소리로 뒤늦게 수습하려 해보지만 감정의 앙금은 쉽게 사라지지 않는다. 안개가 끼면 한 치 앞을 볼 수 없듯이 일도 손에 잡히지 않는다. 남을 지적하는 일은 직장, 가족, 학교, 부부와 연인 관계 등 모든 관계에서 흔히 발생한다. 조직의 목표를 성취해야 하고, 관계를 바람직하게 개선하려면 잘못을 바로잡는 것은 불가피하다. 게다가 리더의 역할을 맡은 사람이라면 가만히 앉아 부하직원의 잘못을 방관해서도 안 된다. 그럼에도 불구하고 많은 사람들이 다른 이들의 실수와 잘못을 바로잡기 보다 상대의 잘못을 들추어 헐뜯는 방법을 사용한다.

나 역시 학생들과 성인들을 대상으로 코칭을 해오면서 많은 시행착오를 겪었다. 그동안 나는 수강생들에게 유용한 정보를 공유할 목적으로 그들을 현명하게 지적했다고 믿었다. 그러나 몇몇 수강생들의 생각은 달랐다. 피드백하는 과정에서 내가 그들의 잘못을 들추는 실수를 한 것이다. 그 결과, 수강생들 일부가 수강을 포기하고 수입도 절반으로 줄었었다. 나는 수강생들을 지적하면서 그들을 바로 잡는

데 초점을 맞추기보다 그들이 잘못한 것에 집중했다. 이는 문제를 악화시킬 뿐이었다. 많은 사람들이 선택하는 지적의 결과도 이와 같다.

이 사건을 계기로 나의 태도와 행동을 돌아보며 변화를 결심했다. 모든 결과가 내 책임이라는 것을 받아들이기 어려웠지만 용기를 내서 현실을 직시했다. 나처럼 지적을 잘못해서 다른 사람들과 감정적인 앙금을 남기는 사람들이 있다. 이들의 지적이 바람직하지 못한 원인은 무엇일까?

1. 지적하고 비판함으로써 우월감을 느끼려고 한다.
2. 상대에게만 문제가 있다고 믿는다.
3. 상대방을 변화시키려고 한다.

첫째로 타인을 지적함으로써 우월감을 느끼려고 하는 경우이다.

스스로 우월감을 느끼기 위해서 타인의 잘못과 실수를 찾아내는 습관이다. 우월감을 느끼기 위한 지적은 대부분 무의식적이고 스스로 자각하기 어렵다. 남들의 잘못된 점을 보면서 '나는 괜찮은 사람'이라는 정체성을 끊임없이 확인한다. 이들의 특징은 실제로 자신보다 우월하다고 느끼는 상대방에게는 지적이나 비판을 하지 못한다. 자기보다 약하다고 생각하는 사람들이 그 대상이다. 보통 이런 사람들의 마음은 '날 인정해줘'라는 외침이 스며들어 있다.

둘째로 상대에게만 문제가 있고 자신에게는 문제가 없다고 믿는다는 것이다.

이런 사람들은 다른 이들의 옥에 티는 잘 발견하지만 자신의 문제는 잘 인식하지 못한다. 보통 심리학에서는 자신의 문제점을 타인으로부터 보는 것을 '투사'라고 한다. 자신의 부족한 점을 타인에게 있다고 여기고 '나는 멀쩡한데 너는 왜 그 모양이냐'라고 여기는 것이다. 마치 자기 관리를 하지 않는 사람이 "운동 좀 해."하며 강요하는 것과 같은 이치다. 누가 이 사람의 말을 신뢰할 수 있을까? 흔히 타인의 실수를 바로 잡아야 하는 사람이라면 우리나라에서는 '윗사람' '리더'와 같은 사람들이다. 타인에게만 책임을 돌리려는 리더들은 존경받지 못한다는 것을 기억해야 한다.

셋째로 상대방을 변화시키려고 하는 것이다. 이런 사람들은 타인의 실수, 잘못, 그들이 하지 않고 했어야만 하는 것에 대해 언급하며 변화를 재촉한다. 문제는 '넌 불가능할 거야'라는 태도를 가지고 상대방을 지적한다는 점이다. 말투에는 존중보다는 무시, 혐오의 느낌이다. 이미 상대에 대해 품고 있는 부정적인 기대가 말에 실려 나온다. 부정적인 기대는 부정적인 결과를 낳을 수밖에 없다. 누군가 우리에게 부정적 기대를 하는 사람의 말을 따르기는 어렵다.

가슴에 손을 얹고 우리가 사람들을 지적했던 때를 떠올려보자. 겉으로는 정중한 척 "당신을 위해서야!" 말했지만 말 밑에 깔린 태도는 상대방을 못마땅하게 여기고 있지는 않았을까. '나는 당신을 못마땅하게 여겨. 하지만 내 말을 잘 들으면 그때 가서 다시 생각해볼게' 라는 마음은 이심전심으로 상대방에게 전해지기 마련이다. 조직의 목적이 성과라 할지라도 사람에 대한 존중 없이 지적해서는 안 된다.

이 문제들의 공통점은 무엇일까? 상대방에 대한 '존중' '헌신' '이타적인 마음'에 스스로 저항한다는 것이다. 사람들은 스스로 모범을 보이고, 다른 사람들의 마음을 살피는 선한 마음에 저항하려고 한다. 사랑이라는 우리의 근원적인 힘에 저항하는 것이다. 우리 모두 선한 마음의 소유자들이고 가슴속 양심은 그 정답을 안다. 하지만 많은 사람들이 '자기중심적' 사고방식을 떠나지 못한 채 서로를 지적한다. 이제는 인간 본연의 모습으로 돌아갈 차례이다. 어떻게 하면 올바르고 현명하게 지적할 수 있을까?

1. 조직, 단체, 인간관계의 목적은 무엇인가?
2. 지적해야 할 사실과 해결책은 무엇인가?
3. 역지사지(易地思之)의 태도

위 세 가지 질문에 대답해보길 바란다. 현명하게 지적하는 기술의 첫 단계는 다름 아닌 목적을 명확히 설정해야 한다는 점이다. 목적을 잃으면 지적을 위한 지적, 비난을 위한 비난을 낳기 쉽다. 당신은 상대를 꾸짖는 것이 목적인가. 조직의 성장이 목적인가. 아니면 관계의 발전을 원하는가. 마음속 목적과 외부적인 목적을 명확한 기준을 세워놓아야만 지적도 현명하게 할 수 있다.

두 번째 단계로 지적을 할 때는 최대한 사실에 대해서 말을 하고 해결책으로 방향을 제시해야 한다. 사실과 사람을 연결지으면 자칫 인신공격, 비난, 질책으로 이어질 수 있다. 문제점이 인식되면 상대방에게는 사실에 대해서만 지적해야 한다. 그리고 해결책에 집중하여 관계를 개선하거나, 조화와 회복을 위해 행동을 취해야 한다.

세 번째 단계는 역지사지(易地思之)의 태도를 가져야 한다는 것이다. 당신도 남들에게 지적을 당하면 기분이 나쁠 것이다. 자신이 받아들이지 못하는 지적을 어떻게 상대방이 받아들일까? 타인이 받아들일 준비가 되지 않았음에도 무차별적으로 지적하면 감정 소모가 커진다. 따라서 역지사지의 마음으로 상대의 마음을 돌보는 열린 마음이 필요하다. 상대방의 입장이 되어 필요한 것은 무엇인지. 자신이 도울 수 있는 것을 최대한 찾아보자. 자신이 중요한 사람이라면 다른 이들 역시 중요한 사람이라는 인간애의 태도이다.

지적은 손가락질이다. 당신은 거울에 비친 자신에게 손가락질하는 것이나 다름없다. 당신의 양심은 손가락질이 잘못되었음을 이미 알고 있다. 상처를 남기는 손가락질보다 따뜻한 손을 건네라. 그리고 가슴에 손을 얹어 생각해보라. 어떤 문제를 개선하기 위해 얼마나 마음을 열고 있었는지, 그것에 열정적이었는지, 타인에게 진정한 관심을 쏟았는지 자신을 돌아보자. 나쁜 지적은 상처를 남기고 훌륭한 지적은 사람을 남긴다. 이왕이면 사람을 남기는 리더자 되자. 훌륭한 리더는 사람들을 품고 기꺼이 손을 내어주는 사람이다.

07

짧게 말하고 굵고
강하게 꽂아라

————

누구나 자신의 의사를 강력하게 표현하고 싶을 때가 있다. 고객과 중요한 거래를 성사시키거나, 상대에게 속마음을 고백할 때, 청중들에게 자신이 전달하고자 하는 메시지를 강력하게 어필하고 싶었던 적이 있지 않았는가? 이는 드라마로 비유하자면 절정 부분에 해당하는 '클라이맥스(Climax)' 같은 순간들이다. 나는 이것을 '중요한 순간'이라고 부른다. 하지만 흔히 사람들은 원하는 것을 요구해야만 하는 중요한 순간에 용기를 발휘하지 못할 때가 많다. 자신의 주장을 꺼내기도 전에 도로 가슴속에 집어넣는다. 상황을 모면하기 위해 꺼낸 말들은 핵심을 둘러대는 부연설명이거나 흐지부지되어지는 말들이다. 절정의 순간 과감하게 말하지 못해 원하는 것을 얻지 못하는 건 억울한 일이다.

대부분의 사람들은 말의 내용에만 집중하는 경향이 있다. 요점을 미사여구로 치장하고 고급스러운 말을 덧붙인다. 만약 당신의 이야기에 진심이라는 소스조차 묻어 있지 않다면 이야기는 영향력을 발휘할 수 없다. 당신이 말하고자 하는 내용이 다른 이들에게 영향을 주고, 감동을 주고, 행동하게 하는 것이라면 자신이 믿는 것, 원하는 것을 과감하게 표현할 줄 알아야 한다. 그런 사람들이 있을까? 있다. 메시지에 강력한 힘을 부여하는 사람들. 바로 배우들이다.

누구나 한 번쯤 배우들의 연기력에 감탄한 적이 있을 것이다. 배우들은 짧은 몇 마디의 대사만으로 관객들의 마음을 움직인다. 그들은 때때로 대사도 없이 눈빛, 표정, 동작, 숨소리 하나로 중요한 순간을 절정에 이르도록 한다. 짧지만, 굵고, 강하게 관객들에게 영향력을 행사한다. 영화의 수많은 명장면이 존재하는 까닭은 사람들의 뇌리에 초강력으로 꽂혔기 때문이다. 배우들의 표현력을 예로 설명할 수밖에 없는 이유가 있다. 그들은 '겉'이라는 껍데기에 '속'을 가득 메우기 위해 밤낮으로 훈련한다.

하지만 많은 사람들이 말을 길게 늘이고, 얕고 가볍게, 힘없는 말을 사용한다. 자기 스스로 표현했다고 생각하지만 듣는 사람은 무슨 말인지 이해하지 못한다. 왜 그럴까? 말에 힘을 싣지 않아서다. 보통 사람들은 말에 힘을 싣는 것을 부끄러워한다. 따라서 겉으로 뱉어지는 말이 상대에게는 빈말로 들리기 쉽다. 빈말로는 말의 양에 관계없이 사람들의 마음을 움직이기 어렵다. 빈말은 그저 속이 텅 빈말일 뿐이다. 나는 그동안 많은 사람들의 말을 관찰하면서 그들의 이야기가 빈 말처럼 들리는 이유를 찾아냈다.

1. 자신이 강력하게 표현하고자 하는 말의 의도를 창피해한다.
2. 의사 표현이 왜곡되어 있다.
3. 중요한 순간 힘있게 말하는 방법을 모른다.

첫째, 자신이 강력하게 표현하고자 하는 말의 의도를 창피해하는 사람들이 있다.

이런 사람들은 자신의 목적을 상대방에게 들킬까 봐 지나치게 염려한다. 그래서 무엇인가 요구해야 하는 상황에서 말이 헛나가고 힘이 없다. 특히 좋아하는 사람에게 마음을 고백하고 싶은데 창피하니까 표현을 하지 않거나 미사여구로 포장한다. 욕구를 표현하는 연습을 해야 한다. 결승선에 가려면 결승선에 도착해야 한다는 것을 기억하자. 평소에 자신의 욕구를 표현하는 데 서툰 사람이라면 가까운 사람에게 작은 것부터 요구하고, 부탁하고, 요청하는 연습을 해야 한다.

둘째, 의사 표현이 왜곡된 사람들이 있다.

"보고 싶다"는 말을 "왜 연락을 하지 않느냐"로 대체하는 사람들이 있다. 심지어 "고맙다"라는 말을 아무 말 없는 "침묵"으로 일관하는 사람도 있다. "미안하다"라는 말을 "넌 하고 싶은 말 없어?"라며 떠넘기는 사람들이 있다. 이는 책임 회피다. 이런 사람들은 자신이 진정으로 하고 싶은 말을 하면 자존심이 상할까 봐 자신을 지나치게 보호하려는 경향이 강하다. 그래서 차라리 다른 사람에게 책임을 전가한다. 자존심 때문에 눈앞의 소중한 인연을 놓칠 것인가. 인연의 끈에 자존심은 도움이 되지 않는다. 진심으로 하고 싶은 말이 있다면 때로는 있는 그대로 '지금 당장' 말을 해보자.

셋째, 중요한 순간 힘있게 말하는 방법을 모르는 사람들이 있다.

흔히 사람들은 목소리에 어떻게 힘을 실어야 하는지 모른다. 예를 들어, 무게가 다른 두 개의 공을 바닥에 떨어뜨린다고 가정하자. 무거운 공과 가벼운 공 어느 공이 더 강하게 떨어질까? 당연히 무거운 공이다. 이처럼 목소리에도 무거움과 가벼움이 있다. 다른 예로, 산 정상에 올라가서 옆에 있는 사람에게 말을 건넬 때의 힘과 반대편 메아리에 있는 사람을 부를 때의 힘은 엄청난 차이가 있다. 바로 거리감이다. 반대편 메아리에 있는 사람을 불러야 할 때 무의식적으로 호흡을 크게 들이쉬게 된다. 큰 소리를 내기 위해서 우리 몸은 많은 양의 호흡을 요구하고, 소리를 낼 때 보다 큰 호흡의 양이 필요하다. 따라서 습관적으로 목소리가 작은 사람들은 멀리 있는 사람에게 목소리를 전달해보는 연습을 하는 것이 좋다. 거리에 따라 목소리의 크기를 조절할 수 있으면 더욱 좋다. 무조건 크게 말한다고 힘이 실리는 것은 아니다. 그렇다고 작은 소리는 도움이 안 될 때가 많다. 주눅이 든 위축된 목소리, 가늘고 떨리는 목소리는 말에 힘을 부여하지 못한다.

목소리의 크기 외에도 말을 힘 있게 사용하는 방법은 여러 가지다. 배우들은 중요한 장면에서 대사를 처리할 때, 눈을 감지 않는다. 많은 사람들이 눈을 너무 자주 깜빡이거나 상대방과 눈을 마주치기 어렵다고 한다. 하지만 상대방은 어딘가 불안해 보이는 당신의 모습에 신뢰를 느끼기 어려울 것이다. 우리에게 중요하다고 생각되는 절정의 순간에는 말할 때 절대 눈을 감아서는 안 된다. 눈은 마음의 창이다. 마음의 창이 제대로 보이지 않으면 상대방은 당신의 진정성을 느끼기가 어렵다. 그냥 아무 느낌 없이 눈을 뜨고 있지 말자. 마치 눈으로 말을 하듯 아무 말 없이 눈으로 말하는 연습을 해보자. 평소에 가게에서 물건을 사고 음식을 주문해야 하는 일상생활에서 상대방과 눈을 마주치고 말하는 연습을 시작하자.

말을 굵고 강하게 꽂는 또 다른 방법이 있다. 말이라는 겉에 '감정'이라는 속을 채우는 기술이다. 보통 사람들은 사회생활을 하다 보니 습관적으로 감정을 숨기는 데 익숙해져 있다. 아마도 원만한 사회생활을 위해서 하고 싶은 말을 죄다 감추고 살았기 때문일 것이다. 문제는 많은 사람들이 원하는 것을 얻어야 할 때 힘을 부여하는 '긍정적인 감정'들을 참고 살아온 것에 있다. 자신감, 용기, 확신, 유머, 과감함, 절실함, 생동감 같은 사람들에게 선한 영향을 줄 수 있는 중요한 감정들이다. 말에 감정을 채우면 말은 살아서 움직이게 된다.

나는 절실하지만 무심하게, 확신은 있지만 소심하게, 웃고 싶지만 무표정을 지으며 살아가는 사람들을 너무 많이 봐 왔다. 얼어붙은 심장이 녹으면 마음도 몸도 말 또한 달라진다. 감성을 자극하는 책, 영화, 드라마, 새로운 경험 등을 쌓자. 그리고 말 속에 자신이 느낀 감정을 담아 그대로 전해주자. 긍정적인 감정은 말에 강력한 영향력을 부여한다. 말에 힘이 있으면 짧고 길고는 문제가 되지 않는다. 길이와 상관없이 힘 있는 말은 상대방과 청중들에게 영향을 준다. 믿음, 감정, 용기, 확신을 담아 목소리에 실어보자. 당신의 달라진 힘에 사람들은 깜짝 놀라게 될지 모른다. 감정의 힘을 믿고 힘차게 말해보자.

자신의 말을 감정이라는 용광로로 뜨겁게 달구어야 한다. 짧지만, 굵고, 강하게 뜨겁도록 꽂아라. 자신의 욕구를 표현할 용기를 내어보자. 원하는 것을 얻으려면 과감한 용기가 필요하다. 자신의 감정을 발산하고 원하는 것을 쟁취하라. 중요한 순간을 절정에 이르도록 하는 사람은 누구인가? 인생의 주인공인 바로 당신이다.

08

말도 먹기 좋게
잘라야 꽂힌다

나는 요즘도 냉면을 먹을 때면 가위로 여러 번 잘라 먹는다. 어렸을 때 냉면을 먹다가 목에 걸린 충격으로 항상 면을 잘게 잘라야 안심하고 먹을 수 있기 때문이다. 냉면뿐만 아니라 조금이라도 질긴 감이 있는 음식은 꼭 적당한 크기로 잘라 먹는다. 그래야만 먹기가 좋다. 입 크기에 안성맞춤인 음식이 씹기에도 좋고 소화가 잘 되는 것은 당연하지 않을까? 고기를 잘 자르는 신입사원이 이쁨받는 데는 이유가 있다.

알맞게 잘린 삼겹살 구이, 된장찌개에 들어간 작고 네모난 두부, 한 입 크기로 썰린 김밥은 입안에 즐거움을 준다. 하지만 흔히 사람들은 소화하기에도 어려운 곤란한 말들을 하곤 한다. 유용한 정보임에도 불구하고 듣는 사람은 뇌에 과부하가 걸리기 마련이다. 먹기 좋게 잘린 음식이 먹기 편하듯 말도 먹기 좋게 잘라야 한다.

많은 사람들이 자기 이야기에 집중한 나머지 상대방을 지루하게 만든다. 누군가에게 쫓기듯 빠르게 말하고, 굳이 하지 않아도 되는 이야기까지 모조리 하기 때문이다. 상대는 어디에 맞장구를 쳐야 할지 당황스럽기만 하다. 요지가 무엇인지 고개를 갸우뚱한다. 다른 사람들은 당신이 말로써 어떤 요리를 했는지 맛을 보고 싶어도 '무엇을 먹어야 할지' 도무지 감이 잡히지 않는다. 마치 자기 앞에 똑같은 사람이 여러 명으로 분신하여 다른 이야기를 하는 것 같다. 상대방이 고개를 끄덕인다고 모든 이야기를 경청한다고 생각할지도 모른다. 하지만 과다한 정보량에 상대의 뇌는 혼란을 겪는다. 왜 이런 문제가 생길까? 단순히 '말이 많아서'일까? 정확히 말하면 '말을 끊지 않아서'이다.

미국의 심리학자 조지 밀러는 1956년 〈매직넘버 7±2〉라는 논문을 발표했다. 그는 사람들은 "5개에서 9개 정도의 낱말을 단기적으로 기억할 수 있다"고 했다. 그래서 전화번호 8자리를 누구나 쉽게 외우고, 수많은 광고의 짧은 카피 문구가 사람들에게 각인되는 것이다. 매직넘버를 대화에 적용하면 전하고자 하는 내용을 뇌에 점화시킬 수 있다. 상대방으로 하여금 이야기를 듣고, 이미지를 떠올리게 해서 보다 쉽게 대화에 몰입하도록 유도할 수 있게 된다. 혹시 당신은 말을 끊지 않고 다른 이들에게 폭포수처럼 쏟아 내본 경험이 있는가? 당신은 알맞게 잘린 음식을 좋아하면서 상대에게는 통짜 배기의 음식을 주지 않았는가? 말 역시 먹기 좋게 썰어야 상대방이 먹기에도 좋다.

얼마 전 대기업을 다니는 H 씨가 스피치 컨설팅을 요청했다. 그는 자신의 이야기를 구체적으로 설명했음에도 "다른 사람들이 들어주지 않는 것 같다"며 답답함을 호소했다. 나는 그에게 편안한 마음으로 H 씨를 소개해달라고 요청했다. 그런데 H 씨는 자신의 이야기를 하면서 띄어 읽기를 전혀 하지 않았다. 말을 하고 있지만 도무지 무슨 얘기인지 들을 수가 없었다. 그랬다. 그의 이야기에는 쉼표나 마침표가 없었다. 나는 H 씨에게 "숨은 언제 쉬세요?"라고 물었다. 그는 숨을 헐떡이면서 모든 이야기를 빠르게 끝내려고 했다. 자신이 하고자 하는 말을 급한 마음으로 통째로 전하려고 했기 때문이다. 나는 편안하게 호흡을 유도한 다음 '매직넘버'를 적용하여 적절한 단위로 끊어 읽도록 했다. 그러자 긴장이 풀리면서 H 씨의 자기소개가 들리기 시작했다. H 씨의 말을 사람들이 듣지 않는 것이 아니었다. 그가 듣도록 말하지 않았기 때문에 다른 이들이 들을 수 없었던 것이다.

당신의 말이 다른 사람들에게 들리지 않는데 어떻게 이해와 공감을 불러일으킬 수 있을까? 아마 불가능할 것이다. 편지를 보내지도 않았는데 답장이 올 리가 없다. 말은 기본적으로 '전달'이 우선이다. H 씨는 사람들이 "자신의 이야기를 들어주지 않는다"고 말했지만 스스로가 상대방에게 들리도록 말하지 않았다. 말을 먹기 좋게 자르지 않으면 사람들은 대화를 따라가기가 벅차다는 느낌을 받는다. 마치 "재료들이 여기 널브러져 있으니 요리를 알아서 해 드세요"라고 말하는 것 같다. 따라서 말을 먹기 좋은 크기로 자르는 것은 상대를 배려해야 한다. 상대와 청중들은 '이 사람이 이야기하면 귀에 잘 들어와' '왠지 모르겠지만 그 사람 이야기는 와닿아'라고 느낄 것이다. 그렇다면 어떻게 상대방이 먹기 좋게 말을 잘라야 할까?

말을 먹기 좋게 자르는 방법은 간단하다. 매직 넘버를 적용하여 적당하게 끊어 읽는 것이다. 흔히 사람들은 쉼표나 마침표 없이 말한다. 사람들은 상대방의 이야기를 머릿속으로 떠올리며 듣는다. 머릿속으로 이미지를 상상하며 이야기를 쫓아가는 것이다. 그런데 당신이 너무 빠르거나 적당히 끊어 말하지 않으면 대화를 따라가다가 도중에 지칠 확률이 높다. 바람직한 방법으로는 5~9개 사이의 적당한 단어를 상대방의 뇌에 스프레이를 지그시 눌러 뿌리듯 말하는 것이 가장 좋다. 여유를 가지고 천천히 연습해야 한다. 다음 예시를 보면서 말을 자르는 연습을 해보자.

잘못된 예 : "안녕하세요손오공입니다저는구름을타고날아다닙니다."

올바른 예 : "안녕하세요 / 손오공입니다 / 저는 / 구름을 타고 날아다닙니다."

잘못된 예 : "어서오세요무엇을드릴까요?"

올바른 예 : "어서 오세요 / 무엇을 드릴까요?"

잘못된 예 : "부장님드릴말씀이있습니다."
올바른 예 : "부장님 / 드릴 말씀이 있습니다."

위와 같은 방법으로 누구나 말을 먹기 좋게 자를 수 있다. 말이 빠르고 긴 사람일수록 이 연습이 도움이 된다. 처음 연습할 때는 과하다 싶을 정도로 여유를 가지는 것이 좋다. 주의해야 할 사항은 중간에 말이 끊기는 느낌이 들지 않아야 한다. 한 문장을 끝까지 이야기한다고 상상하고 한 단위씩 정확하게 전달하면 그만이다. 한 번에 한 단위의 말이 물 폭탄처럼 상대방에게 '팟!' 하고 터진다는 느낌을 가지고 말해보자. 이 방법은 당신이 말을 하는 데 여유를 되찾는 훌륭한 방법이기도 하다. 물 폭탄처럼 시원하게 당신의 말을 전달해주자. 먹기 좋게 잘린 당신의 말이 사람들의 뇌에 정확하게 입력될 것이다.

잘 썰어진 조각 케이크, 김밥 한 줄이 먹기 편하듯이. 말도 상대방이 받아들이기 좋게 정확하게 잘라야 한다. 어려운 내용이나 전문적인 지식을 이야기할 때 역시 먹기 좋게 자르기만 한다면 사람들은 보다 쉽게 이해할 것이다. 정확하게 잘린 말은 이해하기 쉬우며 사람들이 생각할 수 있는 여유를 준다. 속사포처럼 랩을 하면 사람들은 그 말을 따라가지 못한다. 상대방에게 꼭 전달하고 싶은 이야기일수록 하나하나씩 '톡!' 하고 터뜨려주어라.

우리는 그동안 사람들에게 잘 차려지지 않은 말을 대접해왔다. 씹기 불편하고 소화하기 버거운 이야기를 하고, 들어온 것이다. 듣기 좋은 말을 대접하기 위해서는 알맞은 크기로 잘라야만 한다. 그때부터 사람들은 듣기 시작한다. 매직 넘버를 기억하자. 말의 단위를 물 폭탄처럼 또는 스프레이를 지그시 눌러 뿌리듯 정확하게 말을 꽂자. 먹기 좋게 자를수록 상대방은 이야기를 따라온다는 것을 명심하자. 사람들이 이해하기 좋게 이야기를 머릿속으로 그릴 시간을 주어라. 사람들은 당신의 이야기를 기억하기 시작할 것이다.

자신의 말을 감정이라는
용광로로 뜨겁게 달구어야 한다.
짧지만, 굵고, 강하게
뜨겁도록 꽂아라. 자신의 욕구를 표현할
용기를 내어보자. 원하는 것을 얻으려면
과감한 용기가 필요하다.

CHAPTER

05

말하기는 센스가 아니라 과학이다

당신의 캐릭터가
이 세상에 존재한다는 사실을
세상에 표현하자. 최고의 말하기는
나에 대해 말하는 것이다.

● ● ●

01

말하기는 센스가 아니라
과학이다

———

어느 날, 거울에 비친 내 모습을 보았다. 그런데 거울 속에 나는 웃고 있지 않았다. 슬픔에 잠긴 눈, 딱딱하게 굳은 얼굴을 똑바로 보기가 괴로웠다. 금방이라도 비가 올 것처럼. 먹구름이 낀 얼굴 같았다. "어쩌다 이렇게 됐지?"라고 혼자 중얼거렸다. 왜 그랬을까? 솔직히 나는 다른 사람들과 대화를 나누고 관계를 맺는 상호 작용 속에 지쳐 있었다. 사람을 만나면서 마음에 스크래치가 남는 것이 싫었다. 상처받는 것이 두려우니 상처가 생길만한 상황 자체를 피했다. 일부러 사람들을 피하고, 먼저 다가가지도, 웃지도 않았다. 어쩔 수 없는 상황에서는 좋은 모습만 보이려고 가면을 썼다. 그래도 달라지는 것은 없었다. 행복한 척, 괜찮은 척, 멀쩡한 척 가면을 쓰고 대할수록 다른 사람들은 이를 눈치채는 듯했다. 있는 그대로의 내가 아닌 다른 누군가를 연기하고 있었기 때문이다. 말과 행동에는 진정한 내 모습이 들어 있지 않았다. 어쩌면 나는 혼자가 되기를 스스로 선택했던 것 같다.

　과거의 나처럼 상처가 두려워서 스스로 외로움을 선택하는 사람들이 적지 않다. 사람들은 말을 잘하고 싶고, 인간관계를 개선하고 싶으면서 동시에 상처받을 상황을 회피한다. 말을 잘하려면 다양한 사람들을 만나고 이야기를 통해 서로를 경험해야 하는데 혹시라도 생길지 모르는 위험을 감당하지 않으려고 한다. 흔히 사람들은 말주변이 좋고 원만한 인간관계를 하는 사람들을 보면서 '센스가 있네' '저 사람은 원래 매력적이야' 라고 생각한다. 물론 천부적으로 센스 있게 말을 잘하는 사람들도 있다. 하지만 말하기는 센스와 재능으로만 탁월해질 수 없다. 나는 훌륭한 레시피, 운동법 같은 공식이 존재하듯이 말하기와 인간관계도 인과의 법칙이 적용되는 과학이라고 생각한다. 원인과 결과의 법칙을 적용하면 당신 역시 상처의 두려움에서 벗어나 인생을 새로이 여행할 수 있게 된다.

　말하기에도 원인과 결과의 법칙이 적용된다. 어떠한 결과에는 반드시 그것을 발생시키는 원인이 따른다. 많은 사람들이 인과의 법칙을 알고 있지만 말하기에 있어서는 이 공식을 적용하지 않는 듯하다. 부끄러운 일이지만 나는 과거에 상처와 아픔, 슬픔이 모두 '남 탓' 이라고 생각했다. 따라서 내가 하는 말과 행동의 뿌리는 타인에 대한 부정과 경계심뿐이었다. 하지만 내가 먼저 선을 긋고 남 탓을 할수록 잠깐의 통증은 잊을 수 있더라도 진정한 해결책이 되지 않았다. 자신의 책임을 다른 이에게 돌리는 것은 우울증을 걷잡을 수 없이 커지도록 만들었다. 결국, 아프고 슬픈 마음에서 뿜어져 나오는 말들은 부메랑처럼 내게 되돌아왔다. 상처를 돌려받은 원인은 바로 내 마음이었다. 찌그러진 마음에서는 불량품 같은 말이 나올 수밖에 없다. 나는 다시 거울 속에 비친 자신을 똑바로 마주하고 다짐했다.

'나 자신을 변화시킬 것이라고'

성서 다음으로 많이 읽힌다는 베스트셀러《원인과 결과의 법칙》의 저자 제임스 앨런은 다음과 같이 말했다. "사람은 자기 생각의 주인이다. 자신의 인격의 창조자이며 환경의 설계자이다. 사람은 자신이 바라고 있는 대로가 아니라, 자신이 현재 마음속에 담고 있는 생각과 같은 모습으로 드러나게 된다."

나 역시 변화를 위해서 내 생각, 인격, 환경의 주인이 되기를 각오했다. 그러려면 내가 뱉어내는 말의 근원지인 마음속을 샅샅이 뒤져야 했다. 내 속에 억압을 풀어내야만 나는 해방되리라는 것을 본능적으로 느꼈다. 탁한 마음을 정화하기 위해서 나의 마음의 장벽을 무너뜨리기로 한 것이다. 나는 많은 사람들이 스스로의 속박으로부터 자유를 얻길 바란다. 우리는 침침하고 어두운 마음에 선하고 아름다운 빛을 쏟아내야만 한다. 거울 밖에 있는 당신이 먼저 웃지 않는다면 거울 속 당신도 웃을 수 없지 않은가? 당신이 수확하고 싶은 것을 거두려면 무엇을 뿌릴 것인지 결정해야만 한다.

　어떤 씨앗을 심을까. 사랑의 씨앗을 심을지 불신, 미움, 경계심의 씨앗을 뿌릴지 결정해야 한다. 실제로 말을 잘하고 다른 이들과 깊은 유대감을 쌓는 사람들은 '사람을 만나고, 먼저 다가가고, 자주 웃는 다.' 그리고 자기 자신을 드러내고 표현하기를 즐기기까지 한다. 이들 은 '노력해야 한다'는 심리적 압박감에 시달리지 않는다. 반면에 '타 인을 피하고, 다가가지 않고, 웃지 않는' 사람들은 경계심의 씨앗에서 자라난 말들이 지배적이다. 상처를 받지 않기 위해 사랑을 선택하지 않는 전략을 택한다. 내 경험에 의하면 사랑은 사랑을 낳고, 분리된 경계심은 상처를 낳는다. 당신은 무엇을 얻을 것인가. 마음에 뿌린 씨 앗은 말과 행동이라는 꽃이 된다.

　당신은 말할 것이다. "다른 사람들이 먼저 상처가 되는 말을 했는데 요?" 맞는 말이다. 그 사람들은 실제로 당신에게 상처를 되는 말이나 행동을 했을 것이다. 그래서 자신을 새장 안에 가두게 것이다. 하지만 오직 당신을 위로하고 다시금 웃게 할 수 있는 유일한 주인은 바로 당 신이다. 당신은 소중한 존재다. 말을 잘하고 싶고, 소중한 관계를 원 한다면 자기 마음의 주인이 되어야 한다. 상처의 두려움이 자기 자신 을 불충분한 존재로 여기도록 만들어서는 안 된다.

　나는 경험을 통해 고통과 상처는 결코 피할 수 없음을 깨닫게 되었 다. 고통은 우리를 가르친다. 당신을 지금까지 아름답게 만든 것은 영

광의 상처들이다. 넘어져서 아픈 적도 많았지만 이 모든 역경을 이겨 왔다. 스스로를 더 이상 아프게 하지 말자. 이제부터는 상처에 대한 인식을 달리 해보자. 사람 사이에 말로 인한 상처는 햄버거 세트와 같은 것이다. 콜라 없는 햄버거는 허전하지 않은가. 모든 고통을 참아내야만 한다는 얘기가 아니다. 당신을 아프게 만드는 불편한 말, 관계는 떠나 보내 나를 지켜야 한다. 나답게 말하고 살 수 있어야 한다. 어두웠던 지난날에 집착하기보다 밝고 새로운 날을 향해 발걸음을 돌려야 한다.

두렵더라도 이제는 자신을 다른 사람들에게 드러내야 한다. 아프면 "아프다"고 말할 수 있어야 한다. 나는 "괜찮지 않아!" 외칠 수 있어야 한다. 말하기에 있어서 많은 사람들의 문제는 '말하지 않은 것'에 있다. 표현하지 못해 답답한 사람들. '다시 상처받을까 봐' '나를 우습게 볼까 봐' '사랑받지 못할까 봐' 이러한 이유로 그냥 참고 산다. 지나치게 자신을 가두는 마음의 씨앗을 스스로 심고 있는 것이다. 타인에 대한 경계심, 상대방을 헐뜯는 말, 상처가 되는 말들이 습관적으로 튀어나오게 된다. 당신이 사랑의 씨앗을 심으려면 이러한 속박에서 벗어나야 한다. 당신을 둘러싼 어둠을 먼 우주로 날려 보내야 한다. 억압의 속박에서 벗어나야만 밝은 곳으로 갈 수 있기 때문이다. 당신은 그때야 비로소 빛과 어둠의 조화를 이룰 수 있다.

많은 사람들이 자신의 마음을 책임감 있게 돌보려고 하지 않는다.

'그냥 이렇게 살지 뭐' 라는 생각으로 일관하는 사람도 있고, 관계가 자기 뜻대로 흘러가지 않는다고 해서 다른 사람의 잘못으로 떠넘기는 사람도 있다. 말에는 분명한 공식이 있다. 인과관계가 명확한 과학이다. 이 공식은 '말은 마음에서 흘러나온다'는 사실이다. 상대가 어떤 말을 하든 우리를 사랑하고 미워하고는 다른 사람들의 결정이다. 중요한 것은 집착하지 않는 것이다. 나는 '있는 그대로'라는 말을 좋아한다. 당신의 있는 그대로를 사랑해줄 사람은 이 세상에 널려 있다.

말은 센스가 아니다. 과학이다. 당신의 말은 결과이고, 마음은 원인이 되는 씨앗이다. 테레사 수녀나 예수님처럼 사랑의 아이콘이 되려고 애쓰지 말자. 빛과 어둠이 하나이듯 당신은 있는 그대로다. 이제 나를 미워하는 사람에게 집착하지 말자. 더 이상 나답지 못할 이유가 없다. 우리 마음이 편해질 때 다양한 사람들과 소통하고 교감할 수 있다. 밝기만 한 것은 가면이다. 어둡기만 한 것은 침울하다. 적당히 자신을 위하고 타인을 위한 마음이 공존할 때 빛과 어둠이 함께 하는 것이다. 그렇기에 굳은 얼굴만 고집하지도 말고, 울다가 웃다가 자신의 있는 그대로의 모습을 허락하자. 당신 마음의 주인이 될 것을 지금 결정하라.

02

말을 잘해야 한다는
집착부터 버려라

———

넘어지지 않고 걸음마를 배우는 아이는 없다. 걸음마를 배우는 아이는 두 발로 걷기 위해 넘어지고 또 넘어진다. 당신 역시 말을 잘하려면 걸음마를 연습하는 아이처럼 반드시 넘어져봐야 한다. 좌절이야말로 성공의 필수 요건이기 때문이다. 하지만 흔히 사람들은 성공에 대한 갈망 때문에 좌절, 고통, 실패에 대해 극단적으로 저항한다. 넘어지는 것이 두려워서 서지도 앉지도 못하는 아이러니한 상황이 펼쳐지는 것이다. 대화라는 상황에서도 예외가 아니다. 행여나 '말실수를 하면 사랑과 인정, 실적과 쓸모에 타격을 입지는 않을까' 하는 강박에 사로잡힌다. 말을 잘해야만 한다는 집착은 사람들과의 온전한 소통을 스스로 박탈하는 것과 같다.

나는 내성적인 성격 탓에 사람들의 눈치를 살피면서 자랐다. 사람들을 만나면 에너지가 고갈되었다. 왜냐하면 내 상처와 아픔을 다른 사람들이 알게 될까 두려워서 감추는 데 바빴기 때문이다. 사람들과 함께 있으면 머릿속에서는 '쟤는 널 좋아하지 않을 거야. 그러니까 어떻게 해서든지 잘 보이기 위해 노력해.'라는 생각이 지배적이었다. 하지만 내가 다른 이들에게 잘 보이려고 노력할수록 정신이 피폐해져 갔다. 심리학과 말 기술을 공부하기 시작한 이유는 스스로의 목숨을 지키려는 방어 본능이었다. 그래서 나는 공부를 하고 기술을 익혔다. 노력은 어느 정도 먹혔다. 쓸모가 있었던 것이다. 하지만 나는 만족을 몰랐다. 끊임없이 '더 많이'를 원했고 인정과 사랑에 목이 말랐다. 말을 잘하기 위해 더 많은 것을 알려고 고군분투했다. 그 결과 나는 사람들과 있을 때도 사람들과 있지 않았다. 말을 잘해야만 한다는 '머릿속 생각'과 함께 있었다.

혹시 당신도 무엇을 잘 해내야만 한다는 생각에 긴장을 하거나 침묵을 지켰던 적이 있는가? 무슨 말을 해야 할지 고민하다가 결국 말을 하지 못하고 끝내 입을 다문 적이 있지는 않았는가. 사람들 앞에서 발표할 때 '잘 해야만 해'라는 생각이 당신의 마음을 불편하게 만든 적은 없었는가. 그 한 번이 혹시 최근에는 자주 반복되지 않았는가. 그렇다면 당신은 상대방 앞에서도 상대와 말하고 있는 것이 아닐 수 있다. 자신의 관념의 늪에 빠졌기 때문이다. 이 늪에 빠지면 집착, 판단, 저항하기에 이른다. 자기 자신을 스스로 분리하는 것이다. 그동안 당신이 싸우고 있었던 것은 다름 아닌 자기 자신이다.

'사람들이 나를 사랑해주지 않을까 봐 두려워.'
'그래서 나는 그들을 항상 기쁘게 해줘야만 해.'
'그들에게 맞춰야만 나는 그들을 내 곁에 둘 수 있어.'

'따라서 나는 말을 잘해야만 해!'

　나는 사람들을 만날 때 위와 같은 관념에 빠져 살았다. 상대방과 온전히 대화 속에 참여하지 못하고 머릿속에서 일어나는 내적 대화와 함께 살았다. 몸과 마음은 언제 깨질지 모르는 유리처럼 예민해졌었다. 마음이 불편하면 숨을 제대로 쉬지도 못했다. 사람들과 대화를 나누는 모든 상황을 위기 상황이라고 감지했기 때문에 몸이 자동으로 반응했다. 관념 속 나 자신과 싸우고 있으면서 어떻게 상대방과 온전히 대화할 수 있을까? 머릿속에서 상대방을 판단하고, 자기 생각을 검열하면서 말을 해야 할지 말아야 할지 모든 에너지를 소비했다. 그러니 에너지 소모가 클 수밖에 없었다. 흔히 사람들은 보통 몸과 마음이 긴장하면 숨을 쉬지 않는다고 한다. 잘해야 한다는 강박에 사로잡혀 온몸이 초긴장 상태가 된다. 의외로 많은 사람들이 머릿속 관념에 집착하면서 말하는 순간 숨을 쉬지 못한다. 이때부터 나는 나답지 못한 상태가 된다.

　〈게슈탈트 심리치료〉의 창시자 프릿츠 펄스는 "불안은 흥분 에너지와 호흡량의 차이와 같다"고 말했다. 여기서 흥분 에너지란 말이나 행동으로 전환되어져야 하는 욕구다. 따라서 숨을 쉬지 않은 만큼, 욕구라는 에너지가 밖으로 나가지 못하고 불안으로 바뀐다는 것이다. 역설적으로 숨을 쉬지 않으면 불안이나 집착은 가속화된다. 당신이 숨을 쉬지 않는다면 긴장을 하고 있다는 증거이고 나답지 못한 상태다. 숨은 몸과 마음에 생명을 주는 원료이다. 따라서 중요한 만남이나 발표를 앞두고 긴장이 된다면 편안하게 심호흡을 하는 것이 큰 도움이 된다.

무언가를 잘해야 한다는 집착은 자신의 말이나 타인의 반응을 지나치게 검열하기 때문에 생긴다. 자신의 사소한 말과 행동을 민감하게 판단하기 때문에 사람들과 진정한 대화가 어려울 수밖에 없다. 자신의 생각과 관념 속에 자신을 가두게 되는 것이다. 상대방의 말 한마디에 생각 속에 잠기는 사람들은 이에 해당한다. 나 역시 그랬다. 그래서 스스로를 옭아매는 생각들을 버리기로 마음먹었다. 나답지 못하고 부자연스러운 말재주는 나와 어울리지 않는 옷을 입은 거나 다름이 없었다. 허구의 꿈속에서 살기보다 현실로 돌아오기를 선택했다. 완벽해지고 싶고, 인정받고 싶고, 타인에 반응에 대해 무감각해질 필요를 느꼈다.

나는 끝내 자존심을 내려 놓기로 했다. 내가 붙잡고 놓지 않으려고 하는 것은 자존심이었다. 완벽해진다는 것. 그것은 불가능하다. 당신이 완벽해지려고 노력하면 계속 부족한 것이 보일 것이다. 무엇을 해도 만족을 느끼지 못할 것이다. 넘어지지 않으려 할수록 다시 넘어질 것이다. 나는 좋은 점도 있고 나쁜 점도 있는 소박한 사람이다. 우리의 머릿속으로 만들어진 자신의 이미지를 버리는 것이 집착이라는 올가미에서 탈출하는 유일한 방법이다.

사람들은 나에게 말을 잘하고 싶다며 컨설팅을 요청한다. 그러면 나는 호흡, 발성, 발음, 감정표현력, 자신감을 개선하는 방법 외에 그 사람에게 적절한 해결책을 제시하려고 한다. 사람마다 다른 내면의 개성과 장단점을 지니고 있기 때문이다. 말하기는 자연스러워야 하고 개개인의 인간적인 매력을 드러내는 것이어야 한다. 자신과 어울리는 옷, 맞는 음식, 어울리는 사람이 있듯이 말이다. 당신도 자연스럽고 인간적인 매력을 지닌 사람으로 변하고 싶은가. 그렇다면 말을 잘해야 한다는 집착에서 벗어나야만 한다.

'잘해야 한다'는 생각은 '못하면 안 된다'라는 강박에서 출발한다. 그동안 당신이 인생을 살면서 어떤 실수와 상처가 있었는지 모르겠지만 그러한 집착은 말을 잘하는 데 전혀 도움이 되지 않는다. 잘하려고 하지 말고 실패할 용기를 가져야 한다. 당신은 '실패가 성공이다'라는 관념을 새로이 만들어야 한다. 우리가 어린 시절 넘어지면서 걸음마를 배운 것처럼. 다시 넘어져야만 배울 수 있다. 원하기만 한다면 얼마든지 말을 잘하기 위해 배우고 노력할 수 있다. 머릿속 판단이라는 늪지대에 허우적대는 것을 지금 당장 멈추자.

잘 하려고 하지 말고 일부러 못하려고 해보자. 잘하려고 하는 순간 긴장이 생기고 마음의 장벽이 세워진다. 처음부터 잘 하고 능숙한 사람이 없다는 것을 기억해야 한다. 우리가 무언가 잘할 수 있다는 것은 못 해도 괜찮은 무엇인가를 지속했기 때문일 것이다. 간절한 마음이 있다면 못해도 된다는 생각을 가지고 부딪혀 볼 수 있게 된다. 못해도 된다는 우리 마음을 편하게 해준다. 잘 보이려는 스스로에 대한 압박이 아닌 '마음껏 실수해!' 라는 자유를 부여하는 것이다.

못해도 된다는 생각을 가지면 즐길 수 있게 된다. 즐기게 되면 결국 잘하게 된다. 못나도 된다는 생각을 가지면 자신을 사랑할 수 있게 된다. 도저히 받아들일 수 없겠는가. 그렇다면 노력하라. 집착하지 말고 그저 노력하라. 어떠한 것을 정말 잘하려고 한다면 간절한 꿈을 가지자. 꿈이 있는 사람은 넘어지는 것을 두려워하지 않는다. 명심하자. 간절한 꿈을 품으면 넘어져도 아픔을 느낄 수 없다는 것을.

03

말에 감정을 섞어
대중들에게 전달하라

──────

모든 사람들은 감정을 느낀다. 흩날리는 벚꽃을 보고 감동하고, 헤어진 연인을 그리워하고, 결혼식에서 자식을 보며 눈물을 훔치는 부모님, 아이를 출산하는 산모의 기쁨. 삶의 모든 순간에 사람들은 감정을 느끼고 표현하며 살아간다. 감정이 없다면 사람이라고 할 수 있을까. 오히려 웃을 수 없고 울 수 없는 것이 고통이 아닐까? 하지만 많은 사람들은 감정이라는 것이 보이지 않는다고 해서 가볍게 여긴다. 더 이상 그러지 말자. 감정은 볼 수 없고 만질 수도 없지만 실재하기 때문이다.

어느 날, 중학교 교사로 근무하는 H양은 사람들에게 자신 있게 자신을 드러내고 싶다며 나를 찾아왔다. 그녀는 감정에 메말라 보였다. 무슨 말을 해도 표정이 없었고, 목소리가 금방이라도 울음이 터질 것처럼 떨리고 있었다. 기분이 나쁠 때는 웃음을 지었고, 기분이 좋을 때는 얼굴을 찡그렸다. 그녀의 일치되지 않아 보이는 언행을 나는 느낄 수 있었다. 나는 그녀에게 편안하게 심호흡을 시킨 다음 이렇게 말했다.

"울고 싶으면 울어도 돼요."

그러자 그녀의 눈시울이 붉어지면서 눈물이 왈칵 쏟아졌다. 서러운 울음소리를 들으니 오랫동안 묵히고 쌓여왔던 감정이 복받친 것 같았다. 그녀의 슬픈 감정이 단번에 내 마음에 진동했다. 얼마나 힘들었을까. 그녀는 가까운 가족이나 친구들에게조차 화 한 번 내면서 살아본 적이 없다고 말했다. 직장 내에서는 무리한 부탁을 받아도 거절 한 번 해보지 못했다고 했다. 다른 사람에게 적당히 내야 했던 화를 자기 자신에게 돌려 스스로를 책망하며 살아온 것이다. 한동안 펑펑 눈물을 쏟아내니 그녀의 목소리가 자기 목소리를 되찾은 듯 시원했다. 나도 뿌듯했다. 그녀는 상담이 끝나자 앞으로는 자신의 감정을 자유롭게 표현하며 살아야겠다고 다짐했다.

감정은 반드시 밖으로 빠져나가야 한다. 그러나 사람들은 감정을 표현하지 않고 억압하는 것이 최선책이라고 믿는다. 혹시 당신도 감정표현은 부정적이라고 생각하고 있지 않은가? 사회적으로 '감정표현은 해선 안 된다' 라는 부정적인 인식 때문인가? 감정 표현을 하면 인내심이 없고 나약한 사람으로 비칠지 모른다는 두려움에 자신의 감정을 외면하지는 않았는가. 당신은 감정을 표현해서 불이익을 당할 바에 차라리 감정을 무시해버리는 선택을 한 것이다. 볼 수 없고 만질 수 없다고 가슴에서 느껴지는 감정을 외면해선 안 된다. 잠깐의 즐거운 일로 도피한다고 해서 그 감정을 영원히 피할 수 있을까? 그렇지 않다. 감정은 쌓이고 쌓여서 언젠가 폭발하게 되어 있다. 폭발하지 못한 감정 에너지는 사람들에게 치명적인 결과를 낳는다.

선생님이 내준 숙제를 하지 않으면 마음에 걸리는 것처럼. 자신의 감정을 외면하고 도망가버리면 마음 한구석에 풀어 놓지 못한 숙제로 남게 된다. '괜찮아'라는 생각으로 머릿속으로 합리화를 해보지만 정작 가슴은 속일 수 없다. 자신의 감정을 풀지 않고 제대로 바라보지 않으면 사용하는 데도 지장이 생기기 마련이다. 우리가 사람들과 대화를 나누고, 사람들 앞에서 중요한 발표를 해야 하는 순간. 카리스마와 열정을 담아 이야기를 해야 하는 타이밍에 감정의 힘을 발휘하기가 어려워진다. 자신을 열고 드러내야 하는 중요한 순간에 감정을 꺼내기가 망설여지는 것이다. 사람들의 마음을 휘어잡고 싶은 당신. 먼저 당신의 감정으로부터 자유로워져야 한다!

보통 사람들은 감정을 사용하는 데 익숙하지 않다. 그렇다고 숨기는 것이 자연스러운 걸까? 그렇지 않다. 배우들은 연극 연기를 할 때 과장되게 표현하고, 영화 연기를 할 때 일상처럼 자연스럽게 표현한다. 아이러니하게도 감정을 숨기려면 내가 무엇을 느끼는지 알아야 한다. 따라서 자연스러운 감정표현을 하려면 스스로의 감정을 느끼고 그 크기에 맞게 표현하는 연습을 해야 한다. 감정의 종류가 다양한 것처럼 감정에도 질감과 크기가 있다는 것을 기억하라. 어이가 없어서 웃는 것과 간지럼을 피워서 웃는 것은 다르지 않은가. 당신의 감정을 알아차리고 직면하는 그 순간부터 잠자고 있던 감정이 깨어난다.

겨울잠 자는 감정을 깨워야 한다. 잠들어 있던 감정을 깨우면 기지개를 켜며 밖으로 뛰쳐나가려 할 것이다. 감정이 깨어나면 당신이 꾹꾹 눌러 담았던 부정적인 에너지가 흩어지게 된다. 감정으로부터 자유를 얻고 싶지 않은가? 나는 많은 사람들이 자신의 감정을 잠재우고 있다고 확신한다. 그리고 지치고 우울한 삶에 활력을 주는 것은 자신 안에 감정을 일으켜 세우는 것이다. 느낌, 감각, 감정 이 모든 것들이 살아나면 삶의 열정과 기운이 생동감 있게 움직이게 된다. 그렇게 되면 말에 감정을 섞는 모든 준비가 끝난 것이다.

자신의 감정을 해방한 당신은 이제 감정의 주인이다. 이때부터 감정을 어느 정도 통제하고 조절할 수 있기 때문이다. 당신은 말에 의미를 부여하고 어떤 마음이든 섞을 수 있다. 기쁨, 분노, 슬픔, 즐거움과 같은 감정들을 말과 섞어 내보낼 수 있게 된다. 당신에게 처음 해보는 감정표현은 낯설게만 느껴질 것이다. 눈치도 보이고, 어색하고, 손발이 오그라들지도 모른다. 그렇다고 포기해선 안 된다. 발표를 하고 대화를 하는 상황이 아니어도 감정을 담는 연습은 얼마든지 할 수 있다. 표정을 짓고, 사람들에게 눈을 맞추고, 손짓과 발짓 하나하나에 감정을 담으면 된다. 말에 감정이라는 힘이 더해지면 많은 사람들의 심금을 울린다.

1963년 마틴 루터 킹 목사의 "나에게는 꿈이 있습니다."라는 연설이 그토록 강력했던 이유는 무엇일까? 연단에 올라서서 심각한 표정으로 목소리를 크게 한다고 해서 사람들의 마음을 울릴 수 있을까? 흑인들의 아픔과 상처를 대변한 그의 외침에 감정이라는 힘이 실리지 않았다면 사람들은 그의 목소리를 들을 수 있었을까? 모든 인간의 평등함과 자유의 권리를 위한 그의 간절한 소망이 없었다면 불가능했을 것이다. 미국인들을 하나로 묶은 그 외침은 지금까지 많은 사람들에게 영향력 있는 연설로 기억되고 있다.

나에게도 꿈이 있다. 말하기가 두려운 사람들. 상처 때문에 자신감을 잃은 많은 사람들에게 희망과 용기를 주고 힘이 되어주고 싶다. 그리고 나아가 누군가에게 꿈이 되는 사람이 되고 싶다. 감정에 이끌려 다니는 사람들이 감정을 이끄는 주인이 되도록 선한 영향력을 가진 사람이 되고 싶다. 나의 간절한 꿈이 많은 사람들에게 힘이 되길 바란다. 당신도 꿈이 있는가? 당신에게 강력한 힘을 부여하는 꿈은 무엇인가? 당신의 이야기에 강력한 감정을 실을 수 있는 그 이야기는 무엇인가?

혹시 당신은 다른 사람들에게 말하면 흉을 볼 것 같은 꿈이 있는가. 차마 이야기하지 못했던 내 안에서만 꿈틀대는 있는 이야기가 있는가. 모든 사람들의 가슴 속에 있는 이야기는 태아와 산모가 연결되어 있듯 강력한 감정과 연결되어 있다. 세상 사람들을 감동하게 할 수 있는 이야기는 우리 안에 반드시 존재한다. 당신의 잠자는 감정을 깨우는 이야기를 이제는 시작해야 한다.

감정은 만져지지 않지만 살아 있다. 사람들 가슴속에서 꿈틀거리는 생명력이다. 당신의 가슴이 말하는 꿈을 당당하게 말하라. 잠자고 있는 감정을 깨워 당신의 힘으로 사용하라. 당신의 이야기를 오롯이 세상에 진동시키자. 당신의 눈, 손짓, 발짓, 목소리에 감정이라는 생명을 부여해보자. 더 이상 감정을 외면하지 말자. 감정은 당신 안에서 꿈틀대면서 이렇게 말하고 있다. "나를 사용해!"

04

나답게 말하면 청중과
하나가 된다

―――――

연극이 끝나면 관객들은 배우들을 향해 환호성과 박수갈채를 보낸다. 수개월 동안 훈련한 노고를 인정받는 시간. 이를 커튼콜이라 한다. 나는 커튼콜의 벅차오르는 감동을 주체하지 못한다. 왜냐하면 열연을 펼친 배우들이 캐릭터라는 가면을 벗고 민얼굴로 관객들을 마주하는 유일한 시간이기 때문이다. 배우들은 일제히 무대로 걸어 나온다. 희한하게 의상과 분장은 그대로인데 분위기가 자체가 다르다. 가면을 벗고 자기 자신으로 돌아온 것이다. 90도 인사로 공연을 보러온 관객들에게 감사를 전한다. 고개를 든 순간 땀으로 샤워한 배우들은 세상을 품고 있는듯한 미소를 짓고 있다. 가면을 벗은 그들의 민얼굴은 나다움의 극치라고 할 수 있다. 배우와 관객은 그 순간 하나가 된다.

나를 처음 만난 사람들은 내게 이렇게 말한다.

"항상 씩씩하고 밝은 사람일 것 같아요."

땡! 틀렸다. 나는 항상 씩씩하고 밝지 않다. 씩씩하고 밝을 때도 있지만 그 반대편의 어둡고 우울한 면모도 있다. 남자는 살면서 세 번 울어야 한다지만 백 번도 넘게 울었다. 식탐도 많아서 음식 앞에서 치사한 사람이 되기도 한다. 뒷이야기를 하며 남을 욕하기도 한다. 상처받는 것을 죽기보다 싫어하면서 누군가에게 상처를 준 적도 있다. 나는 트라우마 덩어리고 빈틈이 참 많은 사람이다.

반면에 나는 정이 많다. 다른 사람이 나의 도움으로 변화할 때 희열을 느낀다. 사람들과 재미있고 깊은 대화를 나눌 때 행복하다. 이미지와 달리 자연 속에서 독서를 즐기기도 한다. 은은한 불빛이 비치는 동네 술집에서 친구들과 술자리를 즐기기도 한다. 안전을 추구함과 동시에 모험도 추구한다. 틀을 지키는 것보다 틀을 깨부수는 것을 좋아한다. 나다움을 잃고 다른 사람인 척할 때 나에게 상처를 주는 사람이 나다. 따라서 나답게 생각하고, 말하고, 느끼고 살아가는 것이 나의 행복이다.

하지만 대부분의 사람들이 자기다움을 망각한 채 살아간다. 사회와 타인이 허락해주는 모습을 위해 가면을 쓴다. 자신의 그림자, 어둡고

약한 모습을 감추기 위해 역할연기를 하는 것이다. SNS를 보면 알 수 있듯이 의외로 많은 사람들이 행복과 성공과 관련된 사진으로 화려하게 꾸며져 있다. 사람들이 사회생활에 적응하기 위해 가면을 쓰는 것은 어쩔 수 없다. 하지만 자기 자신에게 맞지 않는 가면을 쓰면 몸과 마음이 병이 들기 시작한다. 진정한 자신의 모습은 억압해버리고 다른 사람이 되려고 한다. 그럴 때 말과 행동은 기계적으로 변하게 되고 나다움을 잃어버린다.

아이러니하게도 사람들은 완벽한 사람보다 흠이 있는 사람을 신뢰한다. 빈틈도 있고 부족한 면은 있지만, 인간미가 넘치는 사람에게 매력을 느낀다. 그들은 하나같이 자기답다. 자신의 욕구와 감정을 드러낼 줄 안다. 꾸며진 가면 뒤에 자신의 모습을 내보일 줄 안다. 민얼굴을 드러내길 주저하지 않는다. 말도 편안하고 자연스럽게 뱉는다. 딱딱하고 기계적으로 말하지 않는다. 가벼운 농담과 깊고 의미 있는 대화를 오가며 적응능력이 탁월하다. 나답게 말하는 사람들은 왠지 모르게 끌린다. 나다운 사람들은 읽지 않고, 말을 하기 때문에 마음이 통한다.

대출이나 휴대폰을 구매하라는 아웃 바인드 전화를 받아본 적이 있는가? 대부분의 안내원들은 고객들을 상대할 때 정해진 매뉴얼을 외우거나 보고 읽는다. 그들은 소리를 내면서 읽지만 말을 한다는 느낌이 들지 않는다. 안내원들의 잘못은 아니다. 자기 잘못도 아닌데 고객의 불만을 웃으면서 상대해야 하지 않은가. 안내원들은 회사의 규정을 지켜야만 살아남을 수 있기에 친절함과 상냥함이라는 가면을 쓰게 된다. 그 결과 다른 이들을 상대할 때조차 말을 한다는 느낌보다 기계적으로 읽듯이 말한다. 기계적인 말투에 인간미는 없다. 말에 자신의 진정한 모습을 담지 못하기 때문이다.

오랫동안 자기다움을 억압해온 사람이라도 말을 화려하게 꾸밀 줄은 안다. 그러나 말과 행동에 진실한 마음이 스며들어 있지는 못하다. 따라서 이런 사람들의 말은 공허하고 인위적인 느낌이 강하다. 진실한 감정을 직면한다는 건 이들에게 두려운 일이다. 자신의 흠, 빈틈, 단점, 부끄러운 점, 부정적인 관념 등을 용납하지 않는다. 이는 자기 존재에 대한 부정이다. 자신을 사랑하지 않는 것이다. 나는 자신이 긍정하는 자기, 부정하는 자기 모두를 사랑하는 것이 진정한 자기 사랑이라고 확신한다. 우리는 이제부터라도 스스로를 사랑하고 남들에게 나를 열어 보여야 한다.

나는 사람들이 자신을 꾸미지 않고 있는 그대로 열어 보일 때 진정성이 흘러나온다고 생각한다. 대학 수학능력 시험장에 들어가는 자식을 바라보는 어머님들의 눈빛을 상상할 수 있는가. 어머님들의 눈 속에는 사랑이 녹아 있다. 말도 필요 없다. 자존심도 기술도 없다. 마음만 있을 뿐이다. 화려함은 눈과 귀를 즐겁게 하지만 진정성은 가슴을 요동치게 만든다. 당신이 민얼굴을 당당히 드러내면 현란한 말 기술도 필요 없게 된다.

당신이 민얼굴이 되는 커튼콜의 순간은 언제인가? 가장 나다워지는 순간은 어떤 상황인가? 퇴근하고 집에서 반바지를 입었을 때? 가장 친한 단짝과 수다를 떨 때? 애인과 손을 잡고 벗꽃길을 걸을 때? 아침에 일어나 따뜻한 아메리카노로 하루를 시작할 때? 당신이 생각하는 가장 이완된 때는 언제인가. 있는 그대로의 모습으로 마음이 평화로울 때. 바로 그때가 당신이 가면을 벗는 시간이다. 사람 냄새 나는 당신의 모습은 일상 속에 들어있다.

나는 연기와 스피치 코치로서 '자연스러움' 을 강조한다. 배우 지망생들과 말을 잘하고 싶어 하는 학생들에게 "당신의 꾸미지 않은 민얼굴이 가장 아름답다."고 말한다. 기계적이고 판에 박힌 표현보다 자신의 고유함을 창의적으로 발산하는 훈련을 한다. 민얼굴을 마주하고 이제껏 스스로를 제한했던 마음가짐을 성찰하도록 한다. 근본을 바꾸면 모든 게 달라지기 때문이다. 몸과 마음, 말과 행동, 외면과 내면의 성찰을 해야만 자신을 금기시하는 틀을 깨고 새로운 세계로 도약할 수 있다. 사람 냄새 나고, 인간미가 넘치고, 다른 사람이 아닌 온전한 자기 자신이 될 때 나다운 말하기가 시작된다.

당신은 다른 사람이 되어 말하고 싶은가? 당신답게 말하는 사람이 되고 싶은가? 나는 당신의 선택이 후자이길 바란다. 다른 사람이 된다는 것은 불가능할 뿐만 아니라 자신의 잠재력을 발휘하며 사는 삶이 아니다. 나답지 않고 행복하지 않은 인생은 내 인생이 아니다. 나는 배우는 다른 사람이 되는 것이 아니라 진정한 자기 자신이 되는 것이라고 생각한다. 민얼굴로 사람들과 소통하는 것. 이것이 나의 기쁨이고 행복이다. 자! 그렇다면 나를 나답게 만드는 방법은 무엇일까? 스스로에게 다음 질문을 해보라.

첫째, 나는 현재 나답게 말하고 행동하는가?
둘째, 자신을 나답지 않게 만드는 방해요소는 무엇인가?
셋째, 내가 진정 나다워질 수 있는 기쁨과 행복은 무엇인가?

나다운 인생을 살면 나답게 말하고 행동하게 된다. 거꾸로 나답게 말하고 행동하면 나다운 인생을 스스로 개척하는 것이다. 가면을 벗은 자신의 민얼굴을 마주 보자. 순수한 자신의 얼굴을 좋아해 보자. 억압된 그림자를 직면하고 받아들여 내 것으로 만들자. 당신을 괴롭히는 얼굴이 있어도 부정해선 안 된다. 가슴을 펴고 세상을 향해 자기 자신의 진정한 모습을 드러내 보자. 나답게 웃고 나답게 울어보자. 나답지 않은 것들은 모조리 부숴버리자. 스스로에게 자연스러워질 때 당신은 청중들과 하나가 될 것이다.

05

최고의 말하기는 나에 대해 말하는 것이다

———

우리가 말하기에 있어서 가장 피하고 싶은 상황은 상대방의 지루한 반응이다. 자기 이야기에 빠져 말이 길어지거나, 목적 없이 안드로메다로 향하는 이야기는 상대방을 지루하게 만들기 일쑤다. 보통 사람들은 말을 하면서 내 이야기를 흥미롭게 듣고 있는지 상대방의 반응을 살핀다. 만일 상대방이 다른 곳으로 시선을 돌리고, 하품하는 반응을 보인다면 기분이 어떨까? 상대를 실망시켰다고 생각한 당신은 금세 센치해질 것이다. 그렇다고 해서 '내 이야기가 재미없구나. 입 다물자.'라며 속단하지 말길 바란다. 사소한 실수로 인해 스스로를 꿀 먹은 벙어리로 만들지 말자. 당신은 자신에 대해 끊임없이 말하고 살아야 한다. 자신을 표현하는 것을 절대 멈춰선 안된다.

스피치 교육을 할 때 사람들은 내게 다음과 같은 질문을 자주 한다.

"다른 사람이 제 이야기를 들어주지 않을까 봐 걱정이 돼요. 어떻게 해야 할까요?" 이렇게 묻는 사람들의 공통점은 마치 한결같다. 자기 이야기를 하는 것을 지나치게 두려워 한다는 것이다. 자기 이야기를 하면 다른 사람들이 싫어할까 봐 대화 자체를 부담스러워한다. 이들은 반드시 '재미있는 이야기만 해야 하고, 의미가 있어야 하고, 상대방이 관심 있는 것만 말해야 한다' 고 생각한다. '내 이야기는 쓸모없을 것' 이라고 생각하기 때문에 도리어 입을 다물게 되고 말을 멈추게 된다. 그 결과 자신의 이야기를 더는 하지 않게 되는 지경에 이른다. 이처럼 우리 주변에는 자신의 이야기를 일부러 안 하는 사람들이 셀 수 없이 많다.

"저는 목소리가 안 좋은 게 문제인 것 같아요."
"제 발음 때문에 사람들이 저를 안 좋아하는 것 같습니다."

보통 사람들은 목소리가 좋지 못해서, 발음이 안 좋은 까닭에 타인이 자신에게 관심을 주지 않는다고 착각한다. 과연 타인과 친밀감을 쌓지 못하는 이유가 목소리가 좋지 않아서, 발음이 안 좋아서일까? 목소리나 발음이 당신이라는 독특함을 알도록 해줄까? 그렇지 않다. 당신을 알게 하는 것은 유일한 당신이라는 캐릭터의 이야기다. 당신이 자라온 환경부터 시작해서 만나온 사람들, 기억하고 싶고, 기억하기 싫은 경험, 좋아하고 싫어하는 모든 것들이 당신이라는 존재의 캐릭터를 구성한다. 모든 사람들은 하나같이 유일무이한 캐릭터들이다. 하지만 당신 자신이 누구인지, 어떤 생각을 하고, 어떤 감정을 느끼는지 말할 수 없다면 다른 사람은 당신을 알 길이 없다. 자신에 대해 말하지 않으면 상대방은 자신만의 기준으로 당신이라는 캐릭터를 멋대로 추측하고 판단하지 않겠는가? 언제까지 다른 사람이 당신을 멋대로 평가하도록 먼 산만 멍하니 바라보고 있을 것인가!

현재 내가 하는 일은 사람들이 자신을 표현하도록 돕는 일이다. 말하는 것이 어렵고, 감정 표현이 어려운 사람들, 머리로 생각만 하고 마음만 먹었지 정작 밖으로 표출하지 못하는 사람들에게 나다운 표현을 할 수 있도록 강의를 하고 있다. 처음에 나를 찾아온 사람들과 대화를 나누어보면 대부분 '자기 이야기'를 하지 않는다. 감정에 솔직하지 못하고, 자기 욕구를 발산하지 못하며, 자신의 목소리를 내지 않는다. 그런데 이 수강생들은 얼마 지나지 않아 자신 안에 보석이 숨어 있었다는 사실을 깨닫는다. "나는 할 수 없다"고 말했던 사람들이 이내 "나는 할 수 있다"고 말한다. 자기표현을 통해 세상에 하나뿐인 '자신'이라는 보석을 가공해 세상에 내놓는다. 당신의 이야기를 꺼내려면 당신 자신에 대해 알 용기를 가져야 한다.

나는 시중에 출판된 말하기 기술과 대화법에 관한 책들은 정해진 매뉴얼을 모방하라고 하는 정도에 지나지 않는다고 생각한다. 그리고 사람들은 책에 쓰인 멘트를 외워 일상에 적용한다. 마음에도 없는 질문을 하고, 진실성 없는 경청, 자기 이야기처럼 꾸며진 다른 사람의 이야기를 한다. 빈말, 빈 반응, 빈 마음으로 소통을 하니 사람들이 서로 맺어지는 관계 역시 '빈 관계'가 된다. 빈 관계란, 진심이 맺은 관계가 아닌 가식이 맺은 관계다. 나다운 관계가 아닌 연기를 해서 얻은 관계다. 인간관계의 이러한 악순환이 반복되는 이유는 사람들이 기술을 익히기 급급해서 자신에 대해 제대로 탐구하지 않았기 때문이다. 당신은 자신에 대해 더 잘 아는가? 타인에 대해 잘 아는가? 만일 '나는 나에 대해서 잘 모르겠어'라는 생각에 가깝다면 세상을 보는 당신만의 기준이 확고하지 않을 경향이 짙다. 반면에 세상을 보는 당신만의 기준을 정하면 자신의 정체성이 확고해진다.

왜 말하기에 있어서 정체성을 확고히 하는 것이 중요할까? 정체성이 확립되지 않으면 나에 대해 말하는 것은 불가능하다. 자신이 진정 무엇을 원하고 좋아하는 일을 찾는 것 역시 힘들어진다. 많은 사람들이 나다운 인생을 살고 싶어 하지만 사회가 정한 틀 속에서만 생각하고, 말하고, 행동한다. 따라서 우리에게 주어진 삶에 충실하고 올바른 방향을 정하는 데 있어 정체성은 중요한 역할을 한다.

"당신은 누구인가?"
"당신은 무엇을 보고, 듣고, 느끼는가?"

단언컨대, 정체성은 당신이 보고 듣고 느끼는 것이라고 할 수 있다. 모든 사람들이 살아온 환경과 경험이 다르듯이. 정체성 역시 주관적일 수밖에 없다. 나는 정체성이 '나는 누구이다' 라는 개념이 아니라고 생각한다. 한마디 말로 어떻게 자아를 규정할 수 있겠는가? 정체성은 우리가 세상을 보는 눈이고, 듣는 귀이며, 느끼고 경험하는 몸과 마음이다. 그렇다면 나에 대해 말하기 위해 자신의 정체성을 알아내려면 어떻게 해야 할까?

자기 자신의 정체성을 되찾는 데 있어 '경험 노트' 만큼 좋은 것은 없다. 나에 대해 알고 나에 대해서 말하기 위해 우선으로 해야 할 일은 경험 노트를 쓰는 일이다. 경험 노트는 일기와 비슷하다. 하루 동안 있었던 일, 보고 듣고 느꼈던 감정, 갑자기 떠오르는 생각, 우울하고 답답한 생각, 당신을 기분 좋게 하는 사람들의 행동이나 말들을 적는 것이다. 사람들을 만날 때 할 말이 부족하고, 평범한 대화 방식, 겉핥기식의 인간관계가 지겹고 삶의 변화가 필요하다면 반드시 경험 노트를 써야 한다. 경험 노트가 당신과의 대화를 이끌어주기 때문이다. 경험 노트를 쓰면 얻게 되는 것이 많다. 자신의 의견이나 생각, 감정 등을 솔직하게 써나가면서 진정한 자기 모습을 발견하게 된다. '나는 이렇게 생각하고 느끼고 말하는구나' '나는 이럴 때 행복하구나' '나는 저럴 때 슬픔을 느끼는구나' 라는 자신만의 고유함을 알아차리게 될 것이다. 블로그나 인터넷 플랫폼을 이용해서 경험 노트를 써도 좋다. 글을 너무 길게 쓰거나 잘 써야 한다는 강박관념은 버려라. 궁극적인 목적은 자신을 알기 위해서다. 정체성을 되찾는 것이다. 오늘 당장 경험 노트를 써보면서 자기 내면의 성찰을 시작해보자.

경험 노트는 자신과의 연결이자 타인과의 연결이다. 자기 내면의 성찰을 시작할수록 당신은 경이로움에 빠져 놀라게 될 것이다. 무한하게 열리는 판도라의 상자처럼 당신에 대해 더 많은 경험과 기억이 쏟아져 나온다. 자신에 대해 알게 되면 스스로에 대한 불신과 혼란이 온전한 믿음과 만족감으로 변화된다. 자신의 기준이 명확해지기 때문이다. 신기하게도 나에 대해 알수록 상대방을 이해하고 공감하는 능력 또한 향상된다. 피상적인 인간관계가 속이 꽉 찬 관계로 변화된다. 나에 대해 알릴수록 상대방은 당신을 이해하기 쉬워진다. 스스로에 대해 아는 것은 자신뿐만 아니라 타인에게까지 이로운 영향을 미친다.

나를 찾아 떠나는 여행을 떠나보는 게 어떨까. 지금 문구점에 가서 경험 노트 하나를 장만하자. 당신이 무언가 좋아하고 싫어하는 이유는 당신만의 내면의 기준이 있기 때문이다. 당신은 독특하고 고유하다. 자신만의 기준을 갖고 말하고 행동하는 사람이 되자. 무의식에 가라앉은 자신만의 세계를 의식으로 떠올려 나에 대해 말하는 것은 식은 죽 먹기다. 꿀 먹은 벙어리가 되지 말자. 자신에 대해 탐구하자. 이제는 나에 대해 상대방과 청중들에게 이야기를 시작해야 한다. 당신의 캐릭터가 이 세상에 존재한다는 사실을 세상에 표현하자. 최고의 말하기는 나에 대해 말하는 것이다.

06

직접적으로 말하지 말고
스토리텔링 하라

────────

사람들에게 영향을 미치기 위해서 있는 그대로의 사실을 직접적으로 말한 적이 있었는가? 당신은 진실을 말했지만 사람들의 반응은 어땠는가? 상대방이 당신의 이야기를 진심으로 귀 담아들었는가? 상대가 웃고 있다고 당신의 이야기를 환영한다는 의미일까? 아마도 아닐 것이다. 아무리 정확하고 객관적인 정보라 할지라도 상대방은 전혀 받아들이지 않을 것이다. 진실함으로 포장된 무례함은 어느 누구든 경계심을 해체하지 못한다. 이는 듣는 사람의 반감을 불러일으키기에 충분하다. 직접적인 말로 사람들에게 영향을 끼치는 데에는 분명 한계가 있다.

"열심히 공부하면 성공할 수 있습니다"라는 직접적인 말이 사람들에게 먹힐까? "내 말을 잘 들으면 자다가도 떡이 생깁니다"라고 말하면 부하직원이 닫힌 마음을 열고 상사를 존경할 수 있을까? "살을 빼려면 적게 먹고 운동을 해야 합니다"라는 사실을 누가 모르는가. 누군가 상대방에게 이처럼 직접적으로 말한다면 '흥, 너나 잘하시지?' 라고 생각하며 공격태세를 취할 것이다. 직접적인 말하기는 사람들을 억지로 궁지로 밀어붙인다. 어떠한 강력한 사실이라도 상대방이 방어적인 태세를 취하게 되면 말은 힘을 잃는다. 그 반면 사람들을 끌어당기고 협력적으로 만드는 강력한 자석이 있다. 스토리텔링, 바로 이야기다.

사람들에게 영향을 끼치고 싶으면서 사실만을 말하는 건 현명한 방법이 아니다. 당신의 이야기가 옳기 때문에 도움이 된다고 백날을 말해도 청중들은 눈 깜짝 하지 않는다. 따라서 직접적인 말로는 당신이 아무리 애를 써도 사람들을 설득할 수 없다. 객관적인 사실 자체는 사람들의 감정에 영향을 주지 못한다. 흔히 사람들은 감정은 무시한 채 이성적으로만 소통한다. 하지만 이야기는 사람들의 머리를 통과해 가슴까지 닿는 놀라운 위력을 지니고 있다. 이야기는 사람들의 가슴 속에 녹아든다. 이야기는 사실보다 더 객관적이기 때문이다. 그럼에도 불구하고 많은 사람들이 직접적인 말로 사람들을 독단적으로 끼워 맞추려고 한다. 이는 사람들을 프로크루스테스의 침대에 눕히는 꼴이 된다.

그리스 신화에 나오는 프로크루스테스는 아테네 길거리에 살던 강도이다. 그는 다른 강도들과 달리 지나가는 행인들을 극진히 대접하고 잠자리까지 제공했다. 그가 친절한 강도였을까? 아니었다. 프로크루스테스는 행인들에게 모든 이들에게 맞는 사이즈의 침대가 있다며 사람들을 눕힌 다음 침대보다 키가 크면 다리를 자르고, 작으면 다리를 잡아 늘여 죽였다. 결국, 그는 아테네의 영웅 테세우스에게 똑같은 방법으로 살해를 당한다.

프로크루스테스 이야기가 전해주는 교훈이 무엇이라고 생각하는가. 이는 자신만의 기준으로 다른 사람의 생각을 강제로 끼워 맞춰선 안 되며, 자신의 주장을 굽히지 않고 남에게 피해를 끼쳐서는 안 된다는 메시지를 전해준다. 프로크루스테스의 이야기는 충격적이고, 잔인하고, 무시무시한 감정까지 담겨 있다. 만약 내가 '직접적인 말보다는 이야기가 좋습니다' 와 같이 사실만을 있는 그대로 말했다면 당신은 그냥 흘려들을지도 모른다. 이야기는 직접적이지 않고 간접적으로 사람들에게 닿는다. 이야기는 무례하지 않고 정중하다. 사람들의 감정에 영향을 미치기 때문이다.

스토리텔링 전문가 아네트 시몬스는 "이야기는 인간사에서 가장 오래된 영향력의 도구"라고 말했다. 나는 모든 사람들이 이야기를 통해 서로에게 영향을 주고받으며 살아간다고 생각한다. 우리는 이야기 속에 살아왔고, 살고 있으며, 살아간다. 이야기는 사람들의 인생 곳곳에 흩어져 있다. 이야기가 이토록 커다란 영향을 끼치는 까닭은 이야기 속 진실이 감정이라는 옷을 입었기 때문이다. 감정은 사람들을 움직이는 강력한 에너지다. 인간의 행동을 변화시키는 것이 바로 감정이다. 사람들이 인정하든 하지 않든 우리는 감정적인 동물이다. 사람들을 움직이려면 반드시 감정적인 수준에서 소통해야 한다. 사람들을 움직이는 것은 다름 아닌 옳고 그른 사실이 아니라 옳고 그르다고 느껴지는 '감정'이다. 사람들의 감정과 행동에 영향을 끼치는 유일한 방법이 있다면 이야기를 하는 것이다.

이야기라고 해서 몇 마디의 말로 사람들의 마음을 사로잡는 것이 가능할까? 자신의 의도대로 사람들을 행동하도록 통제할 수 있을까? 실망할지도 모르겠지만 이 세상에 그런 방법은 어디에도 없다. 하지만 이야기는 영향력의 힘을 배로 높인다. 인내심을 갖고 스토리의 힘을 배운다면 당신도 훌륭한 이야기꾼이 될 수 있다. 말을 잘하는 사람들은 영향력을 갖는다. 그들의 이야기가 신화나 SF 영화 속에 나오는 허구의 이야기일지라도 사람들은 감정적으로 이끌린다. 거짓을 말하라는 이야기가 아니다. 거짓을 진실처럼 포장하는 것은 스스로의 무덤을 파는 셈이다. 청중을 사로잡는 이야기꾼은 진실이라는 이야기로 사람들을 하나로 연결한다.

사실 전달이 꼭 필요한 경우가 있지만 직접적인 말은 사람들을 연결하지 못한다. 반면 이야기는 사람들의 마음을 사로잡고, 하나로 연결시킨다. 그런데 많은 사람들이 이야기의 힘을 잊은 채 살아가고 있다. 감정적인 동물들이 감정을 나누는 법을 망각한 것이다. 진실을 있는 그대로 전달하는 법이 유일한 소통방식이라고 생각한다. 안타깝게 도 직접적인 말로 사람들의 내면에 닿기에는 역부족이다. 감정적인 동물이 감정을 배제하는 것은 불가능하다. 우리는 이야기하는 방법을 통해 영향력을 되찾아야 한다. 사람들과 감정을 나누고 서로에게 희 망, 사랑, 용기, 기쁨이 될 수 있는 이야기를 해야 한다. 다음과 같은 방법을 통해서 우리는 잃어버린 이야기의 힘을 되찾을 수 있다.

영향력 있는 이야기꾼이 되는 방법

첫째, 이야깃거리를 찾아라.
당신의 인생에서 가장 소중한 경험을 되새김질하라. 당신의 감정을 고무시킨 경험, 행동을 변화시킨 이야기를 찾아보자. 직접적이든 간 접적이든 당신에게 영향을 끼쳤던 이야기들을 수집하자. 실패담, 성 공담, 가족의 이야기, 친구의 이야기든 무엇이든 좋다. 현재 당신의 삶과 연관이 있는 것이면 된다. 그리고 당신의 이야기와 닮은 이솝우 화, 신화 이야기를 찾아 읽어도 좋다.

둘째, 이야기하라.
먼저 이야기를 자신이 충분히 받아들였다고 생각이 될 때까지 연습 해야 한다. 그다음 가까운 친구에게 짧은 이야기부터 시도해본다. 대화 속 상황이나 주제와 연관된 이야기라면 더욱 좋을 것이다. 그러나 처음부터 좋은 반응을 기대하지는 말자. 친구에게 피드백을 부탁하면 성장은 급속도로 빨라질 것이다. 인내심을 갖고 다른 사람들에게 이야기하는 것을 멈춰선 안 된다.

셋째, 이야기꾼처럼 살고 행동하라.

이야기꾼이 된다는 것은 번데기에서 나비가 되는 과정과도 같다. 자신이 수집한 이야기를 끊임없이 말하고, 이야기 속의 주인공처럼 행동하라. 당신이 새로운 이야기를 만드는 사람이 되어라. 영향력을 행사하는 연금술은 쉽게 얻어지지 않는다. 지금 이 순간부터 시작하라.

이야기는 마력을 지니고 있다. 결코, 사람들은 직접적인 말에 마음을 열지 않는다. 화려한 말 기술을 사용하고 고함을 쳐봤자 듣는 사람의 가슴에 닿지 않으면 소용이 없다. 당신의 이야기가 자신을 설득할 수 있는가를 숙고하자. 만약 스스로를 설득할 수 없다면, 다른 이들을 설득하는 건 불가능하다. 자신에게 영향을 끼친 이야기를 기억이라는 바다에 저장하라. 당신은 이야기를 통해 영향력의 바다를 자유롭게 항해할 것이다.

07

운명의 힘을
발휘하라

————

연기를 하면서 그동안 나의 삶을 수없이 돌아볼 수 있게 되었다. 나의 말과 행동을 관찰하고 내면에 대해 끊임없이 성찰했다. 그러면서 한 가지 의문이 나를 괴롭혔다. '왜 무대에 설 때는 자신감이 넘치는데, 현실이라는 무대에서는 그렇지 못할까?' 라는 생각이었다. 그랬다. 나는 있는 그대로의 내 모습을 받아들일 수 없었다. 거절과 상처, 아픔, 고통을 피해 스스로를 고립시켰다. 나를 보는 사람들의 시선이 두려웠고, 타인에게 부족한 모습을 보이기 싫어 거짓 가면으로 나를 속이며 살았다. 억압하고, 불신하고, 미워하고, 나와 타인을 비교하며 살고 있었다. 내 입 밖으로 꺼내어지는 말들은 "나는 할 수 없어." "못하면 어쩌지?" "이건 내 책임이 아니야." 와 같은 넋두리 또는 부정적인 말들뿐이었다. 그런데 나는 알았다.

'무언가 잘못되어 가고 있다는 것을'

어느 날, 나의 말과 행동을 관찰하던 찰나에 문득 이런 생각이 떠올랐다.

'내가 나에게 무슨 짓을 하고 있었던 거지?'

오랫동안 수면 위로 떠 오르지 못했던 나의 본모습을 볼 수 있었다. 배우로서 관객들의 가슴을 적시고 박수를 받은 나였지만 '나는 이런 대우를 받을 만한 사람이 아니야!' '그런 자격이 내겐 없어' 라며 자책했다. 고통을 잊기 위해 술을 마셔도 잠시뿐이었다. 잘못돼도 한참 잘못되고 있었다. 그래서 나는 거울을 꺼내 들었다. 겉모습뿐만 아니라 마음이라는 내면 공간에 거울을 비춘 것이다. 마음의 거울에 비친 나의 모습은 검은색의 형체를 알 수 없는 괴물의 모습과도 같았다. 내가 아픈 만큼 그 괴물은 무럭무럭 자랐다. 나는 둘 중 하나를 골라야 했다. 괴물에게 고통이라는 먹이를 주지 않기로 했다. 선택해야만 했다. 이 괴물을 무찌를 것인지. 친구가 될 것인지.

많은 사람들이 이처럼 자신 안에 괴물 한 마리를 키운다. 이 괴물은 두려움, 불신, 죄책감과 같은 나를 갉아먹는 감정들이다. 우리를 무기력하게 하고 걱정과 불안에 휩싸이게 만드는 괴물이다. 하지만 내 경험에 의하면 이 괴물과 대항해서 이기려고 하면 절대로 이길 수 없다. 괴물은 반항심이 많기 때문이다. 그래서 나는 저항하지 않고 괴물과 친구 사이가 되었다. 내 안에 두려움이 튀어나올 때마다 직면하고 받아들이려고 했다. 사람들을 만나고 나를 드러내야 하는 모든 순간에 괴물이 나타나면 웃어넘기려고 하였다. 물론 절대 쉽지 않았다. 그래도 멈추지 않았다. 아니, 멈춰서는 안 됐다. 술에 의존하지도 않았다. 그리고 노력을 한 결과는 꽤 달콤했다. 내 마음이 변화했음을 실감할 수 있었다. 어떻게 알 수 있을까? 내가 하는 말이 달라졌기 때문이다.

지금 내가 하는 말들은 "나는 할 수 없어." "못하면 어쩌지?" "이건 내 책임이 아니야." 같은 말이 아니다. "내가 할게." "하기 싫어." "못해도 그냥 고!" "이건 내 책임, 저건 너의 책임."과 같은 말이다. 말은 운명을 바꾸는 힘이 있다. 누구나 진실을 말하는 것은 아니지만 자신이 하는 말에 담긴 의미는 그 사람의 마음을 거울처럼 비추기 때문이다. 따라서 자신이 어떤 말을 하고 사느냐는 자신이 어떤 인생을 살아왔고, 살고 있고, 살아갈 것을 결정한다. 말에는 그 사람의 역사가 담겨 있고, 감정이 담겨 있고, 미래가 담겨 있다. 당신이 하는 모든 말들은 '당신'을 의미한다.

연기를 가르치고 스피치 컨설팅을 하면서 수강생들과 함께 성장할 수 있었다. 자신을 어떻게 생각하고 받아들이는가에 따라서 그들의 표현력이 달라지고 얼굴빛이 밝아지는 것을 보면서 성취감을 느꼈다. 나는 말한다. "당신 안에 엄청난 힘이 있다는 걸 알고 있느냐고." 그러면 사람들은 처음에 당황한다. 왜냐하면 사람들은 자기 안에 거대하고 무한한 힘이 '없다'고 믿기 때문이다. 하지만 자기 안에 거대한 힘이 '있다'고 믿고 이러한 힘을 찾아 나서는 사람들은 결국 발견해 내고야 만다. 다른 사람들 앞에 제대로 서 있지도 못했던 사람이 거대한 산처럼 우뚝 선다. 자신의 이야기를 꺼내기가 두려웠던 사람들이 이제는 당당하게 자기를 표현한다. 자기 안에 있는 힘을 신뢰하는 사람은 결국 그 힘을 자기 것으로 만들어 영향력으로 소화한다.

당신은 어떤 선택을 할 것인가?

1) 내 안에 힘이 없다고 믿는 것
2) 내 안에 힘이 있다고 믿는 것

나는 당신이 자신 안에 있는 힘을 믿기를 간절히 소망한다. 그리고 지금 당신이 내뱉는 모든 말들이 마음의 어떤 한 부분을 차지하고 있는가를 돌아보기를 바란다. 누구나 자신에 대해서 마음에 드는 부분이 있고 그렇지 못한 부분도 있을 것이다. 만약 당신 생각에 마음에 들지 않는 부분이 있다면 자유롭게 그것을 변화시킬 수 있다. 방법은 간단하다. 바로, 선택이다. 운명을 뒤바꿀 것인지 말 것인지는 선택에 의해 결정된다. 창세기를 보면 알 수 있듯이, 하나님도 태초에 세상을 창조할 때 '말'을 사용했다. 하나님은 말로 세상을 창조했고, 당신은 말로 자신의 세상을 창조하는 것이다. 따라서 운명을 바꾸고 싶다면 당신이 하는 말부터 바꿔야 한다.

당신이 하는 모든 말을 바꾸도록 하라. "할 수 없다."고 말하면 정말 할 수 없을 것이다. "하겠어!"라고 말하면 당신은 하게 될 것이다. 자신의 말을 돌아보고, 자신의 마음을 성찰하라. 그리고 다른 사람들의 표현하는 모습을 관찰하면서 어떻게 그들이 표현하며 살아가는지, 어떻게 자신의 인생을 살고 있는지 그 모습을 들여다보자.

세상 사람들은 저마다의 방식으로 자기 자신을 표현하며 살고 있다. 자기 이야기를 나누고 다른 사람들에게 자신만의 잠재력을 발휘하고 싶어 한다. 어떤 이들은 무대 위에서 춤추며 노래를 하고, 그림과 디자인으로 자신을 표현하기도 하고, 직장에서 아이디어로 자신을 드러내고, 다른 사람들에게 도움을 주며 자기만의 색깔로 세상을 색칠한다. 당신은 자신만의 색깔을 어떻게 표현하며 살고 싶은가? 나는 모든 사람들이 각자의 고유한 색깔이 있다고 확신한다. 당신답고, 스스로가 행복하고, 다른 사람의 행복을 도울 수 있는 자신만의 색깔이 있다고 믿는다. 나는 보다 많은 사람들이 자신의 색깔을 찾고, 그것을 표현하고, 다른 이들과 소통하는 데 도움이 되기 위해서 이 책을 썼다. 나의 여정이 부디 당신에게 도움의 손길이 닿기를 희망한다.

당신은 자기 자신을 자유롭게 표현하기를 원하고 있을지도 모른다. 또한 누군가는 당신의 이야기를 기다리며 도움받기를 원하고 있을지도 모른다. 아직은 다른 사람들 앞에서 용기를 내 말하는 것이 어려울 지도 모른다. 내면에서 솟아나는 진정한 자신의 목소리를 내기가 '세 상에서 가장 어려운 일'이라고 말할지도 모른다. 앞에서도 얘기했지 만 무엇이든 어렵다고 믿는다면 끝까지 어려울 것이다. 하지만 당신 이 선택하기만 한다면 한순간의 선택으로 어려운 일도 쉬운 일이 될 것이다. 말은 자신을 돕고, 다른 사람을 도울 수 있는 일이라는 것을 기억해야 한다.

나는 당신이 자신의 이야기로 세상을 형형색색의 물감으로 색칠해 주길 바란다. 지금 이 순간은 당신의 운명을 새롭게 결정하는 순간이 다. 말과 마음에 거울을 비추라. 그리고는 당신 인생을 자기만의 화원 으로 가꾸기를 바란다. 나답게 말하고 나다운 인생을 가꾸어 나가자. 나는 우리가 할 수 있을 거라고 확신한다. 당신이 아니면 누가 할 수 있겠는가! 새로운 무대의 막을 올려라! 세상이라는 즐거운 무대가 당 신을 기다리고 있다.